Lukas Rietzschel
Mit der Faust in die Welt schlagen

Lukas Rietzschel

MIT DER FAUST IN DIE WELT SCHLAGEN

Roman

Ullstein

Für Elias

1. BUCH

2000–2004

1. KAPITEL

Da waren eine Grube und ein Schuttberg daneben. Mutter stand am Rand und blickte hinab auf die grauen Steine, die zu einer Mauer gestapelt worden waren. Dann hoch auf diesen Hügel aus Erde und Grasklumpen, Kies und Bruchstücken. Ihre beiden Söhne darauf. Tobi und Philipp. Bunte Jacken dreckverschmiert. Unten ihr Mann, wo der Keller entstehen würde. Sie sah hin und her, dann über das Feld, gegenüber der Straße, die zu ihrem Haus führen würde. Dort verblassten die Flachdächer der Wohnblocks. Philipp sagte ihr, dass er sich nicht erinnern könne, dort jemals gelebt zu haben, er hatte davon gehört und die Bilder eines pummeligen Babys gesehen, das er sein sollte. Dann war der Umzug gekommen, weil Tobi sich angekündigt hatte, und jetzt, fünf Jahre später, das eigene Haus. Elf Jahre nach der Wende.

Das Feld war längst abgeerntet. Im Sommer würde dort wieder Futtermais wachsen. Die Kastanie, die auf dem Nachbargrundstück stand, war bereits durchlässig gegen die Sonne. Kaum ein Blatt, das mehr an den Ästen hing. Kaum eine Kastanie mehr zu finden, die nicht matschig auf der holprigen Straße lag. Einspurig, lediglich für die Anwohner an den Rändern asphaltiert. Dadurch rutschte kein Auto in den Graben, wenn sich zwei begegnen sollten.

Aus der Grube kam Vater und stellte sich neben Mutter.

Herr und Frau Zschornack. Für sie roch er wie die Buchsbaumhecken im Frühjahr, nachdem der Schnee geschmolzen war und der Duft von Katzenpisse aus der Erde stieg. Mutter atmete aus und klopfte ihm Erde vom Rücken. Der Schornstein des Schamottewerkes war zu sehen. Eine Ziegelesse, die nicht mehr rauchte, seitdem die Mauer gefallen war. Eine Zeit lang war es noch möglich gewesen, in der alten Kantine mittags essen zu gehen, aber dann schloss sie von einem Tag auf den anderen. Seitdem trafen sich die ehemaligen Arbeiter nicht mehr dort. Gelegentlich liefen einige von ihnen zum Spaziergehen über das Gelände hinüber in den angrenzenden Wald. Verrostete Überreste von Schienen. Begannen und endeten abrupt. Die Erde war durch den Kaolinabbau von Mulden übersät und eingedellt. Neschwitz lag in dieser Landschaft wie ein Steg zwischen Tongruben und Steinbrüchen.

Philipp ging zu Vater, der ihm über die dunklen Haare strich. »Halten die Steine das aus, wenn mal Schnee drauf fällt?«, fragte er. »Nass werden sollten sie nicht«, sagte Vater. Philipp streckte sich nach dem Mauerstück in der Grube, balancierte darauf. Blickte von oben hinunter. »Wann kommen die Kabel?«, fragte er. Vater lachte auf und sagte, dass zunächst die Wände isoliert würden, mit Teer gegen die Feuchtigkeit, und erst viel später die Elektrik ins Haus kommen würde. »Fall nicht runter«, sagte Mutter. Philipp winkte ab. Kalter Wind wehte über das Feld. Mutter drehte sich zu Tobi, um zu kontrollieren, ob er seine Jacke geschlossen hatte. Seine Knie braun und nass von der Erde. In seinen Haaren klebten Grashalme. Mit seinen Händen rollte er Steine und Erdklumpen den Hügel hinab und machte Geräusche von Donner nach. Philipp hatte ihm das Bild eines Vulkanes gezeigt, und Tobi hatte mit seinem Zeigefinger den Weg der Funken nachgezeichnet. Es gab nur zwei Farben auf dem Bild: Rot und Schwarz. Tobi wollte das Buch haben, aber Philipp hatte gesagt, dass man dafür in die Schule gehen müsse. Also würde er sich noch ein Jahr gedulden müssen, ein Dreivierteljahr höchstens. Wenn er etwas über Vulkane lernen würde, war die Wartezeit akzeptabel.

In den Nachbarhäusern brannten erste Lampen. Die abendliche Luft voll Feuchtigkeit. »Ich nehme die beiden mit und fahre dann auf Arbeit«, sagte Mutter. »Mach nicht so lange.« Sie ging zu Vater und küsste ihn flüchtig auf die Wange. Vater packte Philipp unter den Armen und reichte ihn von der Mauer an den Grubenrand. Wie ein Werkzeug oder einen Sandsack. Früher war das leichter gewesen, war Philipp leichter gewesen.

Tobi musste seine dreckige Hose ausziehen, bevor er in den Wagen stieg. Er zitterte. Beim Wenden platzten noch einzelne Kastanien unter den Reifen. Das Feld sah aus wie ein schwarzes Loch. Der Trichter eines Vulkans. Eingang und Ausgang zum Inneren der Welt. Tobi gefiel der Gedanke, dass man den Rauch und das Feuer bis zum nächsten Dorf würde sehen können. Wie Dresden, als es brannte. Wann auch immer Dresden derart gebrannt haben mochte. Das hatte er nicht verstanden. Der blaue Renault bog auf die Hauptstraße. Philipp und Tobi blickten nach den Flutlichtmasten des Sportplatzes. In dünnen gelben Leibchen rannten Männer am Zaun entlang und hauchten in die Luft. Sie sahen vergnügt aus. In der angrenzenden Gaststätte mit Kegelbahn saßen Leute hinter Spitzengardinen und tranken Bier. Selbst im Vorbeifahren waren ihre Bäuche zu sehen, die gegen die Tischkanten drückten. Blechschilder an der holzgetäfelten Wand. Wimpel und Fußballtrikots. Nur jede zweite Straßenlaterne bis an den Ortsrand, wo der Wald anfing, eingeschaltet.

2. KAPITEL

In den Wochen darauf fiel das erste Mal Schnee in diesem Jahr. Der Erdhaufen neben der Baugrube glich einem Iglu. Die grauen Steine der Mauern verschwommen mit der durchgehenden Schneedecke. Philipp rührte mit dem nassen Pinsel so lange in den Wasserfarben, bis sich kleine Bläschen bildeten. Aus Ocker und Braun malte er den ersten Vogelkörper wie eine Birne mit Flügeln. Tauchte den Pinsel wieder in die Farben und malte zwei rundere Birnen daneben. Drei Spatzen in einem leeren Haselstrauch. Die Lehrerin hatte das Gedicht an die Tafel geschrieben. Dann braunes Papier verteilt. Darauf waren die Schneeflocken aus Deckweiß besser zu sehen. Philipp malte den Spatzen Mützen und kleine Schals. Schlitze als Augen. »Die schlafen wohl?«, fragte die Lehrerin. »Ja«, sagte Philipp. »Machen die Winterschlaf?« »Nein, die frieren.« Sie sah sich die Spatzen der anderen Kinder an. Die dünnen Haselzweige und dicken Schneeflocken. Dann kam sie wieder zu Philipp und hockte sich neben seinen Tisch. »Ich habe gehört, dass ihr ein Haus baut«, sagte sie. »Ja.« »Was arbeiten deine Eltern noch mal?« Die gleiche Frage von unterschiedlichen Leuten. Philipp antwortete darauf, wie er es für richtig hielt. »Elektriker und Krankenschwester.« Vater, der schlauer war, sowieso, sagte, dass das niemanden etwas angehen würde. Vor allem nicht diese ganzen Lehrer, Ärzte, Beamten, Bonzen und Politiker.

Vater lief neben seinem Chef die schmale Straße entlang, die zur Baustelle führte. In den Nachbarhäusern noch Licht. Gardinen wurden durch die warme Luft der Heizkörper bewegt. Bald die ersten Schwibbögen und Herrnhuter Sterne. Der Duft von Weihrauch aus den geschnitzten Schornsteinfegern und Bergmännern.

»Was ist aus den Offizieren geworden?«, fragte der Chef.

»Die wohnen hier noch«, sagte Vater. »Die meisten kriegen Rente, manche arbeiten.« Sie gingen an einem Haus mit Metallzaun vorbei. »Der hier guckt die ganze Zeit aus dem Fenster«, sagte er. »Im Sommer ist er im Garten und gießt Blumen. Frühs und abends.« Er drehte sich um und zeigte auf zwei Häuser. Beide hatten den gleichen braunen Putz. Den Grundstücken gegenüberliegend je zwei Garagen. Im Schnee waren Reifenspuren. »Der dort ist Fahrprüfer.«

»Fahrlehrer?«

»Nein, der sitzt bei der Prüfung hinten und schreibt die Fehler auf. Mierisch heißt der«, sagte Vater, »ekelhafter Typ.« In dem Haus nebenan, sagte er weiter, lebte ein ehemaliger Lehrer, der jetzt Direktor an einer Schule war.

»Schön ruhig hier«, sagte der Chef, wechselte das Thema. Eine Frau lief vorbei, nickte den beiden Männern zu und verschwand in einem der Häuser. Die Männer wandten sich ab. Liefen über die dünne Schneeschicht zur Baugrube. »Helfen euch eure Eltern?«, fragte der Chef. Er setzte seine Füße fest auf, das Gewicht verlagert, und versuchte, ein wenig auf der Straße zu rutschen. In den

Knien abgefedert, als wollte er Schlittschuh laufen. Vater sagte, dass sein Vater später beim Streichen helfen würde. Sein Bruder auch. »Der wohnt noch zu Hause. Ist nie rausgekommen.« Der Vater seiner Frau sei zu krank, um zu helfen.

»Was hat er?«

»Diabetes. Und vor zwei Jahren einen Schlaganfall.«

»Scheiße«, sagte der Chef.

Vater nickte. »Hat seitdem Probleme mit dem Sprechen. Autofahren geht auch nicht mehr.«

Einzelne Steine, die aus der Erde und dem Schnee ragten, stießen sie in die Grube. Sie spürten sie nicht durch die Stahlkappen in ihren Schuhen. In den Jackentaschen ballte der Chef seine Hände zu Fäusten.

»Ich versteh nicht, wie die sich das vorgestellt haben«, sagte er. »Was uns alles versprochen wurde.«

Vater beobachtete, wie sein Atem in der Luft aufstieg, und antwortete nicht. Abschluss aberkannt, Umschulung, Umschulung, Weiterbildung. Zwischendurch hatte er durchgerechnet, ob er die Familie kurzzeitig vom Arbeitslosengeld hätte ernähren können. Sein Bruder war jetzt Altenpfleger, er Elektriker. Beide hatten ursprünglich Kupplungen gebaut.

»Guck dir Uwe an«, sagte der Chef. »Der sitzt allein zu Hause, weil seine Frau drüben ein besseres Gehalt bekommt.« Er zog ein Feuerzeug aus seiner Tasche, rieb aus Gewohnheit am Plastik, schüttelte es und zündete sich schließlich eine Zigarette an. »Gestern kam er betrunken auf Arbeit.«

Vater schüttelte den Kopf und drehte sich vom Zigarettenrauch weg.

»Der bringt sich um, wenn ich den feuere.«

Der Schneepflug fuhr an ihnen vorbei. Ein kleines oranges Auto. Schob Erde vom Wegesrand auf die Straße. Die gestreuten Salzkörner bildeten Kreise auf dem feuchten Asphalt. Erhebungen in der Mitte wie kleine Mitesser.

»Hat ein ganz aufgedunsenes Gesicht und stinkt«, sagte der Chef. »Letztens hat sich eine Kundin bei mir über ihn beschwert, weil sie so erschrocken war. Ich kam zu spät, steckte bei Räckelwitz fest. Die eine Baustelle dort. Die dachte, dass er ein Penner ist. Oder einer von den Zigeunern, weil er so über ihr Grundstück geschlichen ist.« Er hustete, dann ließ er den Zigarettenstummel in den Schnee fallen.

Vater bemerkte einen Fuchs, der geduckt über die Wiese rannte. »Was hat Uwe gelernt?«, fragte er.

»VEB in Bautzen«, sagte der Chef, »Waggonbau, oder was die dort gemacht haben.«

Der Fuchs lief am Gartenzaun des Nachbarn vorbei. Der alte Offizier hatte ihn sicherlich längst bemerkt. Vielleicht besaß er ein Gewehr, wahrscheinlich sogar, dann könnte er ihn erschießen.

»Hat dann lange bei seinen Eltern gewohnt, dort geholfen und sie gepflegt. So genau weiß ich das nicht. Ist dann Elektriker geworden, also was ganz anderes«, sagte der Chef. »So ähnlich wie du.«

»Vielleicht kann er mir ja helfen«, sagte Vater und deutete auf die Mauern, die aus der Grube ragten. Ganz unverbindlich. Hauptsache, er würde rauskommen und seine abgehauene Frau vergessen. Bisschen Geld verdienen, Gesellschaft haben.

Der Chef drehte sich zu ihm und sah Vater an. Erst die

gerötete Nase und die Ohren, die Stirn und das schmale Kinn. Dann lange in die Augen. Er steckte seine Hände in die Taschen und rieb sie am Innenfutter. »Uwe ist ein guter Mann«, sagte er.

3. KAPITEL

Vater lief an den Gärten der Nachbarn vorbei und auf die Baustelle zu. Schnee, der die Beete verdeckte. Das Erdgeschoss war fertiggestellt worden. Es gab eine provisorische Eingangstür. Er trat in Pfützen aus Streusalz und Schneematsch und wich ihnen schließlich aus, nachdem sein Hosenbein nass geworden war. Den Mann, der auf einem Mauerabsatz saß und seine Hacken gegen die Steine schlug, bemerkte er zunächst gar nicht. Hagere Gestalt, offene Jacke. Die Schuhe zu dünn für den Winter und eine Baustelle. Vater blieb vor ihm stehen.

»Hab gehört, du brauchst Hilfe«, sagte Uwe und richtete sich auf. Er streckte Vater die Hand entgegen und drückte sie fest. »Der Chef hat's mir erzählt«, sagte er.

Vater sah ihn an und hielt seine Arme eng am Körper. »Ja«, sagte er. Stockte. »Ich wollte dich eigentlich fragen.« Er hatte Uwe eine Weile nicht gesehen. Nicht auf Arbeit und nicht auf der Straße.

»Musst bloß sagen, dann geh ich wieder«, sagte Uwe. Er trug seine alte Arbeitskleidung und hatte einen Eimer dabei, eine Schaufel und eine Trittleiter aus Holz. An der Mauer lehnte eine schwarze Sporttasche.

»Nur, wenn du Zeit hast«, sagte Vater. Er ging an Uwe vorbei und öffnete die Eingangstür. Es klang wie ein Glockenspiel, als Uwe die Sporttasche nahm und sie auf dem nackten Betonboden absetzte. Er öffnete sie und schob das lose Werkzeug darin zur Seite. Legte Pakete mit Schrauben, Nägeln und Dübeln an den Rand und fand zwei Bierflaschen. Beide stellte er auf den Boden. Dann folgte er Vater, der ihn durch die Räume im Erdgeschoss führte.

Dort sollte das Wohnzimmer entstehen, da die Küche und hier das kleine Bad mit Dusche. Oben die Kinderzimmer, das Schlafzimmer und ein Bad mit Wanne. Es war dunkel in den Räumen und kalt. Schutt in den Ecken und Staub in der Luft. Vater lehnte sich gegen eine Wand und strich mit der flachen Hand darüber. Durch die Öffnungen in den Zimmern, wo später die Fenster eingebaut würden, wehte kalter Wind. »Warst lange nicht auf Arbeit«, sagte Vater. Seine Stimme hallte. Uwe blickte durch das rechteckige Loch in der Wand nach draußen. Das Feld war schneebedeckt. Der Himmel darüber und der Horizont waren diesig. »Wurde nach Hause geschickt«, sagte er. Vater sah ihn an und erwiderte nichts. Er hörte, wie ein Auto auf der Straße fuhr. Es hielt in der Nähe. Schließlich waren Schritte zu hören. Dann Klopfen an der Metalltür. Vater ging zum Eingang, gefolgt von Uwe, der sich vor die Sporttasche stellte. So, dass er die Bierflaschen verdeckte.

Tobi erschrak, als er den Mann in der Ecke stehen sah. Uwes Gesicht war im Schatten. Nur die Nasenspitze wurde durch das Licht angestrahlt, das von draußen kam. »Uwe, das ist mein Jüngster, Tobi«, sagte Vater. Uwe reichte Tobi die Hand. »Oh, hallo«, sagte Mutter überrascht. Sie trug einen Stoffbeutel. Drei Klappstühle lehnten am Auto. Vater stellte Uwe als seinen Arbeitskollegen vor, der vorbeigekommen war, um ihm zu helfen. »Ich habe nur drei Stühle dabei«, sagte Mutter, »das wusste ich nicht.« Den Beutel legte sie ab, dann gab sie Uwe die Hand. Tobi lief durch die Räume und strich, wie sein Vater, über die nackten Wände. Seine Füße hob er nicht an, wenn er durch die Zimmer ging. Das Geräusch, als klebte Sandpapier an seinen Schuhsohlen.

Vater stellte die drei Campingstühle in der Mitte des Raumes zu einem Halbkreis auf, der später das Wohnzimmer werden sollte. Ausgerichtet zum Fenster, obwohl es draußen längst dunkel war. Uwe sah ihm dabei zu. Blieb zunächst weiter stehen, als Vater und Mutter sich setzten und ihm den dritten Platz anboten. Er wollte lieber arbeiten. Dafür war er hergekommen. Früher hatte er oft mit Vater zusammengearbeitet. Still und effektiv. Dann mit dem Chef. Dann nur noch allein. Nicht mehr bei Kunden. Nicht mehr am Telefon. Zuletzt hatte er die Kabeltrommeln im Lager sortiert.

Tobi lief umher und kam gelegentlich bei den Erwachsenen vorbei. »Willst du ein Würstchen?«, fragte ihn Mutter. Tobi winkte ab. Mutter nahm zwei Tassen aus dem Beutel, eine Thermoskanne und eine Plastikpackung mit Wienern. Uwes Kaffee mit Sahne und Zucker. Umgerührt durch das Schwenken der Tasse. Die Straßenlaterne ging an. Mutter blickte auf Uwes Füße und, wenn sie glaubte, dass er es nicht mitbekam, in sein Gesicht. Dann zu Vater, der neben ihr saß und sich mit ihr die zweite Kaffeetasse teilte. Ein Würstchen wie einen Kaugummi kaute.

»Wir wollten auch gleich wieder fahren«, sagte sie, »wenn Sie wollen, nehmen wir Sie mit.« Und zu Vater: »Oder wollt ihr noch viel machen?«

»Nein, eigentlich nicht«, sagte Vater und lächelte, »haben schon genug gemacht heute.«

Draußen fuhren Autos in die Garagen der Nachbarhäuser. »Du«, sagte Uwe und hielt inne. Vater und Mutter, die ihn anstarrten. Sowieso die ganze Zeit schon. Ebenso die Nachbarn aus ihren Fenstern. Ihre Gesichter rot und verschwitzt von der Heizungsluft. »Bitte nicht siezen«, sagte er. Tobi ging zum Beutel und nahm sich aus der Plastikverpackung ein Würstchen. »Ich kann laufen«, sagte Uwe, »ich wohn hier sowieso in der Nähe. Beim Sportplatz.«

»Dort fahren wir vorbei«, sagte Vater.

Uwe saß neben ihm im Wagen. Seine Tasche im Kofferraum verstaut. Er zuckte bei jedem Schlagloch, das die Flaschen klimpern ließ, und bei jeder regelmäßig wiederkehrenden Rille in der Straße aus Betonplatten. Er schloss die Augen und kniff sie trotzdem immer wieder zusammen. Hinter Kabeltrommeln ließen sich keine Flaschen verstecken. Hinter den großen vielleicht, aber die sollte er nicht anrühren. Dann war er mit dem Fuß dagegengestoßen. Wie traurig das Bier an der Isolierung der Kabel leckte.

Vater hielt den Wagen vorm Vereinshaus. Uwe stieg aus und nahm seine Tasche. Er griff nach ihr, bevor Vater sie ihm reichen konnte. »Danke«, sagte er und schüttelte Vater die Hand. »Ich hab zu danken«, sagte Vater und schloss die Kofferraumklappe. Der Motor sprang nicht gleich wieder an. Vater antwortete nicht auf Tobis Fragen. Wer war das? Warum war er da? Vater sah Uwe hinterher, der in einen Weg einbog und im dunklen Fleck zwischen den Straßenlaternen verschwand. Die Sporttasche geschultert. Die dünne Jacke offen, sodass der Wind sie am Rücken aufblähte.

4. KAPITEL

In den Pausen konnte Philipp den Direktor beobachten. Der stand auf dem Schulhof am alten Fahnenmast, an den der Hausmeister einen Basketballkorb gehängt hatte. Philipp sah, wie Herr von Stein seine Schuhe nicht anhob, wenn er über den Schotter ging. Wie er eine Zigarette aus seiner Tasche nahm, sie zwischen den dünnen, langen Fingern drehte und sich gegen den Fahnenmast lehnte. Philipp versuchte, sich hinter der Gardine zu verstecken, und biss in die Schnitte aus seiner Brotbüchse. Je nachdem, wie stark der Wind wehte oder wie kalt die Luft war, war der Zigarettenrauch mal besser oder schlechter zu sehen. Er stieg langsam auf und schien sich dann im grauen Haar von Herrn von Stein zu verfangen. »Philipp, geh vom Fenster weg«, sagte die Lehrerin. Zog an einer Gardine und schob eine andere vors Fenster. Philipp sah sich um, da saßen die anderen Kinder längst und hatten ihre Bücher aufgeschlagen.

—

Am Samstag saß Uwe wieder vor der Tür. Er lächelte, als er Vater sah. »Ich habe Kaffee dabei«, sagte er. Er schlug die Seiten seiner Jacke um und zog eine Thermosflasche aus der Innentasche. Ein Werbegeschenk. Bis dahin hatte sie die rechte Seite seines Körpers warm gehalten. Die beiden setzten sich auf die Klappstühle im Wohnzimmer, wieder mitten in den kahlen Raum. Ihre Atemluft stieg mit dem Dampf des Kaffees an die Decke, das Wettrennen zweier Geister. Becher hatten sie keine. Sie reichten sich abwechselnd den Deckel der Thermoskanne. »Gibt wieder Lieferschwierigkeiten«, sagte Vater.

Uwe pustete in den Kaffee. »Was ist das für 'ne Firma?«, fragte er.

»Käbisch«, sagte Vater.

Uwe nickte. Dann schwiegen sie. Ein Auto fuhr vorbei, beide horchten auf, aber es fuhr weiter. »Warum kommst du her, wenn es nichts zu tun gibt?«, fragte Uwe.

Vater zuckte mit den Achseln. Weil er sein Haus sehen wollte. Weil er allein sein wollte. »Weiß nicht«, sagte er.

Es hatte seit Wochen nicht geschneit und nicht geregnet. Der Boden gefror, taute auf, wurde matschig und gefror erneut. An manchen Morgen ließen die Nachbarn die Motoren ihrer Autos eine halbe Stunde laufen, bevor sie einstiegen und wegfuhren.

»Hast du meine Frau mal kennengelernt?«, fragte Uwe.

Vater schüttelte den Kopf. Natürlich nicht.

»Hatte immer so rote Backen wie die Steine beim Schamottewerk. Egal, ob es warm war oder kalt. Immer rot. Als ob sie sich für was schämen würde. Hat sich aber nie geschämt.« Die Thermoskanne war leer. Uwe stellte sie auf den Boden.

»Weißt du, wo sie jetzt ist?«, fragte Vater. Vielleicht sollte er das nicht fragen.

»Nein«, sagte Uwe. »Hab nichts mehr von ihr gehört. Hat auch kaum was mitgenommen. Liegt alles noch so rum von ihr.«

Vater sah ihn an und zog die Augenbrauen hoch. Uwe blickte durch das Loch in der Wand nach draußen.

»Ich bin ihr hinterhergerannt«, sagte er. Wartete. »Und hab sie fest am Arm gepackt, aber sie hat sich losgemacht. Hat richtig gekämpft. Da bin ich auf die Knie gefallen und hab gebettelt und gefleht.«

»Und sie hat nichts gesagt?«, fragte Vater.

»Hat mich nicht mal angeguckt«, sagte Uwe. »Ich weiß gar nicht, ob sie geweint hat.«

Uwe trug die dünne Jacke, deren Druckknöpfe er nie verschloss. Manchmal eine Baseballkappe. Erst im Januar konnte wieder gebaut werden. Solange saßen er und Vater auf den Klappstühlen im Wohnzimmer. Tranken Kaffee und aßen Brote. Der Nachbar, der gegenüber wohnte, kam gelegentlich vorbei und erkundigte sich durch die Fensteröffnung, warum nichts passierte mit der Baustelle. Er hatte sich nach der Größe des Hauses erkundigt. Der Zimmeranzahl, den Quadratmetern. »Wird schon noch«, sagte Vater. Und patzig hinterher: »Keine Angst.« Der Nachbar ging weg, und Uwe lachte. »Können es nicht lassen, diese Leute«, sagte er. »Die wollen alle wissen, ob ich irgendwo einen Goldesel habe, oder so.«

———

»Woher kennt ihr euch?«, fragte Mutter. Der Fernseher lief. Vater lag auf dem Sofa. Frisch geduscht. Mit nackten Füßen und nassem Haar. »Von Arbeit«, sagte er und stellte den Fernseher leiser. Tobi und Philipp schliefen im Zimmer nebenan.

»Hast du ihn gefragt, ob er dir helfen kann?«

»Er kam von alleine«, sagte Vater. Keine Ahnung, was und ob er ihr alles erzählen sollte. Er richtete sich auf. Das Kissen roch nach seinem Shampoo.

»Er muss ja gewusst haben, dass wir ein Haus bauen«, sagte Mutter.

»Bestimmt vom Chef«, sagte er.

Mutter zog ihre Füße auf das Sofa. Nah an ihren Körper heran.

»Uwe redet nicht viel«, sagte Vater. »Ich hör immer nur von den Kollegen über ihn. Da gibt es allerhand Geschichten.« Er trank Apfelschorle aus seinem Glas und stellte es vorsichtig auf den Tisch zurück. Das Glas konnte sonst sehr laut auf die Fliesen stoßen. Einen Untersetzer wollte er nicht. »Was halt so erzählt wird«, sagte er. Vom Abendbrot war Gurkensalat übrig geblieben. Er ging in die Küche, aß die Gurken, die Gabel mittig hineingespießt, und trank das Gurken- und Essigwasser aus der Plastikschüssel.

Mutter beobachtete ihn dabei. »Er lebt allein, oder?«, sagte sie.

Vater sah sie verwundert an. »Ja«, sagte er zögerlich.

»Hat er dir gesagt, warum seine Frau weg ist?«, fragte sie.

Vater schüttelte den Kopf. Er trank einen Schluck Apfelschorle, um den Essiggeschmack loszuwerden.

»Dass er sie bespitzelt hat?«, fragte sie. Woher auch immer sie das wusste.

»Ich glaub nicht, dass das stimmt«, sagte er.

5. KAPITEL

Zu Tobis Einschulung war das Haus fertig. Einfahrt und Terrasse mussten noch gepflastert werden. Tobi stellte sich mit seiner Zuckertüte im Garten vor die niedrige Hecke. Auf das blasse, frische Gras. Grinste in die Fotoapparate. Auf den Fotos reichte ihm die Hecke bis zu den Waden. Seine Haare waren ihm ins Gesicht gekämmt. Er sagte kein Wort, drehte sich und lächelte, wie es seine Verwandten wünschten. Beide Großeltern, der Onkel. In der Turnhalle, während der offiziellen Einschulung, hatten ihm Mutter und Vater zugewinkt. Er hielt seine Zuckertüte fest umklammert. Rührte sich nicht. Mutter und Vater hatten auf den Sportbänken gesessen, in der Nähe der Kletterstangen, die bis unter die Decke reichten. Sie saßen so tief, dass sich ihre Knie auf Brusthöhe befanden. Die Großeltern und Philipp standen am Eingang. In der Turnhalle hingen bunte Wimpel an den Wänden. Neben dem Mikrofon eine junge Birke in einem mit Sand gefüllten Plastikeimer. An den Ästen kleine Zuckertüten. Außerdem Bilder der neuen Schüler. Darunter eines von Tobi. Er sah es und verlor es wieder aus den Augen. Hinter ihm stand ein Junge, der gegen die Bilder pustete, sodass sie leicht schaukelten, sich die Schnüre verdrehten und verhedderten. Jemand flüsterte, dass er damit aufhören sollte. Eines der Kinder. Aus dem Publikum zeigten Leute auf ihn. Tobi spürte wie der kalte Wind seinen Nacken streifte. Das fühlte sich gut an.

Der Dachstuhl, der im Frühjahr fertig geworden war, hatte ausgesehen wie ein Walskelett, das man auf die Mauern gelegt hatte. Mit Philipp war er auf dem Baugerüst herumgeklettert. Sie stiegen aus einem Fenster und gingen über das Gerüst zu einem anderen. So erreichten sie jeden Raum, ohne durch das Haus laufen zu müssen. Drinnen strichen die Großeltern und der Onkel die Wände. In den Räumen, in denen die Farbe getrocknet war, befestigte Uwe Lampen an der Decke. Wie schmächtig und blass dieser Mann aussah. Das Gesicht eingefallen, als hätte jemand das Fleisch aus den Wangen geschnitten. Philipp verzog sein Gesicht, und Tobi lachte darüber. Dann duckten sie sich. Hielten sich ihre Hände vor den Mund und gingen zu einem anderen Fenster. Irgendwo waren Mutter und Vater. Der Garten war ein brauner Fleck, matschig und mit Brettern ausgelegt. Der Vulkan war noch da, sollte aber demnächst abtransportiert werden.

Tobi drehte sich zur nächsten Kamera und lächelte. Seine Wangen zitterten ein wenig. Je breiter er grinste, desto stärker wurde das Zittern. Die Fassade war hellgrün, und wenn die Sonne mittags hoch stand, sahen die Außenwände fast weiß aus. In seinem Zimmer saß Großmutter auf dem Bett und strich über den Stoff des Überzuges. »Gefällt es dir?«, fragte sie. Tobi ging zu ihr und sah sich um, als würde er den Raum das erste Mal betreten. »Ja«, sagte er. Der Teppich gelb mit dunklen Dreiecken darauf. An Tobis Hosenbein ein Streifen Erde. »Endlich hast du dein eigenes Zimmer und ein eigenes Bett«, sagte Großmutter. Endlich raus aus diesen Wohnblöcken. Wahrscheinlich wollte sie das sagen. Tobi setzte sich an seinen neuen Schreibtisch, auf den neuen Schreibtischstuhl und drehte sich ein wenig hin und her. Großmutter ging zum neuen Kleiderschrank, öffnete ihn. »So viel Platz«, sagte sie erstaunt. Wenn Tobi aus dem Fenster sah, konnte er die Kastanie sehen, die vorm Haus stand. »Alles so hell und freundlich«, sagte Großmutter, »das musst du natürlich alles sauber halten, damit es so bleibt.« Dann ging sie in Philipps Zimmer nebenan. Philipp hatte einen grünen Teppich und ebenso eine Dachschräge mit Dachfenster. Sein Zimmer war ein wenig kleiner und grenzte an das Schlafzimmer der Eltern.

Der Tisch war mit dem Goldrandservice eingedeckt. Fünf Kuchen standen unregelmäßig verteilt neben Kaffeekannen und Limoflaschen. Mutter hatte Namensschilder aus buntem Tonpapier gebastelt und kleine Zuckertüten darauf geklebt. Tobi saß an der Stirnseite des Tisches und lächelte, wenn jemand sein Zimmer oder die Einschulungsveranstaltung in der Turnhalle ansprach. Die Leute freuten sich, also musste er sich auch freuen. Dabei fuhr er mit seiner Fingerkuppe langsam und gleichmäßig die Kante seines Namensschildchens nach. Vielleicht würde ja ein Ton entstehen wie bei dünnwandigen Weingläsern, die halb gefüllt waren. »Herr von Stein hat ein ganz graues Gesicht«, sagte Großmutter. »Er hatte doch den Schlaganfall«, sagte Mutter. »Als er dein Lehrer war, sah er aber auch schon so schlecht aus.« Dann nahm sich Großmutter ein Stück von dem Kuchen, den sie gebacken und mitgebracht hatte. Gabeln quietschten auf Tellern. Tassen klirrten auf den Untertassen. Löffel wurden darauf abgelegt. Die Sonne und die weißen Gardinen. Alles neu, man konnte es riechen.

Dann klopfte es an der Haustür. Die Klingel war noch

nicht angeschlossen. Vater rutschte mit seinem Stuhl auf den Fliesen zurück, die im ganzen Erdgeschoss verlegt worden waren, stand auf und ging in den Flur. Die anderen am Tisch beobachteten ihn und unterbrachen ihre Gespräche. Im Flur wurde es heller, als er die Haustür öffnete. Das konnte man durch die Glaseinsätze der Wohnzimmertür sehen. »Nein, komm ruhig rein«, sagte Vater. »Nein, gar kein Problem.« Dann schloss er die Haustür. Jemand zog sich die Schuhe aus und streifte eine Jacke vom Körper, Tobi erkannte das Geräusch. Kein Reißverschluss. Tobi hielt seine Kuchengabel fest in der Hand und blickte zur Tür. Am Rand seines Glases stiegen die Luftbläschen der Apfelschorle nach oben.

Vater kam ins Wohnzimmer zurück, und Uwe folgte ihm. Er hielt ein kleines Geschenk in der Hand, eingepackt in buntes Papier. Er trug eine Jeans, in die ein kurzärmeliges Hemd gesteckt war. Es schien, als berührte der Stoff nirgends seinen Körper, so dünn war Uwe. »Hallo«, sagte er und stand vor dem gedeckten Tisch. Die Verwandten daran, die ihn musterten. Vater holte einen Stuhl aus der Küche und stellte ihn an den Tisch. Da, wo der Onkel und die Großmutter saßen. Großvater reichte Uwe die Hand. Dann beugte Uwe sich über die Teller und gab Tobi das Geschenk. »Viel Spaß in der Schule«, sagte er. Grinste. Schien zu überlegen, einen Witz zu erzählen. »Danke«, sagte Tobi und legte das Päckchen neben seinen Teller. »Kaffee?«, fragte Vater. »Ja, bitte.«

Der Onkel redete nicht und aß ein Stück Kuchen nach dem anderen, bis er alle fünf probiert hatte. Gelegentlich stieß er mit seinem Ellbogen an Uwes Ellbogen. Der entschuldigte sich und legte seine Oberarme eng an den Körper. Uwe hatte kurz in die Runde geschaut und versucht, die Großeltern dem jeweiligen Elternteil zuzuordnen. Dann blickte er an die Decke. Betrachtete die Wände von oben bis unten. »Ist viel passiert«, sagte Vater, dem das auffiel.

»Ja, ist schön«, sagte Uwe.

»Was haben Sie gelernt?«, fragte Großvater.

»In Bautzen beim Waggonbau.«

»Die haben doch Fernsehantennen gebaut«, sagte Großvater.

»Ja«, sagte Uwe, »und Campinganhänger. Bis '80 ungefähr.«

»Waren Sie da schon dort?«, fragte Großvater.

»Nein, das hab ich nicht mehr mitbekommen.«

Tobi stand auf und ging mit dem Päckchen nach nebenan, wo er sich aufs Sofa setzte. Er hörte, wie Großvater noch etwas über seinen alten Betrieb sagte. Dass er zur Arbeit laufen konnte, oder mit dem Motorrad gefahren war. Vor der neuen Schrankwand waren die Geschenke aufgereiht. Die große Zuckertüte lag auf dem Boden mit leicht abgeknickter Spitze, weil Tobi sie für Fotos häufig abgestellt hatte. Er öffnete die obere Schleife und zog ein paar Süßigkeiten heraus. Einzelne Buntstifte lösten sich unter dem Netz, das über die Öffnung gespannt war, und fielen auf die Fliesen. »Noch nicht«, sagte Mutter, »die anderen wollen doch sehen, wie du sie auspackst.« Sie hob die Stifte auf und steckte sie wieder in die Zuckertüte. Sie stellte einen Stuhl in die Mitte des Raumes, zwischen Schrankwand und Sofa, und sagte, dass er sich dort hinsetzen solle. »Aber warte noch kurz mit dem Auspacken.« Dann ging sie wieder an den Tisch zurück und trank den letzten Schluck Kaffee.

Tobi setzte sich auf den Stuhl und hielt seine Zuckertüte umklammert. Zuerst setzte sich Großmutter auf das
Sofa. Sie staunte über die Größe der Geschenke. Über
das bunte Papier. Die Farben und Formen. Die lustigen
Motive. Großvater und die anderen Großeltern folgten,
dann der Onkel, der sich einen Stuhl von der Kaffeetafel
mitgenommen hatte und sich an den Rand setzte. Mutter
lehnte sich an die Sessellehne. Philipp hockte sich auf den
Boden. Tobi beobachtete sie, wie sie näher kamen, wie sie
seine Geschenke anfassten, sich hinsetzten und ihn musterten. Seine Füße baumelten in der Luft. Die Zuckertüte
hatte er abgestellt, nur kurz. »Die Spitze, Tobi, pass auf«,
hatte Mutter gerufen. Ihm schien, als würden sie näher
heranrücken. Sie bildeten einen Halbkreis um ihn. Wie
im Zirkus. Er in der Manege. Es fehlten die festgetretenen
Holzspäne und der Geruch von Pferden. Die Clowns und
Artisten. Ein Mann, der Tobis Nummer ankündigte. Kinder, die auf ihn zeigten. Eine Zeltplane, die vom Zugwind
bewegt wurde.

Vater holte noch Stühle und schob sie auf dem Fliesen-
boden umher. Er bot sie seinen Eltern an, damit sie auf
dem Sofa nicht so eingeengt sitzen mussten. Dann kam
Uwe in den Raum. Tobi sah ihn an, ohne seinen Kopf zu
bewegen. Uwe lehnte sich an die Wand, seine Hände hinter dem Rücken verschränkt. Diese seltsamen Augen. Im
Flur schloss jemand die Tür zum Bad ab. In der Küche
klirrte das Geschirr, das Mutter jetzt in die Spülmaschine
räumte.

»Warum wartest du?«, fragte Großvater. »Ich soll warten, bis alle da sind«, sagte Tobi und blickte zu Vater. »Wer
kommt noch?«, fragte Philipp. »Kathrin und Andreas«,

sagte Vater. Mutter kam aus der Küche zurück und nickte Tobi zu. Also öffnete er die Schleife erneut und zog die eingeklemmten Buntstifte heraus. Er legte sie auf den Boden vor sich. Philipp nahm sie und sagte, dass er die auch bekommen habe. Tobi legte eine Federmappe, Hefte, Spitzer, Radiergummis und immer wieder Süßigkeiten auf den Boden. Jemand hob die Sachen auf und reichte sie an die anderen weiter. Bis sie wieder vor Tobi auf dem Boden lagen. Wie beim Hochwasser griff eine Hand in die nächste. Sandsäcke, die weitergereicht wurden. An Uwe, der vor der Wand stand, gingen die Sachen vorbei. »In meiner Zuckertüte war bis zur Hälfte Zeitungspapier drin«, sagte Großmutter, »aber auf den Bildern sah sie immer am vollsten von allen aus.« Sie lachte und öffnete den Reißverschluss der Federmappe. »Musst dir nur mal angucken, was es heute für tausend Motive auf den Zuckertüten gibt«, sagte Vater. »Ich hatte die von meiner Schwester«, sagte Großvater, »und die durfte ich nicht auf den Boden abstellen. Wegen der Spitze, damit die nicht abknickt. Hätte ja sein können, dass noch ein Kind kommt und die Zuckertüte braucht.«

Um einen Ranzen, der vor der Schrankwand stand, war eine Schleife gebunden und im Ranzen der dazu passende Turnbeutel: dunkelgrün mit großen Dinosauriern darauf. Die hatten starre Augen und ihre Mäuler aufgerissen. Hielten ihre Klauen in die Luft und sollten im Dunkeln leuchten. Tobi öffnete den Ranzen, nahm den Turnbeutel heraus und steckte ihn wieder rein. Er ging an Uwe vorbei aus der Stube in den Flur. Dann die Treppen hinauf in sein Zimmer. Es fiel gar nicht auf, dass er nicht mehr auf dem Stuhl saß.

6. KAPITEL

Philipps dicke Spatzen saßen auch im Frühjahr noch auf
ihrem Ast. Der Schnee auf ihren Körpern schmolz nicht.
Die Flocken wurden weder dicker noch dünner noch zu
ersten Regentropfen. Neben ihnen tauchten Ostereier auf.
Tulpen, die aus zerknülltem Papier bestanden und auf angemalte Pappe geklebt wurden. Außerdem hohe Himmel
über einem fingerdicken Strich Rasen. Die Ostereier sollten so aussehen wie die sorbischen, aber das war schwer
hinzubekommen. Die Spatzen hielten sich gegenseitig
warm, egal, wie kalt es im Schulhaus auch wurde.

»Philipp, du hast doch so schöne Spatzen gemalt«,
sagte Frau Wenzer. »Willst du die an das Garagentor malen?« Die Klasse drehte sich um und sah ihn an. Philipp
zuckte mit den Achseln. »Kann ich machen«, sagte er. Auf
dem Schulhof stand eine Garage, in der der Hausmeister
bislang seine Geräte aufbewahrt hatte. Das Tor war neu
eingesetzt. Das Dach vermutlich aus Asbest. Sie stand bei
den Fahrradständern, die mit gelbem Wellplastik überdacht waren, und wurde in der Pause als Torwand benutzt.
Der Direktor hatte entschieden, sie als Aufbewahrung für
Spielzeuge zu verwenden. Für Bälle, die regelmäßig auf
die Nachbargrundstücke fielen. Für alte Holzkästen, für
Schaufeln und Gummibänder, die die Mädchen zwischen
ihren Füßen spannten. Nur die Lehrer durften das Tor
öffnen, Spielzeuge herausholen und ausgeben.

Philipp wollte etwas Großes malen. Keine Blumen oder Sonnen, oder irgendwelche bunten Punkte. Nichts von dem Mädchenzeug. Er stellte sich vor die untere linke Ecke und sah den anderen Kindern zu. Die Marienkäfer und Wolken tropften auf den Schotter wie Kerzenwachs. Es bildeten sich Rinnsale aus Farbe, die auf dem Weg zum Boden immer bunter wurden. Philipp nahm einen Pinsel, tauchte ihn in die braune Farbe, hockte sich vor die freigelassene Fläche und begann zu malen. »Malst du einen Baum?«, fragte die Lehrerin. Die anderen Kinder sahen kurz zu Philipp, bevor sie versuchten, die verlaufende Farbe, die aus ihren Wolken tropfte, zu verstreichen. »Ich male einen Feuerberg«, sagte Philipp und machte den Kegelstumpf noch breiter. »Aber willst du nicht lieber einen Baum malen?« Die Lehrerin zeigte auf die Bilder der anderen. »Guck mal, oder eine Wolke. Hier, die Blume ist auch schön geworden.« »Das sieht scheiße aus«, sagte ein Junge. »Paul, so was sagt man nicht.« »Ja, Philipp macht das ganze Bild kaputt«, sagte ein Mädchen.

Philipp setzte den Pinsel wieder auf das Garagentor. Malte noch mal und noch mal über den braunen Berg. Er drückte fest auf. Nahm den Pinsel, als ballte er eine Faust. Die Farbe tropfte auf den Schotter. Philipps Bild war am unteren Rand, knapp über dem Boden, sodass sich auf dem Kies eine braune Linie bildete, wo er mit dem Pinsel vom Tor abgerutscht war.

»Ich hab meinem Bruder von einem Vulkan erzählt«, sagte Philipp. Irgendwie wollte er sich erklären.

»Aber du machst das doch nicht für deinen Bruder«, sagte die Lehrerin. »Die Garage gehört ja der Schule.«

Philipp ging zum Eimer mit der roten Farbe, tauchte

seinen braunen Pinsel ein und schleuderte ihn gegen den Kegelstumpf. Jetzt sah es wie eine Explosion aus. Als würde das Feuer wirklich aus dem Berg kommen.

»Frau Wenzer, können Sie Philipp sagen, dass er aufhören soll?«

»Hörst du das, Philipp? Den anderen gefällt das nicht.«

Philipp hielt den Pinsel vom Körper weg und sah sich den Vulkan an. Er ging ein paar Schritte zurück und bemerkte, dass sich das Rot mit dem Braun vermischte. Dicke Tropfen hingen am unteren Torrand wie von einer undichten Regenrinne. Die anderen Kinder standen bei Frau Wenzer, nahe der Garage. Jetzt gab es weder einen Berg noch eine Explosion. Kein Feuer, keine Erde. Philipp konnte sehen, wie sich die Farben vermischten. Wie eine rostige Wunde sah das aus. Ein dreckiges braunes Loch. »Siehst du, das ist gar kein Vulkan«, sagte ein Junge und an die Lehrerin gerichtet: »Frau Wenzer, dürfen wir das übermalen?«

Sie ging zu Philipp und legte ihm ihre Hand auf die Schulter. Stellte sich so vor ihn, dass er das Tor nicht sehen konnte. »Warum wolltest du das unbedingt malen?«, fragte sie. Philipp sah zu ihr auf. Das hatte er ihr doch erklärt. Für Tobi. Der sollte den Vulkan sehen und sich erinnern. An den Moment auf dem Dreckhügel, an das Buch, von dem Philipp ihm erzählt hatte. An ihn. Er wollte, dass Tobi sich an ihn erinnerte, wenn er das Garagentor sah. »Ist doch egal jetzt«, sagte er. »Dürfen die anderen das Bild übermalen?« Philipp scharrte mit seinen Füßen im Schotter. Von der roten Farbe waren Spritzer auf seinen Schuhen. Wenn er »Nein« sagen würde, könnte sie nichts dagegen tun. Niemand konnte ihn zwingen, das Bild übermalen zu lassen. Es war sein Bild, sein Vulkan. »Ja«, sagte er leise. Frau Wenzer hob den Kopf. Philipp hörte, wie sie aufatmete. »Und das ist auch okay für dich?«, fragte sie. Philipp nickte. »Dann geh jetzt bitte zurück in die Klasse. Die anderen kommen gleich nach.«

Es dauerte vier Tage, bis die Farbe von Philipps Vulkan am Garagentor getrocknet war, damit sie abgespachtelt werden konnte. Philipp beobachtete in der Pause, die Gardine halb vor seinem Gesicht, wie Herr von Stein die Farbschicht berührte und seinen Finger dann an einem Stofftaschentuch abwischte. Jeden Tag aufs Neue. Schließlich zündete er sich eine Zigarette an, blickte zum Fenster hoch, zur Gardine, die halb über die Scheibe gezogen war. Philipps Schatten dahinter. Und ging am Fahnenmast vorbei hinter die Garage.

7. KAPITEL

Mutter half Tobi dabei, den Ranzen aufzusetzen. Philipp stand daneben und sah ihr zu. Wie sie an den Schnallen zog und etwas verstellte. Sie winkte vom Auto aus und fuhr die schmale Zufahrt entlang auf die Hauptstraße. »Beim Klettergerüst musst du aufpassen«, sagte Philipp, »da rutscht man runter, wenn es geregnet hat.« »Und Bälle und so kriegst du nur, wenn du fragst.« Philipp gefiel sich in dieser Rolle. War jetzt eindeutig der Größere, Ältere. An Tobi rannten Kinder vorbei. Er hörte eine Trillerpfeife. Schrill und laut. Die Kinder drehten sich um und gingen langsamer. Die meisten waren größer als er. Er wunderte sich über den alten Mann mit dem grauen Gesicht, der vor dem Eingang stand. »Das ist Herr von Stein«, sagte Philipp.

Tobi setzte sich im Klassenraum ganz hinten in die letzte Reihe und lehnte sich an die Wand. Der untere Teil war glatt und wie mit Lack überstrichen. Rutschig und kalt. Während der obere Teil rau war, eine ganz normale Wand. Zwei Holzleisten waren dort befestigt, an denen laminierte Blätter hingen. Niemand redete. Es war ruhig bis auf einzelne Stimmen, die vom Gang her kamen. Das Licht ausgeschaltet. Ein Junge mit dunklen Haaren setzte sich neben Tobi. Er vergrub sein Gesicht in den Armen. Tobi versuchte, ihn von der Seite zu erkennen, die meisten Kinder mussten aus Neschwitz und der Umgebung kommen.

Vielleicht hatte er ihn schon einmal gesehen. Vielleicht war er ein Sorbe.

Das Licht wurde eingeschaltet. Zwei der Neonröhren ganz vorn flackerten und blieben schließlich dunkel. Die Lehrerin stellte sich vor die Tafel. Eine Frau, so alt wie Mutter, jünger. Hellbraune Haare bis zu den Schultern. »Steht erst mal auf«, sagte sie und wartete, bis die Kinder sich hingestellt hatten. Tobi stand unsicher und wacklig und hielt sich an seiner Stuhllehne fest. »Guten Morgen«, sagte die Lehrerin. Ein paar Kinder machten es ihr nach. »Gut, setzt euch.« Sie hatte eine Handpuppe dabei. Eine weiße Katze mit orangen Streifen. »Ich bin Frau Wenzer«, sagte sie, »und das ist Mimi.« Einige der Kinder begrüßten die Katze. »Hallo, Mimi!« Tobi sagte nichts. Er wollte noch näher an die Wand rücken. Sich klein machen. Kleiner, als er ohnehin schon war. Der Raum roch eigenartig nass. Das Gebäude war alt und dunkel. Bilder an der Wand. Eines davon musste von Philipp sein. In den Sommerferien waren sie Uwe nachgelaufen. Hatten sich lachend hinter Hecken versteckt. Der erbärmlichste Wohnblock von allen.

Der Junge neben ihm richtete sich auf, sah die Katze und wandte sich an Tobi. »Wo kommt die Katze her?«, fragte er. Er flüsterte nicht. Er wusste wohl nicht, dass er in der Schule flüstern musste. Jungs und Mädchen drehten sich nach ihm und Tobi um. Die Lehrerin unterbrach, was sie sagen wollte. »Das ist Mimi«, sagte sie, »und wie heißt du?« Der Junge bemerkte ganz vorn die flackernden Neonröhren und sah sie eine Weile an. »Felix«, sagte er schließlich. »Okay, Felix«, sagte die Lehrerin. »Dann bekommst du jetzt die Mimi und sagst ein bisschen was über dich. Und dann gibst du sie weiter, und derjenige erzählt dann auch was.« Tobi wollte die Katze nicht. Weder, dass sie auf einmal vor ihm lag, noch seine Hand hineinstecken. Vor allem nicht darüber reden, wer er war.

»Was hast du erzählt?«, fragte Vater, schmierte Butter auf sein Brot und legte Bierschinken darauf. »Dass wir hier wohnen«, sagte Tobi. Philipp hatte gehofft, dass Tobi erwähnen würde, dass er einen großen Bruder in der vierten Klasse hatte. »Ist Felix der, der beim Honigladen wohnt?«, fragte Mutter. Vater überlegte. »Kann sein, dass der das ist.« In Zweierreihen waren sie noch zum Sportplatz gegangen. Frau Wenzer voran, die sich immer wieder umdrehte. Pflicht war es, sich an den Händen zu halten, damit niemand verloren ging. Am Schulgarten entlang, wo letzte Tomatenpflanzen weit auseinanderstanden. Beete, in deren Erde die Verpackungen der verwendeten Samen steckten. In einer Blechlaube wurden die Gartengeräte aufbewahrt. Der Bach floss daran vorbei. Im hohen Gras am schmalen, steilen Ufer hatten sich Bälle verfangen. »Ich hab euch gehört«, sagte Philipp. Er hatte an Tobi gedacht. An die Vorstellungsrunde und die alberne Katze, die die Mädchen mit nach Hause nehmen wollten. Er hatte damals aufstehen müssen. Dabei gezittert und geschwitzt. »Wenn du Probleme hast, kann ich mich darum kümmern.« Das wollte er Tobi eigentlich sagen, bevor der in dem Klassenzimmer verschwunden war. Beim Auto, als Mutter ihm mit dem Ranzen geholfen hatte. Er hatte sich die Worte lange zurechtgelegt.

Tobi wurde zunächst für den Milchdienst eingetragen. Er musste in der Mittagspause zur Kellertreppe gehen, wo in einer Kiste aus Sperrholz die kleinen Trinkpackungen mit Schoko-, Bananen- oder Erdbeermilch waren. Die musste er verteilen. Und auf einer Liste abstreichen, ob jeder seine Milch getrunken hatte. Die leeren Packungen knallten wie Gewehrschüsse, wenn man auf der Straße mit den Füßen darauf stampfte.

8. KAPITEL

Das Gelände des Hortes gehörte früher zur Feuerwehr. Erstreckte sich bis zu einem kleinen Steinbruch. Im Sommer badeten betrunkene Jugendfeuerwehrmänner darin. Sie sprangen von den Vorsprüngen der Granitwände und landeten in einem Himmel aus Birkenblättern. Im Frühjahr, Anfang April, sammelten sie Äste und abgestorbene Baumstämme aus den umliegenden Wäldern und schichteten sie zu einem großen Haufen. Ringsum in den Dörfern taten andere Feuerwehrmänner dasselbe. Dann setzten sie sich am Abend in Klappstühlen um den Holzhaufen und bewachten ihn. Gegen die anderen Dörfer, gegen die Zecken und Sorben. Dieses permanente Nebeneinander. Die Konkurrenz, der Kampf. Sie stellten sich Wecker und riefen ihre Namen gegenseitig in die Dunkelheit, um nicht einzuschlafen. In ihren Händen Bierflaschen. Zigarettenstummel um die Stuhlbeine verteilt. Wenn im angrenzenden Wald ein Ast knackte, richteten sie sich auf. Einige gingen umher und leuchteten mit Taschenlampen zwischen die Kiefernstämme. Gelang es, den Haufen bis zum 30. April zu verteidigen, konnte er bis in den Himmel brennen. In jener Nacht würde sich am Horizont eine Linie kleiner und großer Feuer aus den anderen Ortschaften wie ein Fackelzug bilden. Am nächsten Tag stank die Umgebung. Blauer Dunst hing zwischen den Wäschespinnen der Einfamilienhäuser.

—

Tobi saß im Bauzimmer, als Großvater ihn fand. Neben ihm stand das Mädchen, das ihm dabei geholfen hatte, Tobi zu finden. Sie hatte gesagt, dass sie wissen würde, wo er sich aufhielt. Jetzt folgte es mit seinen Augen der Linie der Steine. Auf einigen stand »Tankstelle«, »Parkplatz« oder »Bank«. »Noch nicht, Opa«, sagte Tobi, als er Großvater entdeckte. Er baute mit drei Jungs ein Domino aus Holzsteinen, wie sie es im Fernsehen gesehen hatten. Großvater trug eine dicke Jacke. »Lange warte ich aber nicht«, sagte er. »Sind gleich fertig«, antwortete einer der Jungs, »müssen nur noch den Kreisel hier fertig bauen.« Tobi stand auf und stieg über die Steine. Er setzte seine Füße langsam auf und balancierte auf einem Bein, bevor er das andere bewegte. Er ging an Großvater vorbei, auf der Suche nach Publikum.

Es gab ein Bild, das Großvater und Tobi von hinten zeigte. Sie spazierten einen Hügel hinab. Den des Hut- oder Heidel- oder Walberges. Großvater hatte seine Hände auf dem Rücken verschränkt. Seine rechte Hand hielt die linke am Handgelenk. Eine Straße und Weiden. Zwei Gehöfte. Tobi war damals etwa vier Jahre alt. Er versuchte, seine Hände auch hinter dem Rücken zu verschränken. Aber seine Arme waren zu kurz, sodass seine Hände sich nicht berühren konnten.

Eine Erzieherin kam in den Raum. Sie schüttelte Großvater die Hand. »Die machen fast nichts anderes«, sagte sie. »Philipp war ja eher draußen unterwegs und hatte seine Gruppe Jungs dabei«, sagte die Erzieherin. »Gefällt es ihm jetzt in der fünften Klasse?« Großvater nickte. »Tobi ist nach der ersten Klasse richtig aufgetaut«, fügte sie hinzu.

Tobi kam zurück, sah sich die Kinder an und lehnte sich an die Wand. Einer der Jungs stand auf und stieß gegen den ersten Stein. Die Steine fielen um, gingen in eine Kurve, nach links, nach rechts, eine Treppe hinauf, klangen wie ein Metronom, wurden schneller, zweigten ab, kamen wieder zusammen. Blieben schließlich stehen. Felix stieß die Reihe erneut an. Dann beschleunigten sie wieder. Einige Steine standen weit auseinander, andere eng beisammen. Dort blieben sie erneut stehen. »Das hat Marco gebaut«, sagte Felix. »Nein«, sagte Marco, der in der Nähe des Fensters stand, »das war nicht mein Teil. Ich hab den Kreisel gebaut.« Marco wohnte im Wohnblock beim Schamottewerk. Sein Vater verkaufte Nahrungsergänzungsmittel in Riegelform. Marco aß einen Riegel täglich. Zum Friseur ging er ins Kaufhaus. Seine Haare wurden ihm da alle gleichmäßig abgeschoren. Ebenso gleichmäßig wuchsen sie nach.

Felix lief den Steinen hinterher und stieß sie immer wieder an. Keine drei, vier konnten hintereinander fallen, ohne dass er nachhelfen musste. Dann bogen sie in den Kreisel ein und bewegten sich gar nicht mehr. Sie standen viel zu eng.

Großvater wartete im Auto. Den Ranzen hatte er im Kofferraum verstaut. »Gibt es Eiersalat?«, fragte Tobi. Winzige Holzsplitter unter seiner Haut an den Fingerbeugen. Er spürte sie bei jeder Bewegung und glaubte, dass sie dadurch noch tiefer in den Finger gerieten. Er konnte sie sehen wie Kaulquappen unter einer trüben Wasseroberfläche. Er beobachtete Großvater von der Seite. Kleine, trübe

Augen. Immer etwas traurig, aber mit tiefen Lachfalten an den Rändern. Großvater lächelte, wendete den silbernen Opel auf der kleinen Parkfläche und drehte das Radio leiser. »Ja«, sagte er. Wenn er sprach, zitterte seine Unterlippe. »Gestern schon. Jetzt ist er durchgezogen.« An den Fenstern des Hortes klebten Blätter von Eichen, Ahornen und Kastanien. Ausgeschnitten aus orangem, braunem und dunkelgrünem Tonpapier. Im Bastelzimmer konnten Kastanien- und Eichelmännchen gebaut werden. Sie fuhren am Schamottewerk und an den Wohnblöcken vorbei. Großvater hielt den Opel vor einem rosafarbenen Plattenbau. Eigentumswohnungen der Wohngenossenschaft. Die Einfahrt war holprig. Tobi schulterte seinen Dinoranzen und folgte Großvater durchs Treppenhaus. Philipp öffnete ihnen die Wohnungstür. Wenn Mutter Nachtschicht hatte und Vater auf Montage war, schliefen er und Tobi bei den Großeltern.

In der Wohnung roch es immer gleich. Nach trockener Heizungsluft, Kaffee und Medizin. Tobi sah vom Flur aus, durch den Glaseinsatz in der Schiebetür zum Wohnzimmer, dass der Fernseher lief. Obwohl es draußen noch hell war, brannte schon Licht. In der Stube war es noch wärmer als im Flur. Großmutter fror zu fast jeder Jahreszeit. Dünn und hager, wie sie war. Sie lehnte am Heizkörper und hatte sich bis zu den Schultern zugedeckt. Las bunte Zeitschriften. Zu bestimmten Tageszeiten blickte sie aus dem Fenster in die Baumwipfel. Elstern waren ihre Lieblingstiere. Tobi ging zu ihr und schüttelte ihre dünne Hand. Lächelte und setzte sich neben sie aufs Sofa. Der Fernseher war leise gestellt. Es lief eine Zoosendung. Die Leute im Leipziger Zoo sprachen so lustig. »Hast du deine Hausaufgaben gemacht?«, fragte Großmutter. Er wusste, dass sie ihn das fragen würde. Seitdem er zur Schule ging, konnte er sich nicht daran erinnern, dass sie ihn zur Begrüßung je etwas anderes gefragt hätte. »Tüchtig sein«, sagte sie. »Nicht so faul wie die anderen Kinder.« »Hab ich im Hort gemacht«, sagte Tobi, »war nur Mathe.« Er zog das Heft aus seinem Ranzen, schlug die Seite auf und zeigte sie ihr. »Das schreibst du noch mal ab«, sagte Großmutter, »das ist ja ein Geschmiere!« »Aber das ist doch richtig«, sagte Tobi. Sie legte das Heft auf den Stubentisch. »Setz dich bitte hin und schreib es noch mal sauber ab«, sagte sie. Jedes Wort einzeln betont. Tobi nahm das Heft, aber blickte in den Fernseher. Er ging am Tisch vorbei, ohne anzustoßen.

In Mutters altem Kinderzimmer standen ein Schreibtisch und ein Sofa. Damit Philipp nachts nicht vom Sofa fiel, stellte Großvater einen Stuhl mit der Lehne ans Polster. Auf dem Boden die Matratze, auf der Tobi schlafen würde. »Ich mach das alleine«, sagte Tobi, als Großmutter sich neben ihn an den Schreibtisch setzte. »Ich gucke nur«, sagte sie und rutschte mit dem Stuhl heran. Tobi konnte sie atmen hören und die Luft aus ihrer Nase spüren. Sie kam auf der Tischplatte auf und traf dann seine Hand. Er drückte mit dem Stift fester auf. Die Linie der 5 wurde dicker als die der Zahlen zuvor. Großmutters Atem roch seltsam. Eklig süß, irgendwie faulig und nach Kaffee. Das roch er immer nur, wenn sie so neben ihm saß. Wenn sie ihn fast anatmete und die Luft aus ihrer Nase ihn streifte wie das Schnurrhaar einer Katze. Er spannte seine Oberarme an, bis sie leicht zu zittern begannen. In der Stube lachte Philipp über etwas im Fernsehen. Großvater war in der Küche und stellte Teller ineinander. Dann griff Großmutter nach seiner Hand. Ihre war kalt, ganz fest. Legte sie ab, wie auf einen Kinderkopf. Schob und drückte. Versuchte, Tobis zu führen. Tobi formte eine Faust, hielt den Stift darin fest und ließ nicht zu, dass seine Hand sich bewegte. Er wollte sie wegdrücken. Wut stieg in ihm auf. Das Gefühl, sich befreien zu müssen. Mit einem Schrei oder einer schnellen Bewegung. Sein Arm begann wieder zu zittern, dann weinte er auf das Löschpapier. »Wenn du von Anfang an sauber schreiben würdest, bräuchte ich mich nicht neben dich zu setzen«, sagte sie. Tobi wischte sich mit dem Ärmel die Tränen weg. »Das war doch alles richtig«, sagte er. »Aber unsauber.« »Die Lehrer kontrollieren das eh nicht.« »Doch, tun sie.« Sie löste ihre Hand und schob das Heft und das Löschpapier zur Seite. Ein paar Tränen mehr, und er hätte die Aufgabe noch einmal abschreiben müssen. In ein neues Heft. Auf durchnässtes Papier schreibt man nicht. Über der Tür tickte die Uhr. Autos parkten vor dem Haus. Großmutter schaltete die Schreibtischlampe ein.

»Kommt schnell rüber«, rief Philipp. Er hatte die Tür zum Kinderzimmer geöffnet. Im Hintergrund war der Fernseher laut zu hören. Tobi ging in die Stube, gefolgt von Großmutter. Aus dem Sessel drehte sich Großvater zu ihnen. »Das ist in Amerika«, sagte er. Der Nachrichtensprecher kommentierte ein Video, das sich immer wiederholte. Ein Flugzeug flog in ein Hochhaus. Der Himmel war blau, es war Tag, dann ein zweites Flugzeug in ein anderes Hochhaus daneben. Großmutter setzte sich und hielt ihre Hand vor den Mund. Asche bedeckte die Straßen. Großvater fuhr sich durch die Haare. Tobi stand reglos bei der Tür. Bilder von Männern. Aufnahmen von

Überwachungskameras. »Was ist das?«, fragte Philipp. Er sah zu Großmutter, die den Kopf schüttelte. Ganz schnell und gleichmäßig, als würde sie zittern. »Ist das Krieg?«, fragte Tobi. Draußen fuhr die Feuerwehr. Sie kam näher, der Ton der Sirene wurde höher, das Licht war vor dem Fenster. Großvater machte den Fernseher lauter.

Tobi setzte sich auf den Boden. Er sah Großvater von der Seite an, hoch in den Sessel, wo er saß. Vor den ganzen Karl-May-Büchern. Großvaters Unterlippe zitterte, dann drehte er sich zu Tobi. Er hatte seine Augen weit geöffnet. Tobi konnte nicht erkennen, wo er hinsah. Seine Augen gingen hin und her in Tobis Gesicht, von der Nase zu den Ohren, vom Kinn zur Stirn, und wenn er Tobi in die Augen blickte, dann immer nur in eines. Er musste jetzt etwas sagen. »In Deutschland passiert das nicht«, sagte er.

Großmutter verdeckte mit ihren Händen das Gesicht. Philipp saß steif neben ihr. Er wollte es noch mal sehen und noch mal. Wie leicht dieser Turm in sich zusammenfiel. Diese Kugel aus Feuer, als das Flugzeug in den Turm flog. Dann schaltete Großvater den Fernseher aus. Großmutter sah zu ihm, schloss ihre Augen und atmete aus. Sie wollte »Danke« sagen. Tobi lehnte seinen Kopf gegen das Sofa. In der Wohnung darüber war der Nachrichtensprecher noch zu hören. Eine Stimme, als würde er vor einer geschlossenen Tür stehen. Großvater ging an Tobi vorbei in die Küche. Den Fragen aus dem Weg. Er schwankte, wenn er sich aufrichtete, öffnete den Kühlschrank, nahm die Schüssel mit dem Eiersalat heraus und rührte ihn um. Eier, Senf, Majo, Remoulade. Es war nicht schwer, ein Rezept gab es nicht. Und trotzdem hatte ihn nie jemand danach gefragt.

9. KAPITEL

Tobi wachte auf und ging zum Schreibtisch, wo er sich einen kleinen Zettel nahm. Er malte einen Panzer, wie er sich einen Panzer vorstellte, und ließ ihn durch eine rote Pfütze fahren. Er schrieb mit dem selben roten Stift »Krieg« darüber. Daneben ein Fragezeichen. Unten im Wohnzimmer sahen Mutter und Vater fern. Der grünblaue Schimmer des Bildschirms im Erdgeschoss, als bewegte sich die Welt unter Wasser. Tobi klebte den Zettel mit Klebestreifen außen an seiner Schlafzimmertür fest und legte sich zurück in sein Bett. Er hörte, wie Kastanien auf der Straße landeten. Wenn ein Auto vorm Haus entlangfuhr, warf das Licht der Scheinwerfer große Schatten der Äste an Tobis Zimmerwände. Wie ruhig es hier war. Niemand, der schrie. Niemand, der starb. Niemand, der ihm etwas erklärte. Er wusste nicht, wie man sich im Krieg verhalten sollte. Nur wenn Vater, wie er es immer tat, mit den Fußballen zuerst auftrat, laut und dumpf, egal, wohin er ging, klang das wie entfernte Explosionen. Gerade schien er ins Bad zu gehen. Tobi schloss das gekippte Fenster und legte sich zurück ins Bett. Dieses Mal mit dem Kopf in die andere Richtung. Die Bettdecke war zu warm, also drehte er sie um. Die warme Seite nach oben. Er spürte, wo er zuvor mit dem Kopf auf dem Kissen gelegen hatte. Der Zettel war weg, als er am Morgen erwachte.

Keine Klebereste. Nichts an der Tür, das an den Zettel erinnerte. Er strich mit dem Zeigefinger über die Stelle, von der er glaubte, dass er dort den Zettel befestigt hatte. Nein, da war er sich sogar sicher. So etwas träumte man nicht. Tobi ging in die Küche, wo Philipp am Tisch saß und die Milch aus seiner Cornflakesschale trank. Mutter stand an die Arbeitsplatte gelehnt. »Guten Morgen«, sagte sie. »Morgen«, sagte Tobi. »Hast du gut geschlafen?« Tobi sah sie an, seine nackten Füße auf den Fliesen. »Ja«, sagte er. Musste er ja.

—

Philipp ging ins Bad, um seine Zähne zu putzen. Vater stand vorm Spiegel und rasierte sich. Auf seinen Schultern wuchsen schwarze Härchen. Seine Arme waren dick, aber nicht muskulös. Philipp spuckte die Zahnpasta an den Innenrand des Waschbeckens, damit sie sich nicht mit dem Wasser mischte, das Vater zum Rasieren brauchte. Wie ein langer Tropfen glitt die Spucke ins Wasser. Die schwarzen Punkte von Vaters Bart blieben daran kleben. Dann wurden sie tiefer ins Wasser gesogen.

Er ging am Maisfeld entlang, an den Häusern der Offiziere vorbei. Die Sonne ging auf. Behauptete sich orange gegen die Nacht. Wenn er sich umdrehte, konnte er im Bad noch das Licht brennen sehen. Vater brauchte immer sehr lange. An der Bushaltestelle stand Felix an den Betonpfeiler gelehnt, an dem der Maschendrahtzaun befestigt war. Der stand dort jeden Morgen. Immer ein wenig abseits. Seit diesem Schuljahr wenigstens nicht mehr mit seiner Mutter zusammen. Autos und Mopeds fuhren vorbei, über das Laub auf der Straße. Dann der Bus nach Bautzen. An der Abzweigung war ein Tor, und eine Treppe führte einen Hang hinab. Dort verliefen noch Schienen. Führten durch den Wald, zum Schamottewerk. Damit er den Weg von zu Hause zur Bushaltestelle auch fand, waren Mutter und Vater am Sonntag vor dem ersten Schultag mit Philipp zur Bushaltestelle gelaufen. Eigentlich waren sie auf der gegenüberliegenden Straßenseite stehen geblieben, und Vater hatte Philipp die Bank und das gelbe Schild gezeigt. Dann waren sie wieder umgekehrt und nach Hause gelaufen.

Der Bus hielt, die Tür öffnete sich und Philipp stieg ein. Felix folgte ihm. Seine Busfahrkarte musste Philipp nicht zeigen, das musste niemand. Er sagte »Morgen« und ging den Gang entlang zum ersten freien Sitz. Meistens saß er bei der hinteren Tür und konnte seine Beine ausstrecken, während die höheren Klassen vorn saßen. Sie wollten sich mit Spinne unterhalten. »Dynamo hat's schon wieder verkackt«, sagte jemand, da zeigte Spinne auf das Schild: »Während der Fahrt nicht mit dem Busfahrer sprechen«. Sie lachten. Irgendwann würde Philipp auch dort vorn sitzen. Und mit Spinne über Fußball reden.

Der Schulhof. Die Fünftklässler standen nahe beim Eingang, die höheren Klassen mit jeder Klassenstufe weiter davon entfernt. Auf einem Findling saßen Jungs aus der Achten. Bei den Fahrradständern waren die Zehntklässler. Trugen Turnschuhe und weite Pullover. Philipp stand mit Jungs aus seiner Klasse im Kreis. Wenn es gelang, einen Stein aus der festgetretenen Erde zu lockern, kickten sie ihn hin und her. »Hausaufgaben gemacht?«, fragte Axel. Der wohnte mit seiner ganzen Familie am Ortseingang. Ein großes Haus, das viele nicht zu Neschwitz zählten.

»Mathe?«, fragte Philipp.

»Ja, im Buch.«

Philipp nickte. An der Hauswand war eine große Uhr. Dreieckig und ohne Ziffern. Sie ging richtig, aber die Uhrzeit war schwierig zu lesen. Darunter war das Fenster des Sekretariats. Wenn dort das Licht brannte, würde bald die Eingangstür aufgeschlossen. »Habt ihr gesehen, wie die Leute aus den Fenstern gesprungen sind?«, fragte Christoph, Philipps Banknachbar.

»Die wären doch sowieso verbrannt«, sagte Axel. »Die sind unten auf die Straße aufgeknallt, oder auf Autos.«

»Stell dir mal vor, du fährst da lang und jemand knallt auf dein Auto.«

»Oder du läufst da lang«, sagte Philipp. »Und dann!« Er klatschte in seine Hände. Axel und Christoph lachten laut auf.

»Ich dachte immer, so was passiert nicht«, sagte Christoph nach einer Weile. Er war der Einzige, der konfirmiert werden würde.

»Die Amerikaner haben das verdient«, sagte Axel.

»Ja«, sagte Philipp. Er wusste nicht, wieso.

»Meine Mutti hat gesagt, dass die in jedes Land einmarschieren. Für Öl. Jetzt hat sich mal jemand dafür gerächt.«

»Im Gegensatz zu Deutschland wurde Amerika im Krieg nicht zerstört.«

Philipp konnte sich nicht erinnern, wer das gesagt hatte. Sie sprachen von Krieg. Von Deutschland. Von Amerika. Ihm war nie bewusst gewesen, dass es Amerika gab. So richtig als Land mit Menschen. Jetzt schon. Auftritt der Welt.

Es klingelte. Halb acht. Der Religionslehrer schloss die Eingangstür auf. Er stand in Hausschuhen auf der Treppe und hielt die Tür auf. Nach seinem Selbstverständnis galt die Hausschuhpflicht auch für ihn. »Morgen«, sagte er, »guten Morgen, Schuhe abtreten!« Philipp stopfte seine Jacke in den untersten Spind. Ging die Treppe hoch in die erste Etage und ins Zimmer. Sein Platz war am Fenster. Wenn die Heizungen liefen, konnte er die alten Vorhänge riechen. Die hingen in vergilbten Plastikschienen teilweise wie Fetzen von der Decke. Wenn sie jemand runterriss, wurden sie wieder aufgehängt. Die Fenster gekippt. Auf der gegenüberliegenden Straßenseite Lichter in den Wohnblöcken. Die Wäscheplätze waren leer. Laub im hohen Gras, das um die Eisenstangen wuchs, wo sich sonst die Unterhemden von den Wäscheklammern lösten. Axel und Christoph hatten sich im hinteren Zimmerteil auf die Stühle gestellt, um besser sehen zu können. »Was is?«, fragte Philipp. »Herr Lubitz geht zum Fahrradständer«, sagte Axel. Philipp stellte sich auf seinen Stuhl und sah den Religionslehrer in Hausschuhen an der Schule vorbeilaufen. Er machte große Schritte, als würde er über eine Pfütze gehen, aber trat weich auf. Die Betonplatten glänzten von Feuchtigkeit, und manchmal schien es, als würde Herr Lubitz auf seinen Gummisohlen leicht wegrutschen.

Die Fahrradständer waren überdacht. Lagen an der Straße, die an der Schule vorbeiführte. An der Einfahrt zum Parkplatz der Lehrer. Auf einem Stromkasten schwammen Zigarettenstummel in Lachen aus Regenwasser und Spucke. Daneben Eisteepackungen. Im Frühjahr legte sich der gelbe Staub von den Rapsfeldern darüber. Zwei Autos standen am Bordstein mit runtergekurbelten Fensterscheiben, aus denen Musik lief. Philipp hörte nur die Bässe. Herr Lubitz näherte sich der Gruppe älterer Jungs und Mädchen. Einige saßen auf ihren Mopeds, andere lehnten gegen eines der Autos. Sie winkten ihm zu, sagten etwas und lachten. Philipp konnte es nicht verstehen. »Was macht er?«, fragte Philipp. »Gibt bestimmt Ärger«, sagte Christoph, der nur mit einem Fuß auf der Sitzfläche des Stuhles stand. »Die wollen nicht, dass die mit den Autos da stehen«, sagte Axel. »Das ist Schulgelände.«

Andere aus der Klasse stellten sich an die Fenster. Jemand machte das Licht an. Dadurch wurde es draußen dunkler, und die Gesichter spiegelten sich in den Scheiben. »Ey«, rief jemand, dann gingen die Leuchtröhren wieder aus. Herr Lubitz stand einer Gruppe von Zehntklässlern gegenüber und redete mit zwei, drei Jungs. Irgendwann wandte er sich an die Autofahrer. Die salutierten aus ihren Wagen heraus, woraufhin die anderen lachten. Sie starteten die Motoren und fuhren vom Bordstein auf die Straße und davon. Einer hupte. Philipp schmunzelte, als Herr Lubitz sich nach den zwei Autos umsah. Er blickte zu Axel, der mit der Nase fast die Scheibe berührte. »Wer war das?«, fragte er. Axel hatte einen älteren Bruder. Der hatte die gleiche Schule besucht und mittlerweile eine Ausbildung angefangen. Wahrscheinlich kannte er die Autofahrer. »Das eine war Menzel«, sagte er. Seltsamer Name.

Herr Lubitz ging auf den Betonplatten zum Eingang zurück. Die Zehntklässler folgten ihm im Gänsemarsch. Die Mopeds neben den Fahrrädern abgestellt und angeschlossen. Sie blickten hoch zu den Fenstern, auch dahin, wo Philipp und seine Klasse standen, und zeigten ihre Stinkefinger. Herr Lubitz bemerkte die Gesten nicht, stellte sich an die Tür und hielt sie auf. »Schuhe abtreten!«

10. KAPITEL

»Was ist los?«, fragte Mutter. Im Licht, das aus der Stube in die Küche drang, sah Vaters Haut blass aus. Das Radio war leise. Eine Frauenstimme sprach über den Irak.

»Uwe kommt vielleicht gleich noch«, sagte er.

»Vielleicht?«

Philipp aß die Schnitten aus seiner Brotbüchse, die er in der Schule nicht gegessen hatte. Tobi biss in einen Paprikastreifen. Gleichmäßig und schnell, aber so, dass er ihn nicht durchbiss. Dann konnte er ihn bewegen wie ein Gelenk.

»Er war heute auf der Arbeit und wollte hier später noch vorbeikommen, hat er gesagt.«

»War der Chef dabei?«, fragte Mutter.

»Er hat ihn gesehen.«

Philipp fragte, ob er gehen dürfte, stand auf und stellte seine Brotbüchse auf die Arbeitsfläche. Auf ein »Ja« oder »Nein« wartete er nicht. Niemand hatte je verboten, dass er aufstehen durfte.

»Weißt du, was ich mir überlegt hab?«, fragte Mutter. »Er kann doch auf der Baustelle von Kathrin mithelfen.«

Tobi stand auf und folgte Philipp in die Stube, wo der Fernseher lief. Er hatte in seinen Schuhen geschwitzt und blieb nun bei jedem Schritt mit den Socken kurz auf den Fliesen kleben. Mutter schloss die Tür zum Wohnzimmer.

Vater steckte sich eine zusammengerollte Käsescheibe in den Mund. »Ich kann ihm das ja sagen, wenn er kommen sollte«, sagte er. Von seinem Platz aus konnte er die Butter und die Wurst in den Kühlschrank räumen. Im oberen Fach stand noch ein Joghurt vom Werksverkauf. Vater griff danach, prüfte das Haltbarkeitsdatum und stellte den Joghurt zurück.

»Warum kommt er denn überhaupt?«, fragte Mutter. Sie lehnte an der Arbeitsfläche und beobachtete ihn.

»Er hat wohl einen Brief bekommen«, sagte Vater.

»Von wem?«

»Von seiner Frau, glaub ich. Ich hab das nicht ganz verstanden.«

Draußen gingen das Licht über der Haustür und im Carport an. Manchmal rannten Wildschweine über das Maisfeld. Füße stampften auf den Boden, um die Erde aus dem Schuhprofil zu lösen. Es war immer zu hören, wenn sich jemand der Haustür näherte. Dann klingelte es. Vater sah zu Mutter, dann auf die Krümel vor ihm auf der Tischdecke. Er stand auf, ging in den Flur und öffnete die Tür. »Abend«, sagte Uwe. »Kannst die Schuhe hier hinstellen«, sagte Vater. Er ging in die Küche und bot Uwe einen Stuhl an. Mutter räumte Teller in den Geschirrspüler. »Hallo«, sagte sie und schüttelte Uwe die Hand. Schließlich ging sie ins Wohnzimmer.

—

»Uwe ist da«, sagte Mutter. Sie nahm die Fernbedienung, die auf der Sofalehne lag, und machte den Ton leiser. Prüfte kurz, ob sie die Gespräche in der Küche hören konnte. »Warum?«, fragte Tobi.

»Er bespricht was mit Vati«, sagte sie.

»Wegen dem Haus?«

»Das weiß ich doch nicht. Sei nicht so neugierig.«

»Er hat Schiss vor Uwe«, sagte Philipp.

»Hab ich gar nicht!«, sagte Tobi, lauter, als er es wollte.

»Weshalb hast du denn Angst vor Uwe?«, fragte Mutter bewusst leise.

»Hab ich doch gar nicht«, sagte er. »Ich hab keine Angst.«

—

Uwe hatte sich an den Tisch gesetzt und griff nach der Innentasche seiner Jacke. Immer offen, immer die gleiche. Der Wind, der hineinfuhr und dann den Stoff am Rücken aufblähte. Vater hatte dieses Bild vor Augen. Er fragte sich, wie es dazu gekommen war, dass er für diesen Mann so viel Verantwortung übernommen hatte. Den Brief legte Uwe zwischen sich und Vater. Das Papier zerknittert, wo es aus der Tasche geragt hatte. »Sie verklagt mich«, sagte Uwe. Vater blickte ihn an. »Wieso verklagt sie dich?« Er nahm den Brief und öffnete ihn. Las. In der Stube flackerte blaues Licht, aber ein Ton vom Fernseher war nicht zu hören. Vater erschrak.

»Du hast sie geschlagen?«

»Nein, hab ich nicht!«, sagte Uwe.

»Aber es steht doch hier.«

»Aber das stimmt nicht. Ich hab sie nicht geschlagen. Ich hab sie geliebt. Ich hab sie angefleht, bei mir zu bleiben.«

Vater schüttelte den Kopf. Er las die Stelle noch mal. »Was hast du vor der Wende gemacht?«, fragte er.

Uwe zuckte mit den Achseln. »Ich war in Bautzen«, sagte er. »Das weißt du doch.«

»Und?«, fragte Vater.

»Was und?«

»Hast du für den Staat gearbeitet?«

Uwe riss die Augen auf. »Wie kommst du darauf?«

»Ich hab da Sachen gehört«, sagte Vater.

»Was für Sachen?«

»Hast du, oder hast du nicht?«

Uwe drückte seine Hand gegen die Stirn. »Ich dachte, wir wären Freunde«, sagte er.

»Ich weiß einfach nicht, wie ich dir helfen soll«, sagte Vater. Er schob den Brief zurück in den Umschlag und stand auf. »Du hast uns sehr geholfen«, sagte er. »Aber ich weiß langsam nicht mehr weiter.«

»Ich hab mir sogar Geld für das Geschenk zum Schuleingang für Tobi geliehen«, sagte Uwe.

Er war erst lauter und dann immer leiser geworden. In der Stube war es dunkel, der Fernseher mittlerweile ausgeschaltet.

»Das hättest du doch nicht machen brauchen«, sagte Vater.

»Ich hab meine Frau nicht geschlagen.« Uwe steckte den Brief zurück in die Jackentasche.

Vater sprach langsam und leise. »Uwe, hast du für die Stasi gearbeitet? Ja oder nein?«

Uwe atmete aus. Er biss sich auf seine Unterlippe. »Warum kannst du mir nicht helfen?«, fragte er.

»Das habe ich doch!« Vater ging einen Schritt auf ihn

zu: »Ich hab dich hier bauen lassen, und du hast Geld dafür bekommen. Schwarz! Ich hab schon zwei Kinder, ich kann mich nicht auch noch um dich kümmern.«

»Na gut«, sagte Uwe und richtete sich auf. Seine Hand an die Tasche gedrückt, in der der Brief steckte. Kurz stand er Vater gegenüber, ein wenig krumm, den Kopf gesenkt. Ein Blick zum Wohnzimmer, in den Flur. Dann ging er an Vater vorbei.

»Uwe«, sagte er. »Wo willst du hin?« Er wusste, dass er zu viel gesagt hatte.

Uwe öffnete die Haustür und drehte sich noch einmal um. Die Schuhe in der Hand. Das Licht über dem Eingang. Der Carport blieb dunkel. Der Bewegungsmelder reagierte nicht auf Wind oder Schatten. Vater blickte ihm nach, vom Küchenfenster aus. Unbewegt und stumm. Überlegte, ob er ihm nachlaufen sollte. Es war kein gutes Gefühl, Uwe in diesem Moment gehen zu lassen.

Mutter kam in die Küche. Tobi und Philipp standen hinter ihr im Dunkeln. Nur das Weiß ihrer Augen war zu sehen. Die Nasenspitzen im Lichtkegel. »Ich kann ihm nicht helfen«, sagte Vater.

»Was stand in dem Brief?«, fragte Mutter. »Was ist mit Kathrin und der Baustelle?«

»Hättest du ihm ja sagen können«, sagte er. »Du hast doch die ganze Zeit zugehört.« Vielleicht konnte er Uwe anrufen, ihn besuchen, ihm sagen, dass er sich den Brief noch mal anschaut. Uwe war ja gar nicht dazu gekommen zu sagen, wofür er Hilfe benötigte.

11. KAPITEL

Mähdrescher fuhren am Haus vorbei. Manchmal dauerte die Ernte bis spät in die Nacht, dann schalteten die Bauern Strahler an. Rehe rannten über den stoppeligen Boden und blieben kurz im Lichtkegel stehen, bis sie überfahren wurden. Die meisten starben sofort, andere wurden von der Haspel nur gestreift, verletzt und schleppten sich auf die Straße oder starben in einem angrenzenden Garten. Im Garten des alten Offiziers und dessen Frau blieb jedoch nie ein Reh liegen. Selbst mit letzter Kraft schafften sie es nicht, über die Grundstücksmauer zu springen.

—

In den Herbstferien schliefen Philipp und Tobi länger, frühstückten spät und setzten sich dann vor den Fernseher. Für Mittag bereitete Mutter Suppen vor, oder sie taute Reste von Gerichten wieder auf, die Philipp in der Mikrowelle aufwärmen sollte. Am Abend, nach der Arbeit, aß sie, was davon noch übrig geblieben war. Vater wollte zum Abendbrot lieber frisches Brot vom sorbischen Bäcker essen.

Philipp lag auf dem Sofa. Wenn er keine Lust mehr hatte, umzuschalten, warf er die Fernbedienung in den Sessel, wo Tobi saß. Am Wochenende liefen Zeichentrickserien, auch morgens schon. Unter der Woche schauten sie meistens Musikvideos. Der silberne Opel hielt vorm Haus, und Großmutter klingelte. Großvater blieb im Wagen sitzen. »Wir wollten doch nach Hoyerswerda«, sagte sie. Tobi runzelte die Stirn und hielt sich an der Haustür fest. »Zieht euch an«, sagte Großmutter. In der Küche stand noch die Dose mit der Linsensuppe. Sie wollten nicht schon wieder Linsensuppe essen. Philipp schaltete den Fernseher aus und zog sich eine andere Hose an. »Aber ich finde meine nicht«, sagte Tobi. »So kannst du aber nicht mit«, sagte Großmutter. Im Auto suchte Großvater nach der richtigen Frequenz für MDR1. Der Motor lief noch. Hin und wieder betätigte er die Scheibenwischanlage. Auf dem Acker waren keine Maispflanzen stehen geblieben. Gummireifen lagen auf der nackten Erde, wo sie Hindernisse markierten. Philipp stieg ins Auto und gab Großvater die Hand. Er durfte vorn sitzen. »Möchtet ihr Eis essen?« »Ja«, sagte Philipp. Er schnallte sich an und schaute aus dem Fenster in den Carport, wo sich das Altpapier stapelte. »Was machen die noch?«, fragte Großvater. »Keine Ahnung.« Großvater hupte schnell mit der Faust. Dadurch klang die Hupe wie ein einziger, kurzer Ton, auf den andere folgen könnten. Nur Großvater konnte so hupen.

Der Opel auf der Hauptstraße, raus aus Neschwitz. Dann auf die Bundesstraße. Ein kurzes Stück war es Philipps Schulstrecke. Tobi blickte durch die Windschutzscheibe, und da war die Landschaft, die er schon immer kannte. Mit den sandigen und steinigen Böden, manchmal lehmig und asphaltiert, oder mit Betonplatten zugedeckt. Sie war eben, bis auf die Steinbrüche. Im Frühjahr waren die Felder voll mit gelbem Raps. Dazwischen Birkenwälder. Kiefern, die wie Zahnstocher im sandigen

Boden steckten. Dann nichts mehr, nur der Mond, wie sie es nannten. Die grauen, abgebaggerten Flächen bis zum Horizont. Irgendwo dort tauchten die Kraftwerke auf, zu denen die tiefen Rillen im Boden wie Loipen führten. Tobi hatte lange gebraucht, um zu verstehen, dass der Senftenberger See einmal eine solche Landschaft gewesen war. Der See als Endpunkt dieser Entwicklung.

Der Wagen fuhr langsam auf der Straße durch den Wald. Die Kiefernstämme links und rechts. Birken wie angestrahlt, hellgrün und blass. Philipp war eingeschlafen, sein Kopf gegen die Scheibe gelehnt. Er hatte Schuppen, die ihm vom Hinterkopf auf die Schultern gerieselt waren. Einzelne klebten am Sitz, Tobi konnte sie sehen. Das Autoradio war leise gestellt. Blätterschatten, die über die Windschutzscheibe wanderten. Großvater hielt das Lenkrad fest mit beiden Händen. Sein hellbrauner Kamm lag auf dem Armaturenbrett. Großmutter blickte zur Seite aus dem Fenster, ihr Kinn mit der linken Hand abgestützt. Es war so leise im Wagen, so sanft und ruhig. Wie durch ein Bettlaken gedämpft das Licht und die Geräusche. Tobi war warm, als hätte er sich ins Bett gelegt und zugedeckt. Wenn jetzt ein Reh aus dem Wald springen würde, dachte er, es könnte ihm nichts anhaben. Er beobachtete Großvater, der nichts sagte und starr auf die Straße sah. Ruhig, die trüben, traurigen Augen nach vorn gerichtet. Die flache Landschaft, der Sand, der Lehm. Straßen, die ins Nirgendwo führten. Schnurgeradeaus. Schilder, die auf seltsame Ortsnamen verwiesen. Tobi konnte die Buchstaben noch nicht alle lesen. Er wollte nicht, dass Großvater jemals wieder anhielt. Er wollte weiterfahren und konnte sich nicht vorstellen, dass es ein Ziel gab. Eis hin oder her. Auf einer Bank sitzen und Leute beobachten, während Großmutter an den Schaufenstern entlangging. Das Einkaufszentrum reizte ihn gar nicht. Die dunklen Polster, der Duft von Großvaters Insulin. In der Armlehne die einzelne Euromünze zum Einkaufen, die in den Kurven hin und her rutschte. Tobi lehnte seinen Kopf ans Fenster und hoffte, dass der nicht einen so schmierigen Film wie Philipps an der Scheibe hinterlassen würde. Dann der seltsame Wunsch, der ihn erschreckte, dass Philipp weiterschlafen und nicht mehr aufwachen sollte. Er schloss die Augen und ließ seinen Kopf bei jedem Schlagloch dumpf gegen die Scheibe knallen.

Großvater lenkte den Opel am neuen Schwimmbad vorbei. Die Stadt Hoyerswerda nannte es »Lausitzbad«. Es stand unweit der Lausitzhalle und des Lausitzcenter. Die Kreuzung mehrspurig, ein großes Schild stand neben der Ampel, das den Zoo auswies. Philipp und Tobi schauten aus den Fenstern. Links und rechts Wohnblöcke. Alle gleich hoch und breit. Mitunter standen die Balkontüren offen. Deckenlampen waren durch die Spitzengardinen zu sehen. Männer und Frauen, die aus den Fenstern blickten. »Wir holen uns wieder Eis, dann kann Oma in Ruhe rumtrödeln«, sagte Großvater. Er parkte den Opel in der Seitenstraße eines Wohnkomplexes und steckte, bevor er die Türen verschloss, das Autoradio in die Bauchtasche aus Leder, in der er seine Medikamente aufbewahrte. Unter anderem die Spritze, die er sich vor jedem Essen in den Bauch setzte. Er suchte sich immer eine andere Stelle, aber in einem gleichbleibenden Radius um seine Leber herum.

Das Einkaufszentrum war nicht groß. Es zog sich ebenerdig in die Länge. Auf den Bänken in der Mitte des Ganges saßen alte Frauen und hielten sich an ihren Rollatoren fest. Jemand hatte mit dem Fuß ein Loch in den Aufsteller getreten, der ein Schlagerdouble ankündigte. Tobi lief langsam neben Großvater her, um ihn nicht zu überholen. Leere Läden auf jeder Seite des Ganges. Er spiegelte sich in den dunklen Fensterscheiben. Vor der kleinen McDonald's-Filiale standen ein paar Jugendliche an. Dort kaufte Großvater das Eis für Tobi und Philipp. Sie setzten sich auf eine der freien Bänke, während Großmutter an den Geschäften vorbeilief und gelegentlich in eines hineinging. Meistens in den Schreibwaren- oder Einrichtungsladen. Bei Deichmann und C&A blieb sie am Schaufenster stehen.

Großvater und die Jungs beobachteten sie dabei. »Dort geht sie nicht rein«, sagte Philipp und rührte die Schokolinsen in seinem Eis um. »Ich denke schon«, sagte Großvater. Tobi ließ seine Füße von der Bank baumeln und versuchte, im Mund die flüssige Eiscreme durch seine Vorderzähne zu drücken. »Siehst du«, sagte Großvater, und Philipp lachte. Großmutter kam schon nach kurzer Zeit wieder aus dem Geschäft zurück und ging zur Bank. Am liebsten trug sie dunkelgrüne oder weinrote Jacken. »Es gibt momentan nichts Schönes«, sagte sie. »Wir warten noch, bis die Jungs ihr Eis aufgegessen haben«, sagte Großvater. Er hatte sich angestrengt, um das zu sagen. Eine Frau mit einem kleinen Hund ging an ihnen vorbei. Ihr Kopf gen Boden gerichtet. Großvater schmunzelte. Seine Unterlippe zitterte. »Eine Fußhupe«, sagte er. Tobi lachte darüber. Philipp wusste, dass er das sagen würde.

Vor den Hauseingängen saßen junge Männer auf den Treppen und schnippten ihre Zigarettenstummel mit den

Fingern auf parkende Autos. Andere lehnten am Geländer und zitterten, wenn der Wind wieder auffrischte. Eine Bierflasche wurde umgestoßen. Fiel die Stufen herab und zerbrach auf dem Gehweg. Der Schaum breitete sich nicht aus. Er legte sich um die Glasscherben und sickerte langsam in die Rillen. Einmal im Jahr, meistens im Herbst, fuhr jemand mit dem Rasenmäher über den Gehweg, um die knöchelhohen Grashalme zu stutzen.

Großvater betätigte die Scheibenwischer. Zwei Zigarettenstummel wurden angehoben und über die Scheibe geschoben. Dem rechten folgte Philipp mit den Augen, bis er von der Scheibe in die Parkbucht fiel. Tobi leckte über seine Lippen. Sie waren noch süß in den Mundwinkeln. »Gleich kommt wieder der Balkon«, sagte Philipp. Großvater lenkte den Opel vom Parkplatz, während die Männer von der Treppe aus winkten und etwas riefen. Er sah beim Wenden, dass die Ampel an der Kreuzung auf Rot stand, also fuhr er langsamer. Er setzte den Blinker. Wartete. Sah in den Rückspiegel. »Rechts ist frei«, sagte Philipp. Der Blinker langsam. Die Lüftung laut. Die warme Luft war auf die Füße gerichtet. »Du kannst, Opa«, sagte Philipp. Großvater sah zur Kreuzung.

Die Ampel wurde grün, er gab Gas, schaltete hoch, in den zweiten und sofort in den dritten Gang. Immer noch grün und kein Auto vor ihm. »Da«, sagte Philipp. Auf der linken Straßenseite, in einem der Wohnblöcke, war der Balkon. Er war so weit oben, dass Philipp und Tobi sich zur Scheibe beugen mussten. Die Wand war gänzlich schwarz. Das Geländer verkohlt. Der ganze Block stand leer. Da, wo die Fenster in Wurfweite waren, waren sie mit Steinen eingeschlagen worden. Die Ampel immer noch grün. Großvater setzte den Blinker und bog an der Kreuzung ab. Philipp und Tobi drehten sich nach dem Balkon um. Über den Fenstern auf der gesamten Etage waren schwarze Stellen vom Ruß wie abstehende, aufgemalte Haare. Großvater schaltete höher. Der Wohnblock wurde kleiner. An der Kreuzung zum Lausitzbad war er schon nicht mehr zu sehen. »Was ist da passiert?«, fragte Philipp. Großvater blickte starr durch die Windschutzscheibe. Vor der Schwimmhalle hielt ein Bus, aus dem Schulkinder ausstiegen. Er betätigte die Scheibenwischanlage. Tabakkrümel wurden im blauen Scheibenwischwasser weggespült. Philipps und Tobis Blicke. Die Frage, warum Großvater nie darauf antwortete. Warum er in der Stadt, an dieser Stelle, so ungewohnt schnell fuhr. Auch Großmutter, die ihr Gesicht zur Scheibe wandte und nichts sagte.

12. KAPITEL

Im Schulgarten harkte Tobi das Laub von den Beeten und schmale Rillen in die Erde. Felix zog Unkraut aus dem Boden und warf es auf den schmalen Gehweg, wo es trocknen sollte. Seine Eltern besaßen den Schreibwarenladen in Kamenz. Dort verkauften sie auch Kalender. Im Winter Räucherkerzen. Angestellte hatten sie keine. Im Sommer fuhren sie mit Felix an die Ostsee. Immer in den gleichen Bungalow. Marco, dessen Haare wieder frisch geschoren waren, pflückte Äpfel von einem Säulenobstbaum. Die anderen Kinder aus der Klasse taten das Gleiche. Harkten, zupften oder pflückten. Die Lehrerin ging zwischen den Gruppen hin und her und zeigte, wie man das Harken, Zupfen und Pflücken verbessern konnte. Felix kniete, hockte sich dann hin und warf das Unkraut in den Eimer, in dem die Äpfel landeten. »Hör auf!«, sagte ein Mädchen. Er nahm einen Apfel, einen kleinen grünen, und schmiss ihn Tobi aufs Beet. Tobi harkte einfach Erde darüber und schmunzelte dabei. Dann nahm Felix einen Apfel, wiegte ihn in seiner Hand, blickte zur Lehrerin, die am Zaun stand, der das Grundstück zum kleinen Bach hin abgrenzte, und warf den Apfel gegen die Wand der Garage. Der Apfel hinterließ einen nassen Fleck auf dem graubraunen Putz. Weiße Stücke vom Fruchtfleisch. »Frau Wenzer«, rief das Mädchen. »Klappe!«, sagte Felix. »Musst doch nicht alles petzen«, sagte Marco. Er nahm den Apfel, den er gerade gepflückt hatte, und warf ihn gegen die Garagenwand. Den Fleck von Felix traf er jedoch nicht. »Das sind Lebensmittel«, sagte ein Junge, der an einem anderen der Säulenbäume stand. »Die isst sowieso keiner«, sagte Felix. Tobi hatte ihm zugesehen und den Apfel, der auf dem Beet lag, immer wieder mit der Harke zerkratzt. Die Erde hatte sich klebrig um das Fruchtfleisch gelegt. Mit der Zeit hatten sich Stücke davon gelöst. Irgendwann war der Apfel matschig und zerkleinert in das Beet übergegangen. »Ihr bleibt nach der Stunde länger«, sagte Frau Wenzer. »So geht man nicht mit Essen um.«

Die anderen Kinder sahen sich nach Tobi, Felix und Marco um. Sie hatten sich vor der Garage aufgestellt, und ein Blecheimer stand auf dem Boden, in den sie Zigarettenstummel sammeln sollten. Die bunten Ranzen der anderen waren noch nicht um die Ecke gebogen, da nahm Felix einen Stummel und steckte ihn sich in den Mund. »Guckt mal, ich bin von Stein.« »Das ist abartig«, sagte Marco. Felix spuckte den Stummel aus und wischte mit seinem Finger über seine Zunge. Die Sonne schien auf die Garagenwand. Der Duft von matschigen Äpfeln. Gleichzeitig roch es aus dem Blecheimer wie die Reste vom Hexenfeuer. Die Jungs stellten den Eimer vor die Tür des Hausmeisters und beobachteten, wie Frau Wenzer vornübergebeugt die Stellen abging, die sie reinigen sollten. »Ihr könnt in den Hort gehen«, sagte sie. »Bis morgen.« Dann stieg sie in ihr Auto und fuhr an den Jungs vorbei über den Schulhof auf die Straße.

—

Felix nahm zwei Steine, legte sie an der langen Seite aneinander und dann zwei Steine darüber. Immer so weiter, bis der Turm zu wackeln begann. Heute kein Domino. Darin waren sie sich schnell einig gewesen. Hatten es nicht einmal richtig zu besprechen gebraucht. Er suchte die Steine, auf denen »Bank« und »Parkplatz« stand. Baute ein Autohaus und Straßen rund um die Hochhäuser. Tobi und Marco zogen ihre Schuhe aus und setzten sich auf den Boden. Tobi baute eine Brücke und eine doppelstöckige Straße. Marco noch ein Autohaus und schließlich die Bank. Sie legten Steine an den Rand und bauten noch drei weitere Hochhäuser. Die Stadt war in der Mitte hoch und wurde an den Stadtgrenzen dünner und flacher. Die Heizung gluckerte. Tobi stellte sich hin. Der höchste Wolkenkratzer reichte ihm bis zur Kniebeuge. Selbst der niedrigste bis zur Mitte seiner Wade. »Pass auf«, sagte Marco, als Felix sich auch hinstellte und der höchste Turm zu wanken begann.

Dann stellten sie sich vor ihre Stadt. Vor das Bankenviertel, die Wohngegend, das Industriegebiet. Es gab auch einen Bahnhof. Einen Flughafen mit einer Landebahn, die von der Mitte des Raumes bis zur Wand reichte. Der Teppich war so abgelaufen und plattgetreten, dass kein Stein verrutschte. »Fertig?«, fragte Tobi. »Ich schon«, sagte Felix. »Warte!«, sagte Marco und rückte ein Auto zurecht. Er setzte auch das »Post«-Schild anders hin. Dann nahm Tobi die Steine, die sie zuvor an den Rand gelegt hatten, und teilte sie zwischen sich, Felix und Marco auf. Er zählte von fünf runter. Vier, drei, zwei, eins. Marco warf den ersten Stein. Er traf kein Hochhaus. Felix traf das höchste, Tobi die Brücke. Dann fielen die Bank und die Post ein. Felix warf seine restlichen Steine mit einem Mal. Sie schlugen in Hochhäuser ein, knallten auf den Boden und landeten auf dem Fensterbrett. Schließlich nahm er seine Schuhe und schmiss sie auf den Haufen Steine. Tobi zog sich seine Schuhe an und hackte gegen die Straßen, die Landebahn und den Bahnhof. Ein Hochhaus stand noch, dagegen schlug Marco mit seiner bloßen Faust.

13. KAPITEL

Vater und Mutter gingen mit Kathrin und Andreas im April zum Hexenbrennen. Bald Nachbarn, Mutter und Kathrin Arbeitskollegen. Andreas hatte frei, sonst fuhr er mit einem Lkw vor allem die Strecke nach Österreich. Wenn er nach mehreren Tagen zurückkam, erzählte er häufig, wie gut der österreichische Radiosender Ö3 im Vergleich zu den sächsischen Sendern sei. Der Himmel verdeckt von Rauch. Statt feuchtem Gras, das frisch aus der Erde trieb, roch es nach nassem, kohlenden Holz. Jugendliche kamen ihnen entgegen. Manche von ihnen hatten ein Mädchen im Arm. Die liefen stumm mit und lachten gelegentlich auf. Sonst schauten sie verliebt nach links und rechts und hofften, dass das auch jeder bemerkte.

Die Musik wurde lauter mit jedem Schritt, den die Vierergruppe dem Feuer näher kam. Der Platz kreisrund. In der Mitte das Feuer. Der hintere Teil durch Bauzäune abgesperrt, wo der Steinbruch angrenzte. Bei der Hütte der Jugendfeuerwehr war eine Bühne aufgebaut. Dort tanzten Leute. Andere tanzten da, wo sie standen. Das Bierzelt war voll und durch den Feuerschein wie gelb angemalt. Die Plane an den Seiten aufgerollt, damit sich die Wärme im Zelt nicht staute. Wolfgang Petry aus den Boxen. Mutter klatschte in die Hände und stieß mit ihrer Schulter an Vaters. Andreas küsste Kathrin. Er sah Vater dabei an, sein

Blick hatte etwas Herausforderndes. Seine Augen waren groß, die Augenbrauen buschig.

Vater drehte sich weg und suchte einen Platz, eine freie Bank. Die vielen Leute, die im Zelt saßen oder um das Feuer standen. Ein junger Mann stützte sich gegen den Bauzaun und sackte in sich zusammen. Leute kamen, wahrscheinlich seine Freunde, zogen ihn an den Armen wieder hoch und stützten ihn. Jemand ohrfeigte ihn, und kurzzeitig schien er das nicht zu bemerken. Er verlangte einen Schluck Bier und tanzte weiter. »Da hat schon wieder ein Kind gekotzt«, sagte Andreas. Sie fanden eine Bank im Zelt nahe dem Bierausschank. »Weißt du, wer heute Dienst hat?«, fragte Kathrin an Mutter gewandt. Mutter schüttelte den Kopf. »Nein, Bodo und Peggy?«, sagte sie. Es gab Tage im Jahr, an denen niemand in der Rettungsstelle arbeiten wollte. Das Hexenbrennen gehörte dazu, außerdem Silvester und Weihnachten natürlich. Es gab in der letzten Ferienwoche im August, jedes Jahr bevor die Schule wieder begann, einen Rummel, das Forstfest. Mit Riesenrad, Autoskooter, Schießbuden, Bierzelten. Einem alten Kettenkarussell aus Holz, das einem Ehepaar gehörte. Mann und Frau Kettenraucher und grau wie die abgewetzten Sitzflächen. Wenn sich die Schausteller am späten Abend in ihre Wohnwagen zurückzogen, trafen sich die Männer zum Prügeln im Schatten des ausgeschalteten Kettenkarussells. In solchen Nächten hörte Mutter im Krankenhaus aufmerksam den Wetterbericht. Sie ging ans Fenster und hoffte, dass es regnen würde. Wenn es regnete, prügelten sich die Kerle nicht. Dann zogen sie sich wie Katzen zurück.

Auf dem Platz, wo das Hexenfeuer brannte, gab es keine dunklen Verstecke. Mädchen waren das erste Mal betrunken. Jungs küssten sie, umarmten sie, fassten ihnen das erste Mal an die Brüste, in den Schritt. Plastikbecher wurden in die Flammen geworfen. Kurz stieg schwarzer Rauch auf, war sichtbar, solange das Feuer ihn anstrahlte. Dann löste er sich in der Nacht auf. Kathrin und Andreas tanzten eng umschlungen im schmalen Gang zwischen den Bierbänken. Mutter und Vater saßen sich gegenüber und beobachteten sie. Kathrins Bewegungen, die Vater kannte. Die Partys in irgendwelchen Garagen und Gartenlauben. Ohne Helm auf dem Moped nach Hause fahren. Hin und wieder nippte er am Bier. »Willst du tanzen?«, fragte Mutter. Vater sah sie an und schüttelte den Kopf. Er war kein Tänzer. Es zog ihn nicht auf die Bühne, noch wollte er sich rhythmisch bewegen. »Die meisten kommen mit den Eltern, und die wissen dann am nächsten Tag gar nicht, dass wir ihren Kindern den Magen auspumpen mussten«, sagte Mutter, als hätte sie geahnt, dass sie das Thema wechseln musste.

»Willst du tanzen?« Plötzlich stand Andreas neben ihr und beugte sich zu ihr herunter. Sie sah zu Vater, ganz kurz, stand auf und folgte Andreas. Vater sah ihr nach. Mutters Körper halbseitig im Schatten, sie hatte ein schönes Profil und bewegte sich wie synchron zu den Flammen. »Erschreckend mit den Kindern, oder?«, sagte Kathrin. Die betrunkenen Jugendlichen im Blick. Sie setzte sich zu ihm, neben ihn, aber er antwortete nicht. Die Wärme ihrer Oberschenkel. Die ganze Bank war doch frei gewesen. Vater versuchte, sich auf Andreas zu konzentrieren. Der führte sie gut, seine Frau. Andreas sah sie an, dann wieder um sich, sich immer wieder auf der Fläche

verortend, denn vielleicht sah ihm ja jemand zu. Wieder
Plastikrauch. Vaters Wange war warm, aber nur die rechte. Dann eine Panne zwischen zwei Liedern, weil jemand
über ein Kabel gestolpert war. Eine Bank fiel um, aber Andreas tanzte weiter. Er drehte sich, war mal im Schatten,
mal im Licht. War er dunkel, war Mutter hell. Sie lächelte
und lachte bei einem Schrittfehler. Vater richtete sich auf.
Die Musik lief wieder, dann klopfte er ihr auf die Schulter.
»Willst du was trinken?« Andreas blieb stehen und blickte
Vater unsicher an. »Sekt«, sagte sie. »Warte, ich komme
mit«, und ließ Andreas los. Der sah ihr nach und setzte
sich schließlich zurück zu Kathrin auf die Bank.

Vaters Jacke stank nach Rauch. Die ganze Nacht stank
er danach auf dem Nachhauseweg. Er roch an seinem Ärmel und täuschte ein Husten vor. »Wir lassen die Sachen
draußen auslüften«, sagte Mutter. »Ja.« Sie gingen am
Tuchmacherteich vorbei, einem Teich nur für die Fisch-
zucht. Bänke am Ufer, auf denen niemand saß. Die Straße
war hinter den Bäumen zu sehen, die Autos zu hören. Sogar Enten mieden den Teich. Wenn der Winter zu schnell
einbrach und der Teich nicht abgefischt werden konnte,
war es möglich, darauf Schlittschuh zu fahren. Aber das
war in den letzten zehn Jahren nur zwei Mal passiert.

Im dunklen Schlafzimmer, im eigenen Bett, roch Vater
den Rauch in seinen und Mutters Haaren. Sie lag neben
ihm, schon ganz still, ihr Atem gleichmäßig langsam. Er
hätte sie noch auf Andreas ansprechen können. Vielmehr
auf Kathrin. Dass er Uwe nicht aus seinem Kopf bekam.
Sich Sorgen machte, ihn lange nicht gesehen zu haben.

14. KAPITEL

Im August regnete es stark und über mehrere Tage am Stück. Beinahe zwei Wochen lang. Philipp erzählte in der Schule, dass bei den Nachbarn, bei Andreas und Kathrin, Leute aus Dresden wohnten. Ein junges Paar mit Baby, das bei der Flucht aus Dresden fast gestorben war.

»Wie denn?«

»Das Haus ist abgesoffen«, sagte er. »Da musst du erst mal rauskommen, wenn du ganz oben wohnst.«

Im Fernsehen Bilder von der Sächsischen Schweiz. In Dresden standen noch Menschen auf der Brühlschen Terrasse und beobachteten die Elbe, wie sie langsam und braun an ihnen vorbeizog. Fast belustigt. Dann, einen Tag darauf, wurde der Hauptbahnhof geflutet und ganze Stadtteile von Dresden evakuiert. »Da ist ein Auto gegen die Brücke gespült worden«, sagte Philipp. »Hast du das gesehen? Die wäre fast eingestürzt. Stell dir das mal vor! Richtig geil!« Mit Tobi hatte er sicherheitshalber Rucksäcke gepackt für die Evakuierung. Der anhaltende Regen ließ die Rinnsale um Neschwitz steigen, die Wiesen und Felder überfluten. Nichts, das ihnen gefährlich werden konnte, und dennoch klang der Regen von Nacht zu Nacht lauter und bedrohlicher. Der Fernseher. Bilder, als würde die Welt untergehen.

—

Das Baby lag auf einer Decke auf dem Boden in Kathrins und Andreas' Wohnzimmer. Das Haus stand am Ende der Straße, unweit von Zschornacks, in Sichtweite, und hatte einen Weidezaun als Abgrenzung zum Nachbargrundstück. Nach langen Diskussionen hatten sich Kathrin und Andreas auf die blaue Fassadenfarbe einigen können. Kathrin hatte sich französische Balkone gewünscht und weiße Dachbalken. Uwe hätte ihnen helfen können, aber sie hatten seine Hilfe abgelehnt.

»Habe ich auch so gelacht?«, fragte Tobi. Das Baby hielt seinen Zeigefinger fest. Tobi kitzelte es durch die Socken an den Füßen. Mutter und Philipp saßen daneben auf dem Boden. »Du warst sehr still und bist immer so schnell erschrocken«, sagte Mutter, »dann hast du direkt angefangen zu weinen.« Tobi sagte nichts. Das war nicht, was er hören wollte. Er beobachtete das Baby, wie es nach einem Holzspielzeug griff und dann mit dem Mund daran saugte. Miriam war ein schöner Name für ein Baby, dachte er. Er folgte Philipp auf die Terrasse. Es regnete gerade nicht. Es war sogar warm. Immerhin August. Die Feuchtigkeit in der Luft fühlte sich an wie zwei Hände auf seinem Kopf, die gegen seine Schläfen drückten. Von hier aus konnte er die Straße sehen und die ehemalige Kantine des Schamottewerkes. Aus einem der eingeschlagenen Fenster wehte eine Gardine. Mit dem Saum blieb sie am rauen Putz hängen, löste sich und blähte sich auf wie ein Segel.

»Gestern war die Polizei in der Schule«, sagte Philipp. Tobi stand neben ihm. »Echt?«, fragte er. »Da ist einer im Unterricht aufgestanden und hat gesagt, dass er Frau Reim umbringen will.« »Alter!« Tobi wollte sehen, ob Philipp das auch so überraschte.

»Wir haben vom Fenster zugeguckt, wie die Polizei kam und den mitgenommen hat.«

»Ist der jetzt im Knast?«

»Ja, bestimmt«, sagte Philipp.

»Wie alt war der?«

»In der neunten Klasse.«

Tobi kickte gegen einen Stein, der vor ihm auf dem Boden lag. Er streckte seinen Arm aus. Regentropfen auf seiner Handfläche. »Dann war der ja richtig stark«, sagte er. Der Stein landete im Gras, Philipp konnte nicht sehen, wo.

»Ja, das ist einer der Stärksten.«

»Du auch?«, fragte Tobi.

Philipp sah ihn an. Erst überrascht, dann selbstsicher. »Ja, in meiner Klasse bin ich einer der Stärksten.«

Tobi lächelte zufrieden. »Ja, ich auch«, sagte er. Er winkelte seinen Arm an und spannte die Muskeln. Wenn sie nach Zwickau zu den Großeltern fuhren, tat er das Gleiche. Großvater lobte ihn dafür. »Guck«, sagte Tobi und fasste mit der anderen Hand um seinen Oberarm. »Guck mal!«

»Ich fass dich doch nicht an«, sagte Philipp. »Ich bin doch nicht schwul.« Und weiter: »Bei mir ists sowieso fester. Ich bin ja auch älter als du.«

Kathrin öffnete die Terrassentür. Andreas war irgendwo auf dem Weg nach Österreich. Hatte er gesagt. »Kommt lieber rein«, sagte sie, »es regnet ja. Gleich gibt es Kuchen.« Das Baby im Nebenraum. Das Babyfon auf dem Tisch, neben der Kaffeekanne und dem aufgetauten Streuselkuchen. Tobi hörte jedes Seufzen. Selbst das leise Rascheln, wenn das Baby sich drehte. »Noch kein Jahr alt und muss schon so was miterleben«, sagte Kathrin. Sie trank Tee, weil sie glaubte, sich erkältet zu haben. Miriam hustete. Kurz unterbrachen alle das Kauen. »Muss man sich immer selbst fragen, ob man Kinder in so eine Welt setzen will«, sagte Miriams Vater. Er arbeitete in der Stadtverwaltung, wo er seine Frau kennengelernt hatte. Sein Bart schimmerte blau durch die blasse Haut. »Keine Ahnung, wie wir Miriam das in Amerika mal erklären sollen«, sagte er. »Der ganze Krieg und Terror. Ich bin mir sicher, das wird jetzt immer mehr.« Tobi sah von seinem Teller auf. Er wollte nicht überrascht oder erschrocken wirken. Die letzten Streuselkrümel drückte er mit der Gabel zu einer Masse zusammen. Philipp schien das nicht zu beeindrucken. »Da haben die Amis selbst Schuld«, sagte Vater. »Es gibt Länder, die können mit Demokratie nichts anfangen.« Auf der Terrasse spülte der Regen das Moos aus den Fugen. Miriams Mutter schaute zum Fenster raus und seufzte. »Du bist halt nirgends mehr sicher«, sagte sie. Tobi, der nichts sagte, aber jedes Wort verfolgte.

15. KAPITEL

»Warum steht da ›Jude‹?«, fragte Großmutter. Philipp versuchte, seinen Hefter über das Wort zu legen. Ursprünglich war der Schriftzug, den er mit Bleistift geschrieben hatte, mit einem Buch abgedeckt. »Weiß ich nicht«, sagte er. Großmutter schob den Hefter wieder zur Seite. Sie betrachtete das Wort und jeden der vier Buchstaben in Druckschrift. Durch das ständige Ablegen der Bücher oder Hefter darauf war es verblasst. Die Buchstaben verwischt. »Weißt du überhaupt, was das bedeutet?«, fragte sie. »Das haben die Zehntklässler gerufen«, sagte Philipp. Er hatte auf dem Marktplatz bei der Linde gestanden, wo die Busse hielten. Die Neunt- und Zehntklässler hielten sich gegenüber beim Bushäuschen auf. Ihr Zigarettenrauch blieb unter dem Plexiglasdach hängen. »Jude«, das klang weich und melodisch, wenn er es selbst aussprach. Aber die Zehntklässler hatten es einem Jungen hinterhergerufen, hatten es geschrien, über den ganzen Marktplatz und auf dem Weg zur Schule. Dabei laut gelacht. Philipp hatte es den ganzen Tag im Ohr und sagte es im Unterricht leise vor sich hin: Jude! Jude! Dreckige Judensau! Dann nahm er einen Stift und schrieb es neben seinen Hefter. Erst in der Schule, dann zu Hause.

»Mach das weg«, sagte Großmutter. Philipp sah sie nicht an. Sein Kopf rot, die aufsteigende Wärme in seinem Gesicht. Rieb mit dem Finger über die Buchstaben, bis Groß-

mutter seinen Arm zur Seite schob und in ihr Taschentuch
spuckte. Mit jeder kreisenden Bewegung breitete sich der
graue Schatten auf der Tischplatte aus. Einzelne Abdrücke
der Lettern auf der weichen Oberfläche des beschichteten
Pressspanbrettes blieben übrig. Das »U« und der vertikale
Strich des »D«. Philipp hoffte, dass sie es nicht Großvater
sagen würde.

—

Ende September war das Wasser auf seinen normalen
Stand gesunken. Dresden war trotzdem noch täglich in
den Nachrichten. In den Wäldern um Neschwitz stand das
Wasser in den Kaolinkuhlen. Pilze wuchsen an umgekipp-
ten Bäumen und entlang der alten Schienen. Darüber berichtete sogar die Lokalzeitung. Die Autos der Pilzsamm-
ler am Straßenrand und in den Einfahrten zum Wald.

Mutter ging durch den Wald in einer hellblauen Regenjacke. Bückte sich und schnitt mit ihrem Taschenmesser
durch den weichen Stiel. Die Kiefern um sie herum wie
aufgebockte Hecken. Durchlässig gegen den Wind und die
tief stehende Sonne. Sie konnte einzelne Häuser sehen,
auch wenn sie weit entfernt lagen. Sie ging um den Steinbruch herum und bemerkte die frischen Reifenspuren
nicht, in denen sie lief. Blickte an den glatten Wänden aus
Granit herab. Der Wasserstand der letzten Monate war
sichtbar. Dann bemerkte sie etwas Rotes unter der Oberfläche. Es war Mittagszeit. Geräusche von der Straße prallten an den Kiefernstämmen ab. Auf dem Wasser Birkenblätter, kleine und dicke Äste. Sie ging näher an die Kante
heran. Wie von Wellen oder dem Wind bewegt, schaukelte

ein Auto im Wasser vor und zurück. Sie konnte jetzt die Rücklichter sehen. Kurz. Dann einen Teil des Daches. In den Steinbrüchen wurden alle möglichen Sachen entsorgt. Weihnachtsbäume, die samt Lametta an der Oberfläche trieben, Einkaufswagen, Mopeds und Trabbis.

Sie stellte den Korb ab. Eigentlich mochte sie den Geschmack von Pilzen nicht. Ging nah an die Kante des Steinbruchs heran. Das Wasser war aufgewühlt. Die wenigen Wellen ließen die Blätter und Äste auf der Oberfläche schaukeln. Dazwischen das Rauschen der Autos auf der Straße. Keine weitere bunte Jacke eines Pilzsammlers zwischen den Kiefern. Ein letzter Blick, dann ging sie zurück zum Renault. Im Kofferraum breitete sie eine Decke aus, auf die sie den Korb mit den Pilzen stellte.

Erst zu Hause kam ihr der Gedanke. Sie hatte die Pilze gewaschen und in einen Topf geschnitten. Aufkochen lassen und dazu frisches Brot mit Butter und Salz gegessen. Vater war an dem Abend nicht zu Hause. Tobi und Philipp aßen keine Pilze. Dann rief sie die Polizei. »Ja, guten Abend«, sagte sie. »Ich war heute im Wald, die erste Einfahrt aus Richtung Neschwitz. Dort im Steinbruch habe ich ein Auto im Wasser gesehen.« »Ein Auto?« »Rot.« »Warum melden Sie das erst jetzt?« »Ich hatte nicht mehr daran gedacht.« »Wir schicken jemanden vorbei. Wiederhören.« »Tschüss.«

———

Ein Streifenwagen fuhr die Straße entlang. Der Lichtkegel der Scheinwerfer blieb an den Stämmen hängen. In der Abendluft konnte man die Pilze riechen, auf die die beiden

Polizisten getreten waren. Mit einer Taschenlampe leuchteten sie den Weg aus. Im Wald war es still bis auf die Äste, die, vom Wasser getragen, an den Granitwänden des Steinbruchs kratzten. Die beiden Männer gingen näher an die Kante heran und versuchten, sich auf einen Vorsprung zu stellen. Einer der beiden blieb ein wenig zurück. Es gelang ihm nicht, seine großen Füße auf einen hervorragenden Stein zu setzen. Der andere ließ den Lichtkegel der Taschenlampe über das Wasser kreisen, hin und her, von oben nach unten. Wie bei einem Raster. Dann hielt er die Taschenlampe still. Es raschelte. Dann klang es, als wären da Schritte auf dem Waldboden, ganz dumpf. Aber er hielt die Taschenlampe auf das rote Schimmern gerichtet. Ein Ast knackte. In einiger Entfernung schien etwas von einem Baum gefallen zu sein. »Warum ist das nicht gesunken?« »Keine Ahnung.« Der Nachthimmel war klar zwischen den Kronen der Kiefern. Das Metall der Taschenlampe lag kalt in der Hand. »Glaubst du, da sitzt noch einer drin?« »Vielleicht hat nur jemand das Auto entsorgt.« Sie gingen zurück an die Kante, stützten sich dabei gegenseitig und zündeten sich Zigaretten an. »Hast du das in Zittau damals mitgekriegt?« »Nee.« »Da haben sie in einem leeren Steinbruch Hunderte Škodas gefunden. Waren alle von den Polen geklaut. Oder von den Tschechen.« »Die sollten die Dinger einfach zuschütten.« »Hm.« Die Taschenlampe lag auf dem Boden. Angeschaltet, leuchtete halb auf eine Granitwand, halb in das Gebüsch und auf die Birken auf der anderen Seite. Die Männer aschten in den Steinbruch und warfen die Zigaretten hinterher. »Hoffentlich ist da keiner drin, sonst sind wir noch 'ne Weile hier.« »Ja, Scheiße.«

Nach einer halben Stunde zwei weitere Streifenwagen. Gegen Mitternacht ein Taucher der Polizei. Er fand einen Weg zum Wasser, indem er sich an den Wänden hinabhangelte. Als er unten angekommen war, reichte ihm jemand seine Ausrüstung. Scheinwerfer wurden aufgebaut und auf dem weichen Waldboden stabilisiert. Die Polizisten standen am Rand der Grube und sahen dem Taucher zu. Er blieb knapp unter der Oberfläche mit seinem schwarzen Taucheranzug. Verschwand, tauchte wieder auf und hatte Dreck aufgeschlämmt, sodass es bald aussah, als würde er in Milch schwimmen. Luftblasen. Schließlich streckte er seinen Kopf aus dem Wasser. »Da sitzt einer drin«, rief er den Polizisten zu. Die sahen sich an, dann zu Boden und atmeten hörbar aus. Scheiße. Es sprach sich in Neschwitz schnell herum, dass es sich bei dem Mann im Auto um Uwe handeln musste.

16. KAPITEL

Vater legte die Zeitung zur Seite. Die Spaghetti auf seinem Teller vor ihm dampften. Der Käse war geschmolzen. Die Tomatensoße von Mutter aß er nicht. Sie bestand aus einer Mehlschwitze mit Ketchup und Zwiebeln. Er mochte keine Zwiebeln. »Was ist mit Uwe?«, fragte Tobi. Vater hielt seinen Kopf so geduckt, als würde er noch immer in der Zeitung lesen. Jetzt richtete er sich auf. »Woher weißt du das?«, fragte er. Mutter versuchte, Tobis Blick zu erhaschen, wollte den Kopf schütteln und sich auf die Lippen beißen. Bloß nicht nachfragen. Aber Tobi sah Vater an und abwechselnd auf den Teller und seine schmutzige Gabel. Der Käse klebte daran. Tobi zögerte, dann sagte er, dass Philipp ihm das erzählt habe. »Hab ich gar nicht«, sagte der. »Doch, hast du«, sagte Tobi. »Dass er sich umgebracht hat und eine Waffe im Auto hatte.« »Das hat jemand in der Schule gesagt«, sagte Philipp. Vater schnitt mit dem Messer die Spaghetti klein. In der Pfanne waren noch angebratene Jagdwurstwürfel. »Hatte Uwe überhaupt ein Auto?«, fragte Tobi. Die Sonne schien durch die Spitzengardinen, dann schob sich wieder eine Wolke dazwischen. »Ich weiß es nicht«, sagte Vater. Er stand auf, nahm seinen Teller mit und warf die Spaghetti in den Müll. Dann ging er durch die Terrassentür in den Garten und war kurz vom Küchenfenster aus zu sehen. Mutter schaute ihm hinterher. Sie wollte etwas sagen. Dass er jetzt nicht gehen sollte. Nicht schon wieder. »Was macht Vati?«, fragte Philipp. »Lasst den«, sagte Mutter. »Der will noch das Laub aus dem Carport fegen.«

—

Tobi hatte eine Liste von Bäumen, Blumen und Gräsern. Das Herbarium sollte in drei Wochen abgegeben werden. Bis dahin musste er die Pflanzen finden, pressen, trocknen, aufkleben und beschriften. Wie Ahorn aussah, wusste er. Eichen sowieso. Und Klee hatte er in den Rillen der Gehwegplatten wachsen sehen. Allerdings brauchte er die Pflanzen samt Wurzel. »Wenn du etwas nicht findest, helfe ich dir«, sagte Mutter. »Ich mach das alleine«, sagte er. Er steckte sich den Zettel und eine Plastiktüte in die Jackentasche und verabschiedete sich. »Aber nicht alleine in den Wald!«, sagte sie noch.

An den Ziegelsteinen des Schamottewerkes rankte Efeu, von dem er ein paar Blätter abriss. Das Tor zum Gelände stand halb offen und war mit einer Fahrradkette abgesperrt. Tobi hätte sich ganz leicht durch den Spalt drücken können. Die Fenster des Pförtnerhäuschens waren mit Brettern zugenagelt. Er blickte empor zur alten Esse, wo eine kleine Birke wuchs, die im Wind schwankte. Wie die da hochgekommen war, fragte er sich. »Weg von dem Tor!«, rief ein Mann. Tobi drehte sich um und sah ihn aus einem Fenster der Wohnblöcke gegenüber lehnen. »Weg da!«, rief er. Tobi ging schnell weiter, am Zaun entlang, ohne sich noch einmal umzudrehen. In der Plastiktüte schwitzten die Efeublätter. Ein Moped fuhr vorbei, dann das Postauto und der Bus. Nicht mehr weit, dann würde

Neschwitz in den Wald münden. Der Fußweg hatte am Honigladen längst aufgehört. Tobi lief am Straßenrand, an den Pinguinen vorbei, wie er die schwarz-weiße Straßenbegrenzung nannte. Eigentlich nannte nur Philipp sie so. Tobi hatte ihn das einige Male sagen gehört. Er war jetzt in der dritten Klasse, da würde er doch weiterlaufen dürfen.

In einer Parkbucht im Wald lagen Zigarettenstummel auf dem Boden. Manche in den breiten Rillen der Reifenspuren. Tobi hatte von dem Kran gehört, der in der Nacht gekommen war. Von den Polizeiautos und Lichtstrahlern im Wald. Er war unsicher, sah nach vorn in den Wald und drehte sich nach der Straße um. Kein Auto fuhr an ihm vorbei. Der Mann war nicht in Sicht, der aus dem Fenster gerufen hatte. Seine rechte Handfläche schwitzte von der Plastiktüte. Die andere Hand steckte in seiner Jackentasche. Er ging den Weg entlang, aber nicht in dessen Mitte, weil dort die Erde zu aufgewühlt war. Plastikbecher lagen auf dem Boden und noch mehr Zigarettenstummel. Der Steinbruch war an einer Seite weniger bewachsen als an den anderen Abbaukanten. Tobi legte die Tüte auf den Boden und wischte seine Hand an der Hose ab. Er beschwerte die Tüte mit einem Stein. In der Erde waren Löcher, wo die Lichtmasten gestanden hatten. Das Wasser schaukelte trüb und schlammig. Tobi setzte sich auf einen Vorsprung. Er nahm einen Stock, der in Reichweite lag, und warf ihn herunter. Es dauerte eine Weile, bis er auf dem Wasser aufkam. Hatte er Uwe jetzt getroffen? Lag der noch im Wasser und hatte jetzt einen Einschlag auf seiner Haut oder eine Delle in seinem Kopf?

Auf dem Wasser ein Regenbogenfilm von Benzin oder Öl. Ein kleiner Fleck, der schimmerte und sich ausdehnte und zusammenzog, wenn das Wasser wogte. Der Wind ließ die Kiefern schwanken. Tobi stellte sich vor, wie das Auto vor ihm ins Wasser fiel. Wie es über den Waldweg fuhr, der Fahrer Gas gab und auf den Steinbruch lenkte. Dann, wie es flach auf dem Wasser aufkam und nicht sofort sank. Tobi sah den Mann, der sich abzuschnallen versuchte und an der Tür rüttelte. Aber sie ließ sich nicht mehr öffnen. Das Wasser war bis an die oberste Kante des Steinbruches gespritzt und hatte Tobi nass gemacht. Währenddessen schrie der Mann um Hilfe und schlug gegen die Scheibe. Tobi sah ihm zu und wischte die Tropfen von seiner Hose. Er starrte ihn an, wie er Uwe immer angestarrt hatte. Endlich hielt er seinem Blick stand.

»Uwe«, sagte er leise und probierte den Namen aus. »Ewu.« Schaute aufs Wasser, auf die Äste, die Blätter in der Mitte. Jetzt rief er: »Uwe!« Er richtete sich auf und stand mit den Schuhspitzen über der Kante. Um ihn herum die ewigen Zigarettenstummel. Mit dem Fuß schob er sie, den Dreck und die Kiefernnadeln über die Steine ins Wasser. Sie rieselten auf den Ölfleck wie Haarschuppen. Er suchte nach einem Stein, den er hinterherwerfen konnte, oder einem weiteren dicken Stock. Aber nichts lag in Reichweite. Die Reifen des Krans hatten alles in den sandigen Boden gedrückt. Dann wirbelte der Wind die Plastiktüte auf, schleifte sie über die Erde, bis sie sich löste und in einem Strauch hängen blieb.

Tobi schlug seine Hacken in den Boden. Er zog Rillen, quer zu den längs verlaufenden Reifenspuren. Er wählte gleiche Abstände wie bei einem einfachen Karomuster. Jetzt würden sich die Leute fragen, was da passiert war, dachte er. Darüber musste er lächeln.

17. KAPITEL

Die Beerdigung fand auf einem kleinen sorbischen Friedhof statt. Vater ließ sich dafür freistellen. In diesem Jahr hatte es noch keinen Frost gegeben, weshalb der Boden leicht zu öffnen gewesen war. Nahe am Zaun, der den Friedhof von einem Feld abgrenzte, lag Uwes Grab. In der Kapelle saß Vater in der letzten Reihe. Ein altes Ehepaar, Uwes Eltern, drehte sich nach ihm um. Sie wandten sich auch sonst noch einige Male zum Eingang, um zu sehen, ob noch jemand kommen würde. Es kam noch eine alte Frau. Vielleicht eine Nachbarin oder die Schwester der Mutter. Der Pfarrer, der sich vorn hingestellt hatte, blickte abwechselnd auf seine Uhr und zum Eingang. Fünf Minuten wartete er noch, bis er dem Kantor ein Zeichen gab.

Die Sonne schien ungewöhnlich stark für die Jahreszeit durch die einfarbigen Kirchenfenster. Keine Figuren oder Motive auf den Scheiben. In einem kleinen Nebenraum beim Eingang lag der verschlossene Sarg auf einer Art Podest. Er war glatt und glänzte. Ein Kranz mit großen weißen Schleifen war auf ihm abgelegt worden. »Uwe Deibritz« stand darauf in goldenen Lettern. Vater hatte den Nachnamen lange nicht gehört, gesehen oder ausgesprochen. Auch der Pfarrer sprach nur von »Uwe«. Die kleine Gruppe Menschen in der vordersten Reihe faltete die Hände zum Gebet. Dann setzte Orgelmusik ein. Der Pfarrer sah zur Tür und durch die Reihen. Am Eingang hatten sich vier schwarz gekleidete Männer positioniert. Sie hielten ihre Köpfe gesenkt und zwei lange Holzstangen in den Händen. Ohne Liederbücher sangen sie das Lied, das die Eltern sich für Uwe ausgesucht hatten.

Die Männer am Eingang sangen lauter als die vier Leute in den Sitzreihen. Der Pfarrer sowieso. Nach dem Lied gingen die Männer in den Nebenraum und schoben die Holzstangen unter den braunen Sarg. Noch ein Mann hatte sich angeschlossen und folgte mit einer zerbeulten Trompete. Der Pfarrer ging voran. Ebenfalls hinter dem Sarg gingen die Eltern und die andere Frau. Mit einigem Abstand Vater.

Nackte Erde bis an den Horizont, und die tief stehende Sonne zog die Schatten der Bäume lang. Ein Holzkreuz steckte an der Stelle in der Erde, wo der Granitstein stehen sollte, sobald sich die Erde abgesenkt hatte. »Uwe Deibritz« stand da. Zwei Daten. Uwes Mutter hakte sich bei ihrem Mann unter. Der Trompeter stellte sich neben das Holzkreuz. Verdeckte die Sonne. Vor dem Grab war der Sarg abgestellt worden, und der Pfarrer legte seine Hand darauf.

Vater hatte eine Karte geschrieben und hundert Euro reingesteckt, die er den Eltern später geben wollte. Mutter wusste nichts davon. Sie wusste auch nicht, dass er hier war. Er beobachtete Uwes Eltern von hinten, sie waren klein und hatten gekrümmte Rücken. Graues Haar. Der Vater war so dünn und hager wie Uwe. Während die Männer den Sarg zur Erde ließen, setzte der Trompeter an und spielte. Zuerst ging der Pfarrer an das Grab und warf Sand und Blütenblätter hinein. Schließlich traten die Eltern vor. Sie stützten sich gegenseitig auf dem unbefestigten

Boden. Vater hörte, wie die Mutter laut in ein Taschentuch schnäuzte. Sie ließ Blütenblätter in das Grab fallen. Ihre geröteten Augen. Kurz stand ihr Mann noch bei ihr und streichelte ihr langsam über den Rücken, bevor er die andere Frau, ebenso wackelig, zum Grab geleitete.

Die Sonne blendete Vater. Er blickte in die dunkle Erde, auf den Erdhaufen und den Zaun vor ihm. In seiner Hand die Blütenblätter. Er zerrieb sie und warf sie auf den Sarg. Schmucklos und glatt geschliffen. Tobi, der ihm gesagt hatte, in welchem räudigen Wohnblock Uwe wohnte. Dass er und Philipp ihm gefolgt waren. Vater hatte noch Tobis Gesichtsausdruck in Erinnerung, als er Uwe das erste Mal sah. Er hätte Uwe anrufen sollen, nachfragen, sich entschuldigen. Die dünne Trainingsjacke, mit der Uwe im Winter auf die Baustelle gekommen war. Überall im Erdgeschoss die leeren Bierflaschen. Diese arme Sau, dachte Vater. Dann stellte er sich wieder hinter Uwes Eltern und die alte Frau. Die Grabträger und der Trompeter hatten sich zu einem Spalier aufgereiht. Wie die Bausoldaten.

Uwes Mutter fragte den Pfarrer, ob er noch mit ins Café kommen würde. Sie hätten dort einen Tisch reserviert.

»Ich kann leider nicht«, sagte der.

Sie wandte sich an Vater. »Möchten Sie noch mitkommen?«

»Ich«, sagte Vater. Sah sie an. »Ja, ich komme mit.«

»Sind Sie mit dem Auto da?«

»Ja.«

»Sie können dort sehr schlecht parken«, sagte sie. »Am besten, Sie bleiben hier stehen und laufen mit uns.«

»Ist auch nicht weit«, sagte ihr Mann.

»Nein, ist nicht weit«, wiederholte sie. Sie schüttelte

dem Pfarrer lange die Hand und ging durch das Tor mit den anderen auf die Straße hinaus. Die drei stützten sich gegenseitig. Der Mann in der Mitte, die zwei Frauen am Rand. »Er hat gut geredet«, sagte die Frau, die Schwester. »Ja, hat er gut gemacht«, sagte Herr Deibritz. Eine Weile liefen sie so durch das Dorf, ineinander verhakt und mitten auf der Straße. Der Fußweg zu schmal für drei Personen.

Vater kannte den Ort nicht. Die Häuser und Gärten sahen gepflegt aus. Kruzifixe standen an den Straßen. Das Café, das sie erreichten, war eine kleine Bäckerei mit Stehtischen. Zwei davon zusammengestellt und mit einer weißen Tischdecke überzogen. Eine kleine Pappkarte stand darauf mit den Worten »Reserviert für unsere Gäste«. »Sie haben bestimmt Hunger«, sagte Uwes Mutter. »Bestellen Sie, was Sie gern möchten. Trinken Sie Kaffee?« »Ja«, sagte Vater. Sonst war niemand in dem Café. Eine Frau stand hinter der Auslage und hatte Brötchen geschmiert. Die lagen auf Tellern mit Frischhaltefolie abgedeckt. Uwes Mutter richtete sich an die Frau. »Wir hätten gern zwei Kannen Kaffee bitte und ein paar Semmeln. Und der Herr sagt Ihnen noch selber, was er gern haben möchte.« Vater stand neben ihr und erschrak. »Mir reichen die Semmeln, danke.« »Sie können auch was Süßes haben«, sagte Uwes Mutter. Ihr Mann und die andere Frau standen an einem der Tische in der Ecke. Die Bäckerfrau reichte den Teller mit den belegten Brötchen und die Kannen mit Kaffee über die Theke. »Mein Beileid«, sagte sie. Uwes Mutter nickte.

Durch die große Scheibe schien die Sonne in die Bäckerei. Leise zischte der Wind durch den alten Fensterrahmen. Das Angebot zweisprachig. Die alten D-Mark-Preise überklebt. Der Teppichboden abgelaufen und fleckig, aber die Theke glänzte. Keine Fettfinger auf dem Glas, kein verschmierter Zucker. Kaffeeduft in der Luft. Warmer Blätterteig.

Vater nippte an seinem Kaffee, während Uwes Mutter ein Marmeladenbrot aß. Ihr Mann und die Frau hatten sich für Brötchen mit Mett entschieden. »Nehmen Sie sich doch was«, sagte sie. »Ist doch genug da.« In der Auslage standen noch zwei Teller mit belegten Brötchen. Daneben mehrere Kannen mit Kaffee. Die Verkäuferin näherte sich der Gruppe und fegte mit der flachen Hand Krümel von der Theke. Dann zog sie zwei der Tische wieder auseinander und faltete die Tischdecke zusammen. Die vier beobachteten sie dabei.

Vater fragte sich, ob Uwes Vater ein Glasauge hatte.

»Hatten seine Arbeitskollegen keine Zeit?«, fragte Uwes Mutter.

Vater zögerte und blickte um sich. »Wir haben zurzeit eine Großbaustelle«, sagte er.

»Ja, das ist wichtig«, sagte sie. Dann, nach einer Pause, in der ein Kunde die zwei letzten Spritzringe kaufte, fragte sie: »Haben Sie Familie?«

»Ja«, sagte Vater. »Eine Frau und zwei Kinder.«

»Das ist schön«, sagte sie. »Nehmen Sie bitte einen Teller mit nach Hause. Wir können das unmöglich alles essen. Wir müssen sonst alles wegschmeißen.«

Die Verkäuferin schaltete ein paar mehr Lichter an und begann damit, erste Bleche aus der Theke zu nehmen und die Glasflächen zu reinigen. Vater stellte seine Tasse auf die Schale für das Wechselgeld. Dann reichte die Verkäuferin ihm eine große Plastiktüte mit den Brötchen. »Vielen

Dank«, sagte er und schüttelte Frau und Herrn Deibritz die Hand. »Danke, dass Sie da waren«, sagte Uwes Mutter. »Und bitte grüßen Sie Ihre Frau von uns.« »Mache ich, danke«, sagte Vater. Dann ging er und schloss leise die Tür hinter sich. Durch die Scheibe, ganz schwach, sah er, wie sie ihm noch winkten, bis er aus ihrem Blickfeld verschwunden war. Der Fußweg so schmal, dass er mit seinem Jackenärmel an einer Hauswand hängen blieb. Er stieg ins Auto, stellte die Tüte mit den Brötchen auf den Beifahrersitz. Schaltete die Lichter ein. Sie leuchteten das Tor zum Friedhof an. Mit einem Ruck setzte das Auto vom Bordstein auf die Straße auf. Es war kalt im Wagen. Er ließ die Jacke angezogen. Das Radio drehte er leise. Die Straße führte über die umliegenden Dörfer, an Kruzifixen und gelb angestrichenen Kirchen vorbei. Da, wo die Arbeiten für die neue Umgehungsstraße begonnen hatten, spürte er, wie aus seiner Jacke etwas gegen das Lenkrad drückte. Er hatte mehrmals an den Briefumschlag gedacht. An die Karte. Die hundert Euro, die er zu Hause aus der Spardose fürs Tankgeld genommen hatte. Die konnte er jetzt zurücklegen. Aber er würde erklären müssen, wo er gewesen war. Auf der Großbaustelle vielleicht. Die war wichtig.

18. KAPITEL

Das erste Mal Schnee, bis in den Dezember hinein. Nächte, in denen die Temperatur auf minus zehn Grad fiel. Die Schornsteine rauchten, niemand war auf den Straßen. Bei dieser Kälte erst recht nicht. Der Schneepflug kam zwei Mal am Tag und ein einziges Mal bei Schneestürmen. Philipp hörte, wie sich Klassenkameraden zum Schlittschuhlaufen auf der zugefrorenen Tongrube verabredeten, und wollte mit dabei sein. Niemand, der ihm sagen konnte, ob er erwünscht war. Der Einstieg der Tongrube war flach. Das Eis hellblau bis grün wegen des durchschimmernden Bodens. Die Birken standen nackt da, sodass man von der Straße aus den Schnee sehen konnte, der zu Böen aufgehäuft auf dem Eis lag. Manche Kiefern waren durch die Schneelast umgekippt.

—

Zschornacks fuhren über Weihnachten zu den Großeltern nach Zwickau. Die Autobahn voll von Pendlern und Polen. Polnischen Lastwagen. Es hatte wieder zu schneien angefangen, und Vater drehte das Radio lauter. Zwischen den Verkehrsnachrichten wurden englische Weihnachtslieder gespielt, aber die wollte er nicht hören. Tobi und Philipp saßen auf der Rückbank und schauten aus dem Fenster. Jeder auf seiner Seite. Vater fuhr langsam. Zuerst hielten die Autos links und rechts auf der Fahrspur, dann blieb auch Vater stehen. »Scheiße«, sagte er. Es war dunkel, und in den Lichtkegeln der stehenden Autos war der Schneefall zu sehen. Leute stiegen aus ihren Autos oder kurbelten die Fenster herunter. »Was ist?«, fragte Tobi. Er hatte ein Geschenk kaufen wollen, wenigstens für seine Eltern. Philipp hatte extra Geld für sie ausgegeben, das sagte er immer wieder, während Tobi im Hort noch Glitzer über Tannenzapfen streute. Er klebte Augen daran, weiße Kulleraugen, und hatte sich dabei mit der Heißklebepistole verbrannt. Er hatte auch versucht, eine Pyramide zu bauen. Marco hatte ihm dabei geholfen, das Brett zu halten, während Tobi mit der Laubsäge Formen aussägte. Frei Hand. Und dabei gescheitert war. »Stau«, sagte Vater und drehte das Radio lauter.

Jemand warf einen Schneeball gegen die Heckscheibe. Tobi drehte sich um und sah den kleben gebliebenen Schnee bereits wieder schmelzen. Zwischen den Autos versteckten sich Leute. Sie fegten Schnee von Autodächern und formten ihn in ihren nackten Handflächen. »Kann nur ein Polackenlaster sein«, sagte Vater. Tobi wendete sich von der Schneeballschlacht ab. Er dachte, Vater hätte mit ihm gesprochen. »Was?«, fragte er. »Da ist ein Lkw stehen geblieben«, sagte Mutter.

Vater schaltete die Heizung und das Radio aus. »Wegen der Batterie.« Der Schneefall ließ nach. Autos in der Rettungsgasse. Philipp hatte eine Kerze gekauft. Für fünf Euro. Er war in Tobis Zimmer gekommen und hatte sie ihm gezeigt. »Was hast du?«, hatte er ihn gefragt. Da schob Tobi die Tannenzapfen mit dem Arm zur Seite, als er sich in seinem Schreibtischstuhl drehte. Philipp hatte das nicht mitbekommen, da war er sich sicher gewesen. »Ich überlege noch«, hatte er gesagt. Tobi hauchte gegen die Scheibe und malte mit seinem Zeigefinger zwei Kreise. Eng beieinander, wie seine Augen, sodass er hindurchschauen konnte wie durch eine Brille. »Lass das«, sagte Philipp, als er schließlich seine Nase gegen die Scheibe drückte.

»Wo hast du die her?«, fragte Tobi. Auf der Kerze war ein großer Baum mit einer weiten Krone. »Aus dem Laden«, sagte Philipp. »Über das selbst gebastelte Zeug freut sich doch niemand.« »Ja«, sagte Tobi. »Oder hast du mal gesehen, dass die Bilder von uns irgendwo hängen, oder den anderen Kram?« »Nein.« »Erwachsene basteln ja auch nicht«, sagte Philipp. Im Auto nebenan saß ein Junge. Tobi guckte durch die Kreise auf der Scheibe, aber der Junge bemerkte ihn nicht. Dann hauchte er in die Luft. »Ist euch kalt?«, fragte Mutter. Philipp hielt seine Arme eng vorm Körper verschränkt. Tobi spürte die kalte Luft an seinen Füßen, die durch einen Spalt der Tür kommen musste. »Ja«, sagte er. Mutter schaute in den Rückspiegel, stieg aus und öffnete den Kofferraum. In einer Klappkiste lagen Geschenke. Darüber waren Decken gestapelt.

»Kalt!«, rief Philipp. Die Motoren der Autos ringsum waren ausgestellt. Der Schneefall hatte nachgelassen. An der Leitplanke standen Männer und pinkelten auf den gefrorenen Boden. Es dampfte. Mutter hatte zwei Decken, eine für Philipp und Tobi, eine für sich und Vater. Tobi zog sie sich bis unter die Nase. Sie war rau auf seinen Lippen und roch nach Benzin. Philipp hatte die Kerze sogar eingepackt. In das gleiche Papier, das Mutter und Vater für ihre Geschenke verwendeten. Sie lag im Kofferraum in der Klappbox. Tobis Tannenzapfen daneben und darunter. Lose dazwischen.

Vater hatte seinen Kopf an die Scheibe gelehnt. Blick in den Rückspiegel. Die Decke lag über seinen Knien. Hin und wieder nahm er einen Zipfel und wischte die Scheibe frei. »Der kommt immer näher«, sagte er. Mutter drehte sich um. »Seit wir stehen, kommt der näher«, sagte Vater, »noch ein Stück, dann ist er im Kofferraum.« »Pole, oder?«, fragte Mutter. Sie hatte das Kennzeichen nicht erkennen können, nur die lange Funkantenne, die sie von polnischen Autos kannte. Sie schüttelte den Kopf. »Ich muss ja noch anfahren«, sagte Vater. »Wenn ich weg-rutsche dabei, war's das.« Philipp beugte sich nach vorn und stützte sich an Mutters Sitz ab. »Was ist mit dem?«, fragte er. »Der kann nicht Auto fahren«, sagte Mutter. Vater wischte wieder die Scheibe trocken, dann legte er eine Hand ans Lenkrad. Es war kalt, und wenn er jetzt hupte, würde das nichts bringen, logisch, dachte er. Er könnte den Motor starten und die Bremse drücken. Dann wür-den die Bremslichter den Polen blenden. Schließlich stieg er aus. Er klopfte an die Scheibe. »Können Sie nicht den Abstand einhalten?«, sagte er. Der Mann sah durch den Spalt der heruntergekurbelten Scheibe. Sagte nichts. »Ver-stehen Sie mich?«, fragte Vater. Der Pole blickte ihn an, dann drehte er sich zu seiner Frau, die neben ihm saß. »Abstand«, sagte er. »Ab-stand«, und betonte die Silben. Der Pole kurbelte die Scheibe noch ein wenig herunter. Vater presste seine Finger zusammen und hielt die Hände parallel zueinander. »Zu eng«, sagte er. Der Pole lächelte und nickte, aber Vater wusste, dass er nichts verstanden hatte. Er sagte nichts mehr und ging. Im Rückspiegel sah er den Polen grinsen, eindeutig grinsen.

»Das ist unsere Autobahn«, sagte Vater leise. »Guckt

euch mal eure behinderten Straßen an.« Mutter, Tobi und Philipp hatten ihn beobachtet. Wie er gekrümmt und mit hochgezogenen Schultern vor dem Fenster des Polen gestanden und wie er sich dann auf seinen Platz zurückgesetzt, die Tür zugeknallt und sich wieder mit dem Kopf an die Scheibe gelehnt hatte. Vor einiger Zeit hatte Vater einen polnischen Arbeitskollegen gehabt, der Granit aus Polen verkaufte. Kaum ein Abend, an dem Vater nicht über ihn geredet hatte. »Wenn du da nicht aufpasst, zieht der dich gnadenlos über den Tisch. Die wissen, wie sie dich ausnehmen.« Jetzt starrte er durch die Windschutzscheibe.

»Und?«, fragte Mutter.

»Was und?«

»Wie hat er reagiert?«

»Kannst ihn ja selber fragen, wenn du willst.«

Der Schneepflug streute Salz auf die stehenden Autos. »Warum sprechen nicht alle Menschen Deutsch?«, fragte Tobi. »Das ist doch die einfachste Sprache, da sind die Buchstaben in der richtigen Reihenfolge.« Philipp sah ihn von der Seite an. Mutter sagte nichts. Der Pole hatte eindeutig gegrinst, Vater wusste das. Elendiger Bastard.

—

Der Weihnachtsbaum stand auf einem Hocker. Lametta machte viel Arbeit, ja, das wusste Großmutter. Aber die Arbeit lohnte sich jedes Mal, sagte sie, und eigentlich sei das gar kein so großer Aufwand. »Ihr hättet euch noch mal melden können«, sagte sie. Vater schüttelte den Kopf. Der vergebliche Versuch mit Vaters neuem Handy. »Wir machen uns doch Sorgen«, sagte sie. »Du machst dir Sorgen«, sagte Großvater. Er saß bei Tobi und Philipp auf dem Sofa. Großmutter hatte eine Räucherkerze angezündet. Teelichter, die eine Pyramide antrieben. Nussknacker und Räuchermännchen standen in der Schrankwand. Schwibbögen auf den Fensterbrettern. Ein roter Stern aus Herrnhut hing von der Decke. Vater hatte eine Autobahnabfahrt früher genommen. Kein Mensch war auf den Straßen gewesen. Die Fenster der Häuser waren so geschmückt wie die seiner Eltern. Holzfiguren und Schwibbögen. Auf einem Marktplatz standen drei Holzhütten um einen dunklen Weihnachtsbaum. Aus einer wurde noch Glühwein verkauft. In Irfersgrün hatte er den Trabbi seines Vaters beim Anfahren angeblich in den Straßengraben gesetzt. Dafür war er geschlagen worden. »Ich habe euren Vater nur ein einziges Mal geschlagen«, sagte Großvater dazu. Er klang dabei stolz und ehrenhaft. Später hatte sich herausgestellt, dass der Bruder am Steuer gesessen hatte. Vater hatte immer nur weggewollt.

Großmutter stellte Stollen und Donauwelle auf den kleinen Tisch, der vor dem Sofa stand. Die Donauwelle extra für Philipp gekauft. »Ich möchte erst mal keinen Kuchen«, sagte er. Es war nach neunzehn Uhr. Zschornacks hatten sich ursprünglich zum Kaffeetrinken angemeldet. Sie wollten danach noch in die Kirche gehen. Zum Weihnachtsgottesdienst. »Unfassbar, wie sich die Polen auf der Autobahn benehmen«, hatte Großmutter gesagt. Großvater schwieg dazu. Mit seinem kaputten Knie lag er die meiste Zeit des Tages auf dem Sofa. »Ich bin genug gelaufen in meinem Leben«, sagte er. Vater blätterte die Fernsehzeitschrift durch, die er neben dem Fernseher gefunden hatte. »Wollt ihr was trinken?«, fragte Großmutter. Tobi und Philipp schüttelten den Kopf. »Ich habe auch Kinderpunsch gekauft«, sagte sie. »Mutti, ist gut, ja?«, sagte Vater.

Die Klappkiste stand unten im Hausflur. Tobi hatte beobachtet, wie Vater sie aus dem Kofferraum genommen und da abgestellt hatte. Wo die Getränke lagerten, Marmeladen und die Einmachgläser mit Kompott. Auch da Nussknacker. Große aus Holz, die Tobi bis zum Knie reichten. »Ich muss auf Toilette«, sagte er. Im Haus kein Licht bis auf die Schwibbögen. Er ging die Treppe hinunter und hielt sich am Geländer fest. Es roch muffig wie in einem Raum, in dem Wäsche getrocknet wurde. Im ganzen Haus, weil Großvater vor Jahren die alten Lehmwände mit Fliesen verkleidet hatte. Es gab Räume, die konnten wegen des Schimmels nicht mehr betreten werden. Im Sommer zogen sich Ameisenstraßen durch das Erdgeschoss, aus irgendeiner Wand kommend, durch den Raum ins Unbekannte. Tobi tastete sich voran, fühlte die kalte, nasse Wand und die Fliesen. Das Treppengeländer war viel wärmer und glatter gewesen. Vor der Tür, die zur Abstellkammer führte, lagen Werbeprospekte. Einige Seiten zitterten in der Luft, die durch den Türspalt kam. Oben öffnete sich die Stubentür, Tobi blieb stehen und hörte die Schritte vom Wohnzimmer in die Küche.

Der Wasserkessel stand neben der Tür. Tobi stieg eine Stufe hinab, ein tiefer Absatz, und konnte die eingemachten Gläser sehen. Selbst in dem schwachen Licht war das Obst darin zu erahnen. Die Kiste vor ihm auf dem Boden. Er nahm die Decke weg, und da waren die Geschenke. Alle eingewickelt in das gleiche Papier. Zugeschnürt mit dem gleichen Band. Der Klebestreifen an den Kanten glänzte. Blöde Tannenzapfen, dachte er, nur Kinder machten so was. Nur Kinder klebten Wackelaugen auf Tannenzapfen. Nur Kinder hielten das für ein gutes Geschenk. Tobi fand einen Zapfen, der zwischen zwei Kartons steckte, und einen weiteren auf dem Boden der Kiste. Ein Geschenk lag darauf und jetzt hatte er nur noch ein Auge. Die Finger hatte er sich verbrannt. Mehrmals bei dem Versuch, den Zapfen die Augen anzukleben. Eine Erzieherin hatte ihm Hilfe angeboten, aber die wollte er nicht. Brauchte er nicht. Er ging auch nicht zum Waschbecken, um Wasser über die verbrannten Stellen an seinen Fingern laufen zu lassen.

Tobi legte die zwei Zapfen zu seinen Füßen. Einer fehlte noch. Er fand ihn eingeklemmt am Rand und legte ihn ebenfalls vor sich hin. Er überlegte, mit dem Fuß draufzutreten und alle drei mit einem Mal zu zerstören. Ganz egal, wie sie ihn anschauten und wie verletzt sie aussahen. Er würde ihnen in die Augen treten und damit den ganzen Körper zermalmen.

Er blickte in den Hausflur. Hielt nur kurz seinen Kopf aus der Kammer und hörte nichts. Keine Schritte und niemanden, der nach ihm rief. Tobi, Tobi, niemand nannte ihn Tobias. Dann trat er dem ersten Zapfen ins Gesicht. Es knackte unter der Gummisohle der Hausschuhe. Das übrig gebliebene Auge rollte weg. Dann der zweite, schließlich der dritte Zapfen. Der Boden war hart, nackte Pflastersteine. Er schob die Brocken mit dem Fuß hinter den Wassertank. Streifte seine Schuhe an der Kante der Stufe zur Kammer ab, bevor er zurück ins Wohnzimmer ging.

19. KAPITEL

Kathrin stand vom Sofa auf und holte den Sekt aus dem Kühlschrank, während im Fernseher noch der Jahresrückblick lief. Vater sah ihr dabei zu, wie sie Gläser aus dem Hängeschrank nahm. Die Küche von Andreas und Kathrin war offen. Wer ihr Haus betrat, stand in einem großen Raum mit Sofa in der rechten und einer Küchenzeile in der linken Zimmerhälfte. Wie sie sich das alles leisten konnten, die französischen Balkone, den großen Carport, die zwei Autos und das brachliegende Nachbargrundstück, das hatten Vater und Mutter die beiden nie gefragt. Kathrin verdiente so viel wie Mutter. Andreas konnte als Fernfahrer den Rest unmöglich stemmen. Sie unterhielten sich darüber. Vermutungen. Billiger Bau. Erbschaft. »Soll ich mal nach den Jungs gucken?«, fragte Kathrin und drehte sich zum Sofa. Vater wendete sich wieder dem Fernseher zu. Glaubte kurz, dass sie gesehen haben musste, wie er sie beobachtet hatte. Andreas hatte zur Liveübertragung vom Brandenburger Tor geschaltet. »Die kommen klar«, sagte Mutter.

—

Obere Etage, die Tür offen. Gegenüber das Schlafzimmer von Kathrin und Andreas. Philipp hielt die Fernbedienung in der Hand und schaltete während der Werbung nicht um. »Mach das weg«, sagte Tobi. Philipp saß auf dem Boden, mit dem Rücken an einen Sessel gelehnt. Keine Reaktion. »Ich will das nicht sehen«, sagte Tobi. »Das ist eklig.« »Dann guck nicht hin«, sagte Philipp. Tobi stand auf und ging zum Regal, in dem der Fernseher stand. Diese Langeweile, wenn die Erwachsenen feierten. Hinter einer Glasscheibe waren Souvenirs aufgestellt; Schneekugeln, eine Maske aus Gips, Schlüsselanhänger, angemalte Muscheln. In einem Rahmen ein Bild von Kathrin und Andreas. Im Fernsehen tanzte eine blonde Frau mit einem Mann, sie hatte Locken, reckte die Arme in die Luft und ließ ihre Hüften kreisen. Tobi ging zum Fenster und zog die Jalousie ein Stück weit hoch. Ein paar Raketen stiegen schon zum Himmel. Auf der Straße vorm Haus ließen drei Männer Böller explodieren. Tobi konnte sie sehen, sobald sie eine Lunte anzündeten. Dann explodierten die Böller an anderer Stelle. Offensichtlich waren die Männer weitergezogen.

Vater beobachtete Andreas, wie der das Bier austrank, das vor ihm stand. Das musste die vierte oder fünfte Flasche gewesen sein. Er hatte Kathrin erzählt, dass er zur Beerdigung gefahren war. »Finde ich gut, dass du dort warst«, hatte sie gesagt. Er nahm eine Salzstange aus der Partysnackbox und kaute langsam und leise darauf herum. Er schluckte nicht, bevor er den Brei der ganzen Salzstange im Mund hatte. Dann blickte er zu Mutter. Sie sah gut aus, dachte er. In der engen Hose. Mutter lächelte und legte ein paar Erdnüsse auf ihre Handfläche. »Habt ihr schon mal Bleigießen gemacht?«, fragte Kathrin. »Dabei kommt nichts raus, ist aber ganz lustig.« Sie wartete nicht ab, bis jemand etwas sagte, und ging in die Küche, um eine Schale mit Wasser zu holen. Andreas öffnete ein neues Bier. Die leere Flasche stellte er zu den anderen hinter die Sofalehne. Er starrte Mutter von der Seite an, allen im Raum fiel das auf.

—

»Können wir nichts machen?«, fragte Tobi. Er hatte sich wieder aufs Sofa gesetzt. »Guck doch mal unter die Plane da«, sagte Philipp.

»Hab ich schon«, sagte Tobi, »da ist so ein Fahrrad drunter.«

»Aha.«

»So eins, wo man im Zimmer fahren kann.«

»Hm.« Philipp schaltete wieder um. Er wollte nicht sehen, wie Männer tanzten, vor allem nicht mit nacktem Oberkörper.

»Ich glaub, ich geh mal runter«, sagte Tobi.

»Das dürfen wir nicht«, sagte Philipp.

»Aber es ist langweilig.«

»Lass die Erwachsenen in Ruhe«, sagte Philipp, »ist doch nicht mehr lange.«

»Ich will aber nicht die Musikvideos sehen«, sagte Tobi. Die Werbung dazwischen, wo man sich Bilder von Frauen schicken lassen konnte. Klingeltöne. Nachrichten. Philipp schien durch Freunde darauf aufmerksam geworden zu sein.

»Und ich will nicht deine Kindersendungen gucken«, sagte Philipp.

»Das sind keine Kindersendungen.«

»Doch, du guckst nur so Babyzeug.«

Tobi stand an der Tür und hatte seine Hand von der Klinke gelöst. »Du hast das früher auch geguckt«, sagte er. Philipp musterte ihn, Tobi wirkte so viel größer vom Boden aus gesehen. Es sah so aus, als hätte Tobi einen breiten Kiefer. »Nein«, sagte er, »ich fand das immer schon für Babys.« Tobi sagte nichts mehr. Er ging von der Tür weg, zog die Plane vom Fahrrad und setzte sich auf den Sattel. Philipp war längst nicht erwachsen, dachte er. Hatte weder eine Freundin noch geraucht noch Kaffee getrunken. Hatte noch niemanden verprügelt und war noch nie Auto gefahren.

»Das sieht aus wie ein Wal«, sagte Kathrin so euphorisch, als würde sie das Bleigießen tatsächlich begeistern. »Da ist das Maul, da die Schwanzflosse.« Sie zeigte mit dem Finger darauf. Fuhr langsam über die kalten Bleiwülste. »Wal steht nicht auf der Liste hier«, sagte Vater. »Dann also kein Glück für dich im nächsten Jahr«, sagte Mutter und lachte. Kathrin lächelte und legte den Wal auf den Tisch. Sie drehte ihn ein wenig hin und her. Strich noch einmal über die Kanten und Kurven. »Vielleicht ein Hase«, sagte sie leise. Da schmolz Vater auf seinem Löffel schon den nächsten Klumpen Blei und ließ ihn flüssig ins Wasser fallen. Andreas hatte sich zurückgelehnt. Seinen Kopf in den Nacken gelegt. Er starrte an die Decke. »Ist das 'ne Gans?«, fragte Vater. »Oder eine Ente«, sagte Mutter. »Enten haben doch nicht so einen Hals!« Er wollte Kathrin die Figur zeigen und legte sie vor sie auf den Tisch, neben den Wal. Sie blickte auf und lächelte. »Noch zehn Minuten«, sagte Andreas. Dann lehnte er sich wieder zurück und blickte auf die Wasserschale und die Bleiklumpen, die geschmolzen vom Löffel ins Wasser plumpsten.

—

Kurz nach zwölf standen sie in der Einfahrt. Kathrin, Mutter und Vater unter dem Carportdach. Andreas an der Straße. Stellte leere Sekt- und Bierflaschen auf, in die er die Raketen steckte. Tobi und Philipp standen hinter ihm und sahen dabei zu. »Los, gleichzeitig«, sagte Andreas und gab ihnen je ein Feuerzeug. Tobi drehte sich zu Vater um. Der nickte. Dann hockten sie sich vor die Flaschen mit den Raketen, Andreas zählte von drei rückwärts, dann zündeten sie die Lunten an. Philipps Rakete startete ein wenig zu früh, aber am Himmel explodierten die drei fast gleichzeitig. Minimal versetzt. »Und die nächsten«, sagte Andreas. Aufgeregt. Die anderen Erwachsenen vergessen. Dieses Mal starteten die Raketen zum gleichen Zeitpunkt. »Und die hab ich auch geholt«, sagte Andreas. Er griff in eine Schachtel, die auf dem Boden gelegen hatte. »Hier«, sagte er und gab Philipp einen roten Böller. »Anzünden und wegschmeißen. So weit, wie es geht.« Tobi sah zu, wie Philipp den Böller auf die Straße warf. Andreas warf ihn in den Nachbargarten. »Andreas!«, rief Kathrin. Philipp und Tobi lachten darüber. Andreas nahm einen weiteren Böller aus der Schachtel und warf ihn auf das Grundstück auf der Straßenseite gegenüber. Wo der Weidezaun die Schafe hinderte abzuhauen. Die Tiere erschreckten. Rannten in eine Ecke. »Hast du das gesehen?«, sagte Andreas. »Feige Viecher!« Er gab Philipp einen Böller und wollte ihn zeitgleich, wie zuvor bei den Raketen, anzünden.

Tobi stand daneben, schaltete das Feuerzeug ein und pustete die Flamme aus. Das wiederholte er. »Kann Tobi auch einen haben?«, fragte Philipp. »Klar«, sagte Andreas. »Andreas, er ist zu jung«, rief Kathrin von hinten. »Das ist gefährlich«, sagte Mutter. Tobi drehte sich nicht um. »Ich kann das«, sagte er zu sich und warf den Böller in die Nähe des Weidezaunes. »Du musst weiter werfen«, sagte Andreas und warf seinen Böller in die Nähe der Schafe. Die Tiere flohen vor der brennenden Lunte und rannten davon. »Es reicht!«, sagte Kathrin. Sie fasste Andreas am Arm und zog ihn zu sich. Ihre Augen weit aufgerissen. Andreas hatte eine blasse Haut, die grün und bläulich schimmern konnte. So blass, dass er sich täglich rasieren musste, damit man die dunklen Härchen an seinem Kinn nicht sah. Vor drei oder vier Tagen musste seine letzte Rasur gewesen sein. Tobi und Philipp gingen zurück zum Haus.

»Sag's ihnen doch«, sagte Andreas leise.

Kathrin löste ihre Hand von seinem Arm. »Du benimmst dich wie ein Kind«, sagte sie. Andreas biss sich auf die Zähne. »Du willst, dass ich es ausplaudere, richtig?«, sagte er. Schwankend, starrer Blick. Er sah an ihr vorbei zu Vater. »Ich versteh nicht, warum du mit dem mal zusammen warst«, sagte er.

Kathrin drehte sich erschrocken um. »Hör jetzt auf«, sagte sie und ging näher an ihn heran. Ein weiterer Blick zu Zschornacks. Zu Vater. Ein Nicken mit dem Kopf Richtung Tür.

»Ich wette«, begann Andreas leise, »Stefan hat dich nicht erst heiraten müssen, damit du ihm sagst, dass du unfruchtbar bist.«

Kathrin schlug ihm ins Gesicht. »Du bist ekelhaft.«

Andreas sah ihr nach. Ihr unsicherer Gang auf dem überfrorenen Boden. Er lockerte seinen Kiefer und grinste.

20. KAPITEL

»Wem gehört der blaue Hefter?«, fragte Frau Schütze.
Tobi meldete sich, musste aufstehen und zu ihr an den
Tisch kommen. Es war noch Pause. Ein paar Kinder stan-
den im Hausflur an die Wand gelehnt, um in die Räume
der anderen Klassen zu schauen. Frau Schütze schlug den
Hefter auf und blätterte vorsichtig die Seiten um. Tobi
kannte die Pflanzen nicht. Er hatte sie nicht gesammelt.
Nur den Efeu, der ihm in der Plastiktüte davongeweht war.
Auf dem Nachhauseweg hatte er noch ein Kastanienblatt
von der Straße aufgesammelt. Mutter hatte das nicht gefallen. Jetzt sah er, wie die getrockneten Blätter auf einem
Streifen doppelseitiges Klebeband klebten, der vom oberen zum unteren Papierrand reichte. Manche der Blätter
ragten darüber hinaus, und die freien Flächen, da wo der
Ahorn oder die Eiche das Klebeband nicht überdeckten,
war Vogelsand darübergestreut worden. Das war Großmutters Idee gewesen. Sie bekam zum Geburtstag und zu
Weihnachten Karten einer Deutschrussin geschenkt. Die
sahen alle gleich aus, alle mit einem Streifen Vogelsand,
den man im Billigladen für zwei Euro kaufen konnte, und
einem Veilchen in der Mitte. Plattgepresst und meistens
farblos. Großmutter gefielen diese Karten.

»Hast du das gemacht?«, fragte Frau Schütze. Beim
Blättern raschelte der feine Sand in den Plastikhüllen.
»Ja«, sagte Tobi. Er hatte immerhin die Beschriftung ge-

macht. »Ihr hattet klare Anweisungen«, sagte sie. »Kein Sand, keine Klarsichthüllen. Und ihr solltet aufschreiben, wo ihr die Blätter gefunden habt.« »Ja«, sagte Tobi. Von der Deutschrussin hieß es, dass sie die Veilchen für ihre Karten aus fremden Gärten stehlen würde. Sie hatte lange Fingernägel und zupfte die Blüten ab, die durch die Latten der Gartenzäune ragten. »Ich möchte erst mit deinen Eltern reden«, sagte Frau Schütze, »ansonsten gebe ich dir dafür eine Drei.« »Eine Drei?« Einige Kinder kamen in den Raum zurück. Sie sahen Tobi bei Frau Schütze stehen. Wie klein er sich neben ihr machte. Er stand gebeugt über den Hefter, blätterte eine Seite um und sagte, dass da viel Arbeit drinsteckte. »Das ist aber nicht, was ihr machen solltet.« »Ich hab das wirklich alleine gemacht«, sagte Tobi. »Bring mir bitte dein Hausaufgabenheft.« Die Kinder saßen auf ihren Plätzen. Tobi ging zwischen den Tischreihen an ihnen vorbei. Sie drehten sich nach ihm um, sahen ihn an, sagten etwas. Sein Platz war hinten an der Wand, wie am ersten Schultag, als Felix sich neben ihn setzte. Sie beobachteten ihn, als er unter seinem Tisch in der Ablage nach dem Hausaufgabenheft suchte. Wie der Stuhlkreis. Wie bei seiner Zuckertüte. Er hätte den Kindern das Heft geben können wie seiner Familie seine Geschenke. Sie hätten es nach vorn getragen, aber zunächst angeschaut und durchgeblättert. Und auf dem Rückweg noch einmal, um zu sehen, was Frau Schütze mit ihrem roten Stift reingeschrieben hatte. Du musst gut in der Schule sein, sonst findest du keinen Beruf. Du willst doch nicht so enden wie die Zigeuner und Penner auf der Straße. Unser Haus bezahlt sich auch nicht von alleine. Diese ständigen Vergleiche mit Philipp. Er legte das Heft auf ihren Tisch. Sie blickte nicht auf. Sah ihn nicht an. Begrüßte die Klasse zum Heimatkundeunterricht. »Kennt ihr das Rathaus in Kamenz?«, fragte sie.

Großvater hatte die Blätter mit schweren Büchern über Pflanzen- und Gartenpflege gepresst. Zuvor über zwei Tage verteilt die *Sächsische Zeitung* gekauft, weil normales Papier zum Pressen zu schade war. Großmutter, die den Sand und den Klebestreifen im Billigladen gekauft hatte. Wäre die Deutschrussin nicht gewesen, wäre Großmutter nie auf die Idee gekommen.

Tobi verschränkte die Arme und drehte sich zur Wand. Er zog den Rotz in seiner Nase hoch, aber der wurde nur immer flüssiger. Er blinzelte mehrmals, um die Tränen auf seinen Augen zu verteilen. Wieder drehten sich Kinder nach ihm um. Felix legte ein Taschentuch an seinen Ellbogen. »Hier«, sagte er leise. Er schob es über den Tisch zu Tobis Federmappe. »Bitte«, sagte er. Eine Träne tropfte auf die Tischplatte. Elisabeth, die Enkelin des Direktors, meldete sich. »Frau Schütze, Tobias weint.« Tobi hielt die Hand vor seine Augen. Das Rascheln der Hosen und Pullover auf den Stühlen der anderen Kinder. Frau Schütze richtete sich auf. »Dann hätte er sich mehr anstrengen müssen«, sagte sie. In seinem Kopf ging sie mit ihren langen Fingernägeln an Gartenzäunen entlang und knipste die Blüten von den Blumen. Jede einzelne schöne Blüte. Die welken ließ sie dran. Ein Hund streckte seine Schnauze zwischen die Latten. Sie sah ihn nicht, sie knipste weiter. Gelbe, rissige Fingernägel. Dann biss der Hund ihr ins Gesicht.

21. KAPITEL

Auf den Gehwegen lag der rote Sand aus den Böllern. Vermischt mit dem Salz und dem Dreck der Straße. In Pfützen aus Tauwasser und Schneematsch schwammen Holzstöcke und Verpackungen von Raketen. Es war dunkel. Der Fußweg glatt. Selbst jetzt, im Januar, fuhren die Neunt- und Zehntklässler auf ihren Mopeds auf dem Schulweg an Philipp vorbei. Sie bogen langsam um die Kurven, aber auf der Hauptstraße, die Wohnblöcke im Rücken, beschleunigten sie. Nahmen den Anwohnern die Vorfahrt und hupten, wenn sie an einer Gruppe Mädchen vorbeifuhren. Philipp trat mit seinen Winterstiefeln in die vom Sand der Böller rot gefärbten Pfützen. Sollten sie sich ruhig auflösen im Wasser. Sollten die Nähte doch aufquellen und die Sohle sich abreiben auf dem Streusand. Niemand in seinem Alter trug mehr Winterstiefel. Nicht einmal bei Neuschnee. Nur Fünftklässler und die Jungs, die in den Gängen geschubst wurden. Die, die im Gang stolperten und sich die Nase auf den Steinplatten blutig schlugen. Weil sie sich nicht abfedern konnten mit ihren dünnen und schwachen Ärmchen.

Christoph und Axel liefen neben ihm und aßen die warmen Milchzöpfe vom Bäcker. Sie hatten sich auch Kaugummis und Getränke dort gekauft. Der Bäcker öffnete, wenn der Bus auf dem Marktplatz hielt. Das Erste, was in den Auslagen landete, waren die Milchzöpfe.

Weich und warm für dreißig Cent. Manchmal noch heiß in den Papiertüten. Das war ein deutscher Bäcker. Die Namen der Brote standen nicht in zwei Sprachen auf Pappschildern. Es lagen auch keine sorbischen Zeitungen aus, keine Prospekte mit Frauen in Trachten. An Ostern keine bunten Ostereier. Die sorbischen Bäcker waren meistens günstiger, sagte Vater. Außerdem konnten die Sorben bessere Kuchen. Bis auf Eierschecke. Christoph riss ein Stück seines Milchzopfes ab und gab es Philipp. »Danke.« Christoph nickte. »Ist ja jetzt nicht so teuer«, sagte Axel. »Mein Vater sagt, dass das zu teuer ist, jeden Tag beim Bäcker zu kaufen.« »Die kosten dreißig Cent.« »Ja, sag ich ja auch immer.« Dann trat er in die flache Pfütze vor ihm auf dem Fußweg. Seine Strümpfe wurden nass. Dann seine Fersen, schließlich die Zehenspitzen. Er stellte sich vor, wie das Wasser zwischen Haut und Fußnägeln gefror. Vielleicht spuckte der fette Bäckermeister in den Teigkessel. Das sah dann so aus, der gelbe Rotzepfropfen am Rande der Edelstahlwanne, wie Philipps durchgeweichte Nagelhaut, wenn er zu Hause endlich die nassen Socken auszog.

Weiter vorn explodierte ein Böller bei der Mädchengruppe. Philipp, Axel und Christoph lachten darüber, wie die Mädchen sich geduckt hatten und vom Fußweg auf die Straße gesprungen waren. Wer die Böller geworfen hatte, konnten sie nicht sehen. Wahrscheinlich versteckte sich jemand hinter der langen Hecke bei den Wohnblöcken. Selbst im Winter war die dicht. Undurchsichtig wegen der vielen kleinen, in sich verhakten und verwachsenen Äste. Die Mädchen gingen nun wieder nebeneinander her, drehten sich um und schauten nach links und rechts. In den Autos, die vorbeifuhren, saßen Sechstklässler. Philipp hatte es im Jahr zuvor genauso gemacht. In der Fünften wurde er in den Schnee geschubst. Wurden Böller nach ihm geworfen. Schneebälle mit Zigaretten darin. Bald darauf tat er, als wäre der Bus nicht gekommen. Wartete an der Bushaltestelle, fünf Minuten, zehn Minuten, sah ihn vorbeifahren und folgte ihm mit den Augen. Spinne hatte ihn fragend angeschaut. Hatte er gelächelt? Konnte Spinne auch lächeln, wenn Dynamo nicht gewonnen hatte? Also fuhr ihn Mutter in die Schule. Er hatte unmöglich sagen können, dass er gefahren werden wollte, weil er eingeseift worden war.

Axel fegte Schneematsch vom Gartenzaun und formte ihn zu einem tropfenden Ball. Ein Junge auf der anderen Straßenseite. »Ey!«, rief er. Der Junge sah ihn nicht an, sondern lief weiter. Er beschleunigte sogar seinen Schritt. »Ey, du!«, rief Axel. »Den triffst du eh nicht«, sagte Philipp. Axel rief noch einmal, dann warf er den Ball, der beim Loslassen spritzte und sich in der Luft drehte. Kam auf der Straße auf und rutschte gegen den Bordstein aus Granit. Christoph lachte. »Siehste«, sagte Philipp. »Der war zu rutschig«, sagte Axel. »Is klar.« »Außerdem hätte der nur rumgeheult, wenn ich den getroffen hätte. Die petzen doch immer gleich, die ganzen Missgeburten.«

Im Schulhaus kein Licht bis auf die Neonröhren im Lehrerzimmer. Beim Fahrradständer wieder die zwei Autos. Schwarze, alte, kantige Volkswagen. Runtergekurbelte Scheiben, aber heute spielte keine Musik. Philipp konnte im Licht der Straßenlaterne Silhouetten sehen, die gegen die Autos lehnten und gegen die Pfosten der Überdachung des Fahrradständers. Die Sonne ging langsam auf und stand schon ein wenig über dem Hügel. Einem kleinen Berg, der für Wintersport genutzt werden konnte. Diesen Winter war sogar der alte Schlepplift wieder einmal in Betrieb genommen worden. »Was is'n dort?«, fragte Axel. Er deutete auf eine Gruppe Schüler, die vor dem größeren der beiden Findlinge stand. Philipp hatte sie gar nicht bemerkt. Solche Gruppen waren nichts Besonderes. Aber diese wurde größer. Andere Schüler schoben von hinten, um sehen zu können, was vorn passierte. Philipp dachte an das übliche Spielzeug und an Karten, die getauscht wurden. Er ging näher ran, mitten rein, folgte Axel und Christoph. Drückte die Schultern und Rücken zur Seite. Ein Junge fiel auf den Schotter, stand auf und besah seine Hände. Dann presste er einen schwarzen Stein aus seiner Handfläche. Wie an einer Warze zog er mit Zeigefinger und Daumen daran. »Alles gut?«, fragte Philipp. Der Junge nickte. »Tut mir leid, aber du darfst dich auch nicht so einfach wegschubsen lassen.« »Ja«, sagte der Junge. Er trug noch einen kastenförmigen Ranzen aus der Grundschule. Seine Mütze überdeckte die Hälfte seiner Augenhöhlen. Philipp wollte gar nicht, dass er direkt auf dem Boden landete, nur weil er ihn zur Seite drückte. »Geh dir drin erst mal die Hände waschen«, sagte er. »Ja«, sagte der Junge. Er ging ein paar Schritte, während er weiterhin seine Hand besah. Die Türen waren noch geschlossen. Er nahm ein Taschentuch und tupfte an der Blutblase, die sich gebildet hatte.

Philipp versuchte, sich größer zu machen. Gleichzeitig schob er sich in die Lücken, die sich vor ihm bildeten. Er konnte immer noch nicht erkennen, was es bei dem Findling gab. Er drehte sich nach der Eingangstür um und sah, dass im Hausflur der Schule Licht anging. Die Tür des Lehrerzimmers stand offen. Der Direktor stand am Eingang mit verschränkten Armen. Reckte seinen Hals. Stellte sich auf Zehenspitzen, balancierte kurz darauf und ließ sich wieder herabsinken, fast fallen wie nach einer erschöpfenden Sportübung. »Ey, der guckt«, sagte jemand. Sofort drehten sich die Kinder nach der schwarzen Silhouette am Eingang um. Packten ihre Handys ein. Schossen letzte Bilder. »Geht alle rein!« »Los, alle rein!« Der Direktor rannte über den Schulhof. Er ruderte mit den Armen und zeigte zur Eingangstür. »Alle rein!«, rief er. Vereinzelt lösten sich Mädchen und Jungs aus der Gruppe vor dem Stein. Einige gingen rückwärts, weil sie Angst hatten, dass er ihre Gesichter sehen könnte. Auch Axel und Christoph gingen und stellten sich an den Rand des Schulhofes, wo die Laternen mittlerweile ausgeschaltet waren. Die meisten hoben ihre Füße nicht, sondern zogen ihre Hacken über den Kies.

Auf den Findling war etwas gemalt worden. Gesprüht. Ein schwarzes Kreuz. Ähnliche hatte Philipp schon gesehen. Vor allem kleinere. An Parkbänken, an der Bushaltestelle auf dem Markt. Eingeritzt in Holz, in Lack, in Plexiglas. Jetzt also auf diesem riesigen Stein aus der Eiszeit. Es verlief an den Rändern der Zacken. Zacken, mit denen diese Kreuze aussahen wie Zahnräder. Oder sonst irgendetwas Mechanisches, das sich in eine Richtung drehte. Philipp verlagerte sein Gewicht von einem Bein aufs andere. Ging einen Schritt zur Seite. Schaute, ob es neben dem Findling etwas Wichtigeres gab. Am Fahrradständer standen die Älteren. Sie schauten zum Findling.

Der Direktor kam näher. In seiner rechten Hand hielt er

ein Stück Stoff, eine Decke, ein Handtuch. Philipp konnte es nicht erkennen. Andere Lehrer stellten sich an die Eingangstür und winkten die Schüler zu sich. »Kommt rein«, riefen sie. Erst in einer Viertelstunde hätte es geklingelt. Philipp stand vor dem Findling und suchte Axel. Christoph. Er hatte sie vorhin noch gesehen. Irgendwo bei den alten Fahnenmasten. Er drehte sich um, schaute zu den Kindern, die durch die offene Eingangstür gingen. In den Klassenzimmern wurde Licht angeschaltet. Der Direktor ging an Philipp vorbei zum Stein. Er breitete den Stoff aus, wirklich ein Handtuch, und legte es über das Kreuz. Es rutschte vom Stein. Er hob es auf, legte es anders hin, rüttelte daran, strich es glatt. Er hockte sich vor den Findling, vor die Stelle mit dem Kreuz. Das Handtuch klemmte er zwischen sich und den Stein. Hielt es mit seinem Rücken. »Du sollst reingehen«, sagte er, als er Philipp vor sich stehen sah. Immer noch reglos. Er nickte. Wie albern dieser Mann aussah mit seinen Hausschuhen auf dem schwarzen Kies. Seine Socken zu kurz. Philipp konnte an beiden Beinen nackte, blasse Haut sehen. Der Direktor atmete schwer und keuchte. Philipp roch seinen Kaffeemundgeruch. Sein Gesicht rot und glänzend. »Was ist das?«, fragte Philipp. Der Direktor sah ihn an, wollte etwas sagen, zögerte. Seine Lippen hatten sich bewegt. Sein Mund war geöffnet gewesen. »Nichts«, sagte er schließlich. »Geh rein.« Er nickte einer Lehrerin zu, die am Eingang stand. Sie ging die Treppe hinab und tippte Philipp auf die Schulter. »Komm, Philipp«, sagte sie, »schreibt ihr heute nicht eine Arbeit in Deutsch?« Der Direktor schwitzte, sein Brustkorb hatte sich noch immer nicht beruhigt. Auf dem Schotter rutschten seine Füße weg. Erst der linke, dann der rechte Fuß. Also zog er sie ebenso abwechselnd wieder an seinen Körper heran.

Philipp hörte Gelächter. Er sah zu den Fenstern der Klassenräume, während die Lehrerin neben ihm herlief wie sein persönlicher Geleitschutz. Jungen und Mädchen standen dort. Kopf an Kopf. Fassten an die Scheiben, um sich abzufedern gegen den Druck der Nachschiebenden, die nichts sehen konnten. Vereinzelte Handys, die Bilder schossen. Niemand sagte etwas. Sie beobachteten stumm, was auf dem Schulhof passierte. Nur manchmal bewegte sich ein Mund, dann stellte wohl jemand eine Frage. »Was ist das?«, fragte Philipp wieder. »Nichts«, sagte die Lehrerin. Sie hatte schneller geantwortet als der Direktor. »Warum hat er dann den Stein abgedeckt?« »Das ist nur eine Schmiererei.« »Die deckt sonst auch niemand ab.« »Doch.« »Das hab ich noch nie gesehen.« »Nur weil du es nicht siehst, heißt das nicht, dass wir uns nicht darum kümmern«, sagte sie. Sie blieb vor der Eingangstür stehen. »Jetzt geh rein.« Philipp drehte sich nach ihr um, als er auf der Höhe des Lehrerzimmers war. Sie ging zum Direktor zurück, wackelig auf dem gefrorenen Schotter, und reichte ihm ihre Hand. Er sah sie an und zog sich hoch. Das Handtuch rutschte vom Stein. Die Jungs beim Fahrradständer lachten.

Daher kam das Gelächter. Philipp sah, wie sich einige übertrieben krümmten. Rissen ihre Münder auf und legten ihre Köpfe in den Nacken. Zeigten auf den Direktor, wie er sich an der Lehrerin hochzog, als wäre sie ein Haltegriff. Die Lehrerin rief ihnen etwas zu, Philipp hörte nicht, was. Aber das ließ sie nur wilder gestikulieren. Sie zeigte auf die Tür, aber niemand bewegte sich. Der Direktor stand neben ihr und sah auf das Handtuch, das vor seinen Füßen auf dem Schotter lag. Er schüttelte den Kopf. Stand gekrümmt da. Zusammengesunken in seinem ausgeleierten Pullover, mit einer Hand den vergilbten Kragen seines Hemdes richtend. Die alten, nackten Fahnenmasten klapperten in ihren Bodenverankerungen. Wind zog auf. Aus einem der Autos rief jemand »Sieg Heil!«

2. BUCH

2004–2006

1. KAPITEL

Die Polizei kam während des Deutschunterrichts. Axel hatte Schillers *Räuber* in die Ablage unter dem Tisch gelegt. Philipp rollte sein Buch zusammen und drehte mit beiden Händen in unterschiedliche Richtungen. Wie der Brennnesselstreich in der Grundschule. Die Lehrerin bekam nichts mit. Ihr fiel am Ende der Stunde nicht einmal auf, dass Bücher fehlten. Die lagen hinter dem Schrank, in dem die Wörterbücher eingeschlossen waren, oder steckten zwischen Heizung und Wand. Oder in dem schmalen Spalt hinter der Tafel. Das hatte einer geschafft, als er sagte, dass er zum Waschbecken gehen müsse, weil sein Füller ausgelaufen war. Für einen kurzen Moment hatte er dazugehört.

Es klopfte an der Tür. Philipp blickte auf. Die Mädchen am Fenster legten ihre Stifte weg. »Guten Morgen«, sagte die Lehrerin. Philipp konnte nicht erkennen, zu wem sie sprach. »Ja«, sagte sie leise. Sie wirkte überrascht und tippte mit den Fingern an der Wand, an der sie sich abstützte. »Hab ich gehört, ja. Ich, ich schau mal.« Dann drehte sie sich um. Sie blickte in Philipps Richtung und ging auf ihn zu. Er hatte mit dem Stein nichts zu tun. Er hatte nur davorgestanden. Hatte den Direktor schwitzen und die Jungs beim Fahrradständer darüber lachen gesehen. Er hatte sie gehört, ja. Und auch die Lehrerin, die ihnen zugerufen hatte, endlich ins Gebäude zu gehen. Den Älteren, die in den

Autos saßen, dass sie abhauen sollten. Abhauen. Über das Wort hatte sich Philipp gewundert. Dass eine Lehrerin so was rief. Als würde sie räudige Hunde vertreiben wollen.

Sie beugte sich zu Philipp herunter. Das Buch hielt er zusammengerollt unter dem Tisch in seinen Händen. »Kommst du mal bitte mit«, sagte sie. »Ich?«, fragte Philipp, aber da hatte sie sich schon wieder umgedreht. Philipp legte das Buch in seinen Ranzen. Tat so, als wollte er seine Socken hochziehen, und stand dann auf. Den Kopf gesenkt. Wie jederzeit bereit, wieder an seine Knöchel zu fassen. Sein Blick auf den Boden gerichtet. »Haste wieder Scheiße gebaut?«, rief Ramon. Niemand lachte.

Die Tür stand einen Spaltbreit offen. Philipp drückte die Klinke trotzdem herunter. Im Flur brannte kein Licht. Drei Männer am Fenster, schauten auf den asphaltierten Vorplatz der Turnhalle. Der Direktor unter ihnen. Vergilbter Hemdkragen, lichtes Haar, Dreck an den Hausschuhen. Zwei Polizisten. Vielleicht konnten sie den Kaffeeatem riechen, die Alkoholfahne.

»Du weißt, wer das war«, sagte der Direktor. Philipp hatte den Polizisten die Hände geschüttelt. Er sah ihnen in die Gesichter. Betrachtete ihre Uniformen, die Aufnäher, die Brusttaschen, in denen Kugelschreiber steckten. »Auf dem Stein?« »Warst du dabei?«, fragte ein Polizist. »Nein«, sagte Philipp. »Du hast sie doch gesehen am Fahrradständer«, sagte der Direktor. »Wer war alles dabei?« Philipp wunderte sich. Die Lehrerin hatte ihnen zugerufen. Das musste er doch wissen. In einem der Klassenräume wurde geklatscht. Vielleicht hatte jemand beim mündlichen Test versagt. Es zog. »Ich hab nur die Autos gesehen«, sagte Philipp. »Ehemalige Schüler«, sagte der Direktor zu den

Polizisten. Die sahen sich überrascht an. Der Direktor reagierte: »Die halten sich morgens hier auf und fahren dann. Und dann sieht man sie meistens noch mal am Nachmittag.« »Sie dulden das?« »Wir erlauben, dass sie ihre Freunde sehen. Wir scheuchen sie nicht einfach weg.« Abhauen hatte die Lehrerin gerufen. Wie bei räudigen Hunden. Philipp hatte es gehört. Sie hatten es noch nie geschafft, diese Autos vom Schulgelände fernzuhalten. Jeden Morgen der gleiche Ablauf. Irgendwann ging ein Lehrer am Schulgebäude vorbei zum Fahrradständer. Zigaretten wurden in den Schotter getreten, Kaugummis in Münder gesteckt. Auf dem Stromkasten Eisteepackungen, aus den Autos laute Musik.

Philipp kannte die Älteren nicht, die in den Autos saßen. Er hatte Namen gehört von Axel und von Ramon, die gelegentlich mit unter einem der Dächer standen. Ihre Fahrräder festgekettet und sie selbst gegen die Pfosten gelehnt. Er hoffte, dass sie ihn einmal mitnehmen würden. Menzel. An diesen Namen erinnerte er sich. »Hast du Kontakt zu den Leuten in den Autos?«, fragte ein Polizist. »Nein«, sagte Philipp. »Warum hast du dann so lange auf dem Schulhof gestanden?«, fragte der Direktor. Aus der Turnhalle kam eine Gruppe Mädchen. Jungs rannten ihnen hinterher. Der Unterricht schien vorbei zu sein. »Das hat mich gewundert«, sagte Philipp. »Was?« »Dass Sie das abdecken.« »Ich kann es ja schlecht allen zeigen.« Einer der Polizisten wandte sich an Philipp. Er hatte ihn eine Weile angeschaut. »Weißt du überhaupt, was das ist?«, fragte er. Philipp durfte nicht zögern, jetzt nicht. Vielleicht hatte es ja mit den Juden zu tun. Davon redeten sie doch immer. Von den Drecksjuden. Oder die Sorben hatten sich für etwas gerächt. Dafür, dass wieder Ortsschilder abgeklebt worden waren. Für umgeworfene Kruzifixe. »Na klar«, sagte Philipp. Der Polizist schien das nicht zu glauben. Er kniff ein wenig die Augen zusammen. Seine Lider zitterten. »Halt dich von den Typen fern«, sagte er. Philipp nickte. Er wusste nicht, warum. »Kannst zurück in die Klasse«, sagte der Direktor. Dabei drehte er sich mit den Polizisten wieder zum Fenster. Schaute zum Innenhof, wo Jungs und Mädchen Schneebälle formten, als würden sie Teile ausgerollten Teigs stehlen.

Sie hatten ihm das nicht zugetraut. Keine Frage an ihn, ob er das getan, ob er das Kreuz gegen den Findling gesprüht hatte. Philipp zog das zusammengerollte Buch aus seinem Ranzen und walkte es an seinem Oberschenkel glatt. Christoph lehnte sich zu ihm rüber. »Und?«, fragte er. »Die Polizei wollte mit mir reden«, sagte Philipp. Er hatte gar nicht die Absicht gehabt, zu flüstern.

2. KAPITEL

Sie hatte ihn »Tobias« genannt. Das Mädchen, die Enkelin des Rektors. Er dachte daran, was Elisabeth gesagt hatte und wie er nach Hause gekommen war. Wie sie seinen Namen ausgesprochen und ihn dabei angesehen hatte. Felix und Marco hingegen schweigsam und tatenlos. Tobi ging mit Elisabeth von der Schule in den Hort. Sie hatte ihn gefragt. Sie wirkte so selbstsicher und schlau. Sie wusste, wer sie werden und wo sie sein wollte. Immer wieder fragte sie ihn nach seinem Berufswunsch. Tobi wusste darauf keine Antwort. Mutters Wut, die nicht ihm galt, sondern der Lehrerin. Großmutters und Großvaters Enttäuschung. Du kannst nichts dafür, sagten sie. »Die versuchen unserer Familie schon immer eins reinzuwürgen.« Der alte Direktor, alle Lehrerinnen. »Die konnten schon deine Mutti nicht leiden.« Großmutter legte ihm ihre Hand auf die Schulter, die er gar nicht spüren wollte. Du musst ehrgeizig sein und hart arbeiten. Du musst denen zeigen, dass du was Besseres bist. Tobi saß am Küchentisch und ließ den Sand in den Klarsichthüllen nach unten rieseln. Drehte das Blatt und schüttete den Sand auf den Tisch. Er konnte nichts dafür, es war nicht seine Schuld. Er begann daran zu glauben.

—

»Wenn du uns verraten hast, kriegst du aufs Maul«, sagte Ramon. Philipp stand am Waschbecken. Der Spiegel zerkratzt. Die Papierhandtücher waren alle auf einmal aus der Halterung gezogen und in den Papierkorb geschmissen worden. »Ich hab nichts gesagt«, sagte er und wischte sich seine Hände an der Hose ab. »Was wollten die wissen?«, fragte Ramon. Er lehnte sich gegen die Tür. Von draußen klopfte jemand dagegen. Erst zögerlich, dann wütend. Jetzt schlug jemand mit den Fäusten gegen die Tür. »Geh auf das andere Klo«, rief Ramon. Seine Stimme hallte lange nach. Kratzig und tief. Das Klopfen und Schlagen hörte nicht auf.

»Die haben gefragt, ob ich die kenne, die in den Autos sitzen.« »Kennst du die?« »Nein.« Das war die Wahrheit. Ramon öffnete die Tür mit einem Ruck. Er zog einen Jungen in die Toilette und hielt ihn am Pullover fest. »Ey, der geht kaputt«, schrie der Junge. Sein nackter, blasser Bauch war zu sehen. Ein ungewöhnlich tiefer Bauchnabel. »Ich muss doch nur aufs Klo!«, rief er. Er wehrte sich nicht. Schien zu wissen, mit wem er es zu tun hatte. »Dann hör auf, so gegen die Tür zu schlagen!« Ramon schubste ihn zu den Pissoirs. Der Junge drehte sich nach ihm und Philipp um. Stand eine Weile da und öffnete schließlich seine Hose. Ramon sagte nichts. Blickte starr auf den Jungen. Philipp lehnte sich ans Waschbecken. Wusste nicht, wie er sich hinstellen, wo er hinschauen sollte. Wollte nicht mal hinhören. Er blickte Ramon von der Seite an. Der stand starr gegen die Tür gelehnt. Niemand klopfte oder schlug mehr dagegen. Stille auf dem Gang.

Der Junge hielt seine offene Hose fest. Sie war ihm viel zu weit. Wie der Pullover, den er auch jetzt immer wieder zu den Ellbogen hochschob. Vielleicht hatte er einen größeren

Bruder. Wenn Philipp aus seinen Klamotten gewachsen war, legte Mutter sie Tobi kommentarlos in den Kleiderschrank. Der Junge warf einen Blick über die Schulter. Dann zog er den Reißverschluss seiner Hose wieder hoch. Zu spülen brauchte er nicht. Es war nichts passiert. Aber er ging zum Waschbecken und ließ sich trotzdem kaltes Wasser über die Hände laufen. Philipp hatte ihm Platz gemacht. Keine Seife mehr im Seifenspender. »So dringend musstest du ja gar nicht«, sagte Ramon und lachte. Der Junge reagierte nicht. Er ließ seinen Kopf hängen, als er an Ramon vorbeilief. Rutschte aus seinen übergroßen, ausgelatschten Hausschuhen. Der Halsausschnitt des Pullovers so groß, dass Philipp die mageren Halswirbel sehen konnte. Ramon schloss die Tür und lehnte sich wieder dagegen. Es würde bald zum Unterricht klingeln. Das Licht, das durch das kleine Fenster bei den Waschbecken fiel. Weiß, fast blau. Der Himmel von Wolken durchgängig bedeckt. Wahrscheinlich würde es bald wieder schneien.

Philipp löste sich aus der Ecke zwischen Wand und Waschbecken, in die er sich gedrängt hatte, um den Jungen vorbeizulassen. Ramon, der ihn fortwährend zu beobachten schien. Jede seiner Bewegungen. Selbst den Schweiß auf seiner Stirn, der sich am Haaransatz sammelte. »Die haben einfach keinen Respekt mehr«, sagte Ramon. Philipp nickte. Froh darüber, dass etwas gesagt wurde. Und kein Wort mehr darüber, dass Philipp verdroschen werden würde. »Denen muss man zeigen, wer der Stärkere ist. Sonst mucken die immer weiter auf.« Er ließ Philipp nicht aus den Augen. Lockerte sich, winkelte ein Bein an und stemmte es gegen die Tür, als wollte er sie einfach nicht freigeben. Die rasierten Seiten seines Kopfes. Die

Haare oben kurz und mit Gel aufgestellt. Er hatte gelbe Schildchen an seinem Rucksack angebracht, mit denen sonst Kühe markiert wurden. »Wir waren nicht so«, sagte er. »Wir wussten, wie wir uns zu verhalten haben.« Dann schien er zu warten. »Ich hab heute früh einen zur Seite geschoben«, sagte Philipp. »Der hat sofort angefangen zu heulen.« »Siehst du«, sagte Ramon. »Erst den großen Macker machen und dann rumheulen.« Es klingelte. Noch fünf Minuten, dann würde es ein zweites Mal läuten. Dann der Unterricht beginnen. Philipp richtete sich auf. Bereit, zu gehen. Stand jetzt frei im Raum. Aber Ramon bewegte sich nicht. Nur seine Augen, die von oben nach unten wanderten. Ja, Philipp trug eine Hochwasserhose. Weiße Haut zwischen Jeanssaum und schwarzer Socke. Am Fensterrahmen hatten sich Wassertropfen angesammelt. Einige lösten sich von der kalten Scheibe und bildeten eine Lache auf dem schmalen Fensterbrett. Irgendetwas musste er noch sagen, damit Ramon ihm glaubte. »Ich hab wirklich nichts verraten, Ramon. Ich hab den Polizisten nichts gesagt und auch dem Winkler nichts. Ich weiß ja gar nichts. Ich stand da nur.« Ramon hielt ihm die Tür auf. »Schon okay«, sagte er. »Ich glaub dir.«

Philipp ging in die Klasse. So schnell er konnte. Packte seine Sachen aus und biss noch schnell von seiner Schnitte ab, bevor der Unterricht begann. Ramon war ihm zunächst gefolgt, aber dann nicht nachgekommen. Kam fast zehn Minuten zu spät und klopfte an die Tür. »'tschuldigung, ich war noch auf Toilette«, sagte er. Die Lehrerin winkte genervt ab. Dann setzte sich Ramon auf seinen Platz in der ersten Reihe an der Wand. Er sah Philipp an. Lächelte. Nickte ihm zu.

3. KAPITEL

Das Gelände um das Schamottewerk wurde weitläufig abgesperrt. Die Jalousien an den Wohnblöcken heruntergelassen. Aus vereinzelt geöffneten Fenstern lehnten Männer in Unterhemden. Die meisten Bewohner unten vor den Eingängen. Einige hinter ihren Autos. Die Interessiertesten unmittelbar an der Absperrung. Im Wald, der an das Betriebsgelände grenzte, flatterte rot-weißes Band zwischen Birken- und Kiefernstämmen. Krähen flogen von den Dächern. Die Straßen leer. Der Schulbus blockierte die Hauptstraße. Spinne lehnte an der Fahrertür, rauchte und spuckte auf den Boden. Er ignorierte die Gesichter der Kinder, die sich drinnen gegen die Scheiben drückten. Er würde sie wieder sauber machen müssen. Das gehörte dazu. Er hatte auch längst aufgehört, sich das Rauchen im Bus zu verbieten.

—

Tobi war im Hort und saß an seinen Hausaufgaben. Die Spitze des Schornsteines konnte er über den Wipfeln der Kiefern sehen. Blassrot vor dem grauen Himmel. Es hatte ihn nicht beeindruckt, dass der Schornstein gesprengt werden sollte. So viel, das die ganze Zeit einstürzte. Er konnte die mickrige Birke erkennen, die oben aus einem Spalt zwischen Ziegelsteinen wuchs. Sie schwankte im Wind, der da oben wehen musste. Er dachte an die Gardinen, die aus der alten Kantine hingen. An ihr Hin- und Herschaukeln. Der alte Mann, der ihn aufgehalten hatte, kurz bevor er sich durch den Spalt im Tor hatte drücken können. Das dämliche Herbarium. Er schrieb einen Satz und strich ihn durch. Mehrmals und in wilden Linien. Dann zeichnete er ein Rechteck herum und malte es aus. Er hatte keine Lust, damit seine Zeit zu verbringen. Philipp hatte ihm erzählt, dass im Sommer in den Wäldern das Wasser der Steinbrüche ganz klar war und erfrischend. Dass sich die Mädchen in einem eigenen Steinbruch trafen, den niemand kannte. Ob sie dort nackt waren, konnte er nicht sagen. Wenn ein Junge ihn zufällig fand, den Steinbruch, suchten sie sich einen neuen. Es gab ja so viele. Manche größer, manche kleiner. Tiefer oder flacher. Mitunter wurden provisorische Sprungtürme gebaut, indem Bretter an Kiefernstämme genagelt wurden. Tobi erschrak bei dem Gedanken, dass jemand in den Steinbruch springen könnte, in dem Uwe ertrunken war. Dass jemand auf diesem roten Autodach aufkommen würde. Wie es unter der trüben Oberfläche schwankte. Die Birkenblätter, die im Wasser trieben. Die Äste und Zigarettenstummel. Unsichtbar bis zu dem Moment, da jemand auf das Dach sprang, sich die Beine brach, nicht mehr schwimmen konnte. Um Hilfe rief und ertrank. Die Plastiktüte mit dem Efeu. Weggeflogen und im Gestrüpp verhakt.

—

Ein lautes Hupen. Auf die erste Sprengung folgte unmittelbar die zweite, dann die dritte. Der Schornstein klappte zusammen wie das Gelenk eines dürren Fingers. Rauch stieg in die Luft. Hüllte die Straße ein. Philipp stand an der Absperrung im Wald. Mit seinen Füßen schob er unwillkürlich Sand umher. Christoph neben ihm. Er konnte die Leute am Werkstor kurz sehen. Spinne am Bus. Außerdem die Jugendfeuerwehr, die einen Wasserstrahl auf den Schutthaufen richtete. Ganz Neschwitz und Umgebung schien versammelt zu sein. Sonst traf er kaum jemanden auf der Straße. Wenn, dann sahen die Leute an ihm vorbei. Großvater erzählte über das Werk und seine Fahrten mit der Bahn durch den angrenzenden Wald. In der Kantine gab es Bier, wenn man danach fragte. Er berichtete über die Männer, die über Generationen dort arbeiteten. Söhne, Väter, Großväter. Kamen gemeinsam nach Hause. Wurden gemeinsam arbeitslos.

Es war sehr schnell gegangen. Philipp hatte nur den Computer hochfahren müssen, der neuerdings im Keller stand, und war sofort auf diesen Mann gestoßen, der im Auto mit ausgestrecktem Arm an einer Menschenmenge vorbeifuhr. Das gleiche Bild im Geschichtsbuch der Neuntklässler. Ramons Hinweis. Wie sie ihn ansahen. Wie gerade er stand. Wie er offensichtlich zu wissen schien, dass diese Menschen ihn liebten. Ihn anhimmelten. Vergötterten. Also hatte Philipp sich hingestellt und die gleiche Pose eingenommen, als würde er in diesem Auto stehen. Hatte den Arm ausgestreckt, noch einmal zum Bildschirm geblickt, es war der rechte Arm, und dann den Daumen an die zusammengepressten Finger gedrückt. So musste sich das anfühlen. Er nahm den Arm runter, wartete und riss ihn wieder in die Höhe. In die Pose, die er zuvor langsam ausprobiert hatte. Vielleicht war es das Blut, das sich auf einmal so schnell in seinem Körper bewegte. Aber das fühlte sich gut an, verboten und mächtig.

Christoph konnte davon nichts wissen, dachte er. Der hielt den einstürzenden Schornstein für ein Ereignis. Das war es für all die ehemaligen Arbeiter und die Wichtigtuer der Jugendfeuerwehr. Wie die sich aufspielten. Einige Leute klatschten am Zaun. Andere weinten sicherlich. Wieder etwas, das einstürzte und verschwand. Tagelang würden sie es in der Zeitung breittreten. Wochenlang hatten sie die Sprengung angekündigt. Philipp sah Christoph an und lächelte. Der war so ängstlich und schüchtern, dass Philipp sich wünschte, ihn gelegentlich zu schütteln. Ihn dabei anzustarren und zu rufen: Scheiß auf den Schornstein, der ist nicht wichtig! Wir waren mal groß und mächtig. Lange bevor uns das verboten wurde.

4. KAPITEL

Das Kreuz war vom Findling verschwunden, zumindest seine schwarzen Linien. Der Hausmeister hatte es lange mit Seifenlauge und einem alten Besen versucht, bis er sich einen Wasserhochdruckreiniger organisierte. Damit waren die schwarzen Linien weg. Übrig blieben die hellen Stellen des gereinigten Steines. Das Kreuz im Negativ.

—

Der Himmel bewegte sich nicht. Keine Wolken. Stillstehende Kiefernäste. Philipp schloss die Augen und sah den gelben, dann grünen und blauen Sonnenfleck auf den Innenseiten seiner Lider. Das vertrocknete Gras strahlte die Wärme ab wie die Holzbänke einer Sauna. Er legte die Hand auf seine Stirn. Sie fühlte sich warm an, genauso wie seine Wangenknochen und die Nase, die stets zuerst verbrannte. Weil sie breit war wie die von Vater. Mutter sagte das. Angeblich hatte er auch Vaters Zehen und Finger. Philipp hob den Arm und hielt die Hand mit den zusammengepressten Fingern vor die Sonne. Spreizte den Zeigefinger ab, dann den Mittelfinger, den Ringfinger, den kleinen. Das wiederholte er eine Weile. Er glaubte, die schmalen Asphaltfugen zwischen den Betonplatten riechen zu können, so sehr flimmerte die Luft darüber.

Den Hund, den Kathrin und Andreas sich zulegten,

nannten sie »Jesko«. Ein Golden Retriever, für den Andreas einen Zwinger aus Sperrholz neben den Carport baute. Gitterstäbe an den Seiten und Dachpappe auf dem Dach. Ein ganzes Wochenende verbrachte er allein da oben, um das Flachdach gegen aufkommenden Regen abzudichten. Im Zwinger die eigentliche Hundehütte mit zwei Näpfen für Wasser und Futter. In einer seiner ersten Nächte jaulte Jesko, weil ein Igel vor den Gitterstäben saß. Jetzt war er ruhig. Ermattet von der Hitze. Philipp hatte ein Winseln gehört, als er am Zwinger vorbeigegangen war.

Er stand vom Bordstein auf und wusste nicht, ob er nach links oder rechts gehen sollte. Eigentlich war es egal. Die Sonne brannte auf seine Haare. Das war das erste Jahr, in dem er keine Sandalen trug. Auf der Wiese lagen die Schafe bewegungslos in dem kleinen Kreis Schatten, den der Baum imstande war zu werfen. Die Jalousien der Häuser ringsum heruntergelassen. An manchen zogen sich Moosstreifen von oben nach unten. Kein einziges Auto war an ihm vorbeigefahren, kein Moped, kein Fahrrad. Kein Mensch auf der Straße. Zu Hause war es wenigstens kühl gewesen. Trotzdem hatte er Tobis Badehose in den Ranzen eingepackt, eine andere hatte er nicht gefunden, war wieder vor die Tür gegangen und hatte sich an die Bushaltestelle gesetzt. Den Ranzen noch voller Hefter und Mappen. Die angebissene Schnitte in der Brotbüchse. Die Bushaltestelle hatte jetzt ein Plexiglasdach. Darunter war es nicht auszuhalten gewesen. Darum der Bordstein. Kurz hatte es sich so angefühlt, im flüchtigen Moment der Berührung, als würden die Waden am Granit verbrennen.

Er streckte seinen Daumen aus, während er an der Straße entlangging. Nächstes Jahr, sagte Mutter, würden sie vielleicht in die Türkei fliegen. Ferienanlage mit Rutschen. Hinter den gelben Wegweisern an der Kreuzung zweigte der Weg ab, führte zwischen Hecken entlang, an Garagen vorbei. Irgendwann zu Christophs Haus. Aus dem Garten links, hinter der hohen, teilweise braunen Hecke, stieg der Duft von frisch gemähtem Gras auf. Eine Fliegengittertür schlug gegen ihren Rahmen.

»Kann Christoph rauskommen?« Christophs Vater saß vor dem Haus auf einem grauen Plastikstuhl. Am Stuhlbein eine Flasche Bier, die er mit seinem Schatten vor der Sonne schützte. »Musst du mal klingeln«, sagte er und nickte in Richtung der Haustür. »Was willst du machen?«, fragte Christoph. Philipp zuckte mit den Schultern. Das wusste er nicht. Er wusste nicht einmal, warum er zu Christoph gegangen war. »Bin gleich da«, sagte Christoph und ließ die Tür offen stehen. Philipp spürte die kalte Luft, die aus dem Hauseingang kam, an seinen Waden. Sie roch nach Jagdwurst. Er setzte sich auf einen der Plastikstühle gegenüber von Christophs Vater. Die Auffahrt war zugepflastert, aus den Pflanzenkübeln wuchsen dünnes Gras und Klee mit weißen Blüten. Immer noch keine Wolke am Himmel. »Ihr habt bald Ferien«, sagte Christophs Vater. »Ja«, sagte Philipp. Er versuchte sich daran zu erinnern, was Christophs Vater arbeitete. »Fahrt ihr weg?«, fragte er. »Nein«, sagte Philipp, »und Sie?« »Woche in den Spreewald«, sagte er. »Ist schön da.« »Ja.«

An der Tongrube war sonst niemand. Das Wasser hellblau in der Mitte, grau an den Rändern. Wurzeln, die aus dem Sand ragten. Birkenschatten wie Camouflagemuster von der Bundeswehr. Christoph ging hinter einen Strauch, um sich seine Badehose anzuziehen. Auf dem Handtuch, das er ausgebreitet hatte, war ein großer Delfin. »Hat mir meine Oma mal gekauft«, sagte er, als Philipp darüber lachte. Philipp wartete nicht, bis Christoph zurückkam. Er ging ins Wasser, vorsichtig. Der Einstieg war flach. Er schlug mit Füßen und Händen auf die Wasseroberfläche. Er wollte die Fische vertreiben, die unter ihm schwammen. Hauptsache laut. In Seen konnte er den Gedanken nie loswerden, dass etwas an seinen Zehen saugte, wenn er sich kurz nicht bewegte. In Burkau gab es ein Freibad mit richtigem Becken und gechlortem Wasser. Klar bis auf den blau gestrichenen Betongrund. Es hatte keine Rutsche und keine Sprungtürme. Aber die Mädchen stahlen den Jungs die Pommes aus den Pappschalen. In letzter Zeit dachte Philipp vor dem Einschlafen an die Brüste in den farbigen Bikinis. Die helle Haut, die das ganze Jahr über versteckt unter T-Shirts ruhte. Er wachte auf, tastete nach seiner Hose und der Matratze, um dann nur wieder festzustellen, dass nichts passiert war. Keine nassen Stellen, von denen die anderen erzählten.

»Wo willst du dein Praktikum machen?«, fragte Christoph. Eine Fliege landete auf seinem Oberschenkel und lief bis zu den Fußknöcheln. »Weiß ich nicht«, sagte Philipp, »mein Vati sagt, ich kann die auch bei ihm in der Firma machen.« »Ich musste extra zum Fotografen für Bewerbungsbilder«, sagte Christoph. »Ja, das soll ich auch noch machen.« Philipp kniff seine Augen zu und drehte den Kopf aus dem Schatten in die Sonne. Pünktlich sein, gepflegt, höflich. Nicht zu dumm anstellen. Dann könnte er nach der Schule direkt dort anfangen. Wenn das Zeugnis stimmte. »Wusstest du, dass die im Gymi gar kein Praktikum machen brauchen?«, fragte Christoph. »Die lernen ja auch nur Zeug, das du später nie brauchst«, sagte Philipp. Die Sonne hatte seine viel zu kleine Badehose längst getrocknet. »Sagt doch jeder, dass es am besten ist, nach der Schule Geld zu verdienen.« »Ja, stimmt schon«, sagte Christoph. Er richtete sich auf. Seine Beine waren eingeschlafen. »Ich frag mal bei der Zeitung nach, ob ich dort Praktikum machen kann.«

Sie liefen am Fahrbahnstreifen nach Neschwitz zurück. Hatten genug davon, durch den Wald zu laufen. Davon, dass an der nassen Haut Sand und Kiefernnadeln kleben blieben. Die Badehosen hingen von ihren Rucksäcken. Das Wasser daraus tropfte auf die Straße. Wäre er zu Axel gegangen, hätte er mehr gelacht, dachte Philipp. Mehr Spaß gehabt, mehr angestellt. Christoph redete leise, schwamm eine Runde durch die Tongrube, um sich dann an den Rand zu legen. Er lächelte und schüttelte den Kopf, wenn Philipp sagte, dass er mit ins Wasser kommen sollte. Und er zog sein T-Shirt wieder an, um von der Sonne nicht zu verbrennen. Philipp wollte ihn auffordern, lauter zu sprechen. Einfach nur lauter zu sprechen. Er hatte noch so eine kindliche Stimme, leise und schwach, während Philipp sich bemühte, tiefer zu klingen. Er nahm dafür auch in Kauf, dass sie hin und wieder brach. Quietschte, sich überschlug. Er drückte sie heraus, als würde er einen Schlagball werfen. Wenn Erwachsene das bemerkten und darüber schmunzelten, ärgerte ihn das.

Es war noch hell, aber die Sonne schon orange am Himmel über den Feldern, als Philipp den Weg zum Schamottewerk einschlug. Christoph folgte ihm bis vor den Maschendrahtzaun. »Was willst du hier?«, fragte er. »Warst du mal in der Kantine?«, fragte Philipp. Christoph schüttelte den Kopf. »Ich auch nicht«, sagte Philipp. Er zögerte, bevor er die obere Hälfte des Zaunes herunterbog. Die Badehose benutzte er wie einen Handschuh, um sich an den freiliegenden Drähten nicht zu verletzen. Spinne hatte gesagt, dass es neben dem Eingang ein offenes Fenster geben würde. Im Bus prahlte er damit. Blickte dann nach oben, in den großen Spiegel, um in den Gesichtern die Frage zu sehen, ob das stimmte oder nicht. Es stimmte. Da war gar kein Fenster mehr. Der Eingang der Kantine war eine Doppeltür, rechts und links daneben die Fenster zu den Toiletten der Männer und Frauen. Die Fenster des Speisesaals waren zur Straße hin ausgerichtet. Diese großen Fenster, aus denen die Gardinen wehten. Grauer Putz. Risse in den Betonstufen. Ein rostiger Fahrradständer. Sträucher, von einem Bordstein umrahmt. Früher ein Beet. Vom Schornstein stand noch der runde Ziegelsockel.

»Kommst du mit?«, fragte Philipp. Wenn Christoph ablehnte, würde er warten, bis er außer Sichtweite war, und dann auch nach Hause gehen. Christoph blickte lange auf das Fenster, den Eingang, das Gelände. Zum Pförtnerhaus und dem Eisentor. »Was willst du da drin?«, fragte er. Er brauchte einen Anreiz. »Da ist noch der ganze Speisesaal drin«, sagte Philipp. »Die Tische und Stühle, weißt du? So, als würden die Leute gleich zum Essen kommen. Na los!«, sagte Philipp. »Wir bleiben nicht lange. Uns sieht auch keiner. Räuberleiter, und dann sind wir drin.« Das Gleiche hatte er sich selbst immer wieder gesagt. Ein Auto fuhr auf der Straße und parkte vor dem Wohnblock. Es hatte seine Scheinwerfer schon eingeschaltet. Philipp stieg auf Christophs Knie und drückte sich durch das schmale Fenster. Als Christoph »okay« gesagt hatte, hatte er ein wenig gezögert. Jetzt umzukehren wäre nicht mehr infrage gekommen. Drinnen stützte er sich auf einem zerbrochenen Pissoir ab. Es knirschte wie der rissige Henkel einer Tasse, kurz davor, gänzlich abzufallen. Christoph kam nicht so leicht hoch. Er suchte nach Halt, einem Griff, an dem er sich hochziehen konnte. Philipp reichte ihm von innen seine Hände. Christoph erschrak, als sie sich berührten. Philipp war stolz darauf, wie trocken und rau sie an manchen Tagen waren. Dann strich er sich im Bett über seine Oberschenkel und Unterarme.

Die Türen standen alle offen. Im Treppenhaus war es dunkel. Durch Fensterritzen und gesprungenes Glas pfiff der Wind. Auf Hinweisschildern standen Aufforderungen für das Verhalten im Brandfall. Putz auf dem Boden. Abgerissene Tapeten. Zerschlagene Deckenleuchten. Die Treppe zum Keller mieden sie.

»Mein Opa hat hier gearbeitet«, sagte Christoph. »Als was?« »Keine Ahnung. Ich wusste das gar nicht, dass er hier war. Das hat er erst gesagt, als der Turm gesprengt wurde.« Philipp hob eine Scherbe vom Boden. Er stieg jede Treppenstufe so, abfedernd, ein Fuß nach dem anderen, als könnte das Haus durch seine Bewegungen einstürzen.

»Ich soll das nicht glauben, hat mein Vater gesagt«, sagte Christoph.

»Hm. Alte Leute«, sagte Philipp. Er hörte längst nicht mehr zu.

»Das ist diese Krankheit«, sagte Christoph. »Mein Opa erfindet die ganze Zeit so ein Zeug.«

Der Speisesaal war leer. Die Gardinen, die man draußen sehen konnte, hingen in Fetzen von der Decke. Eingeklemmt in den Löchern der Fenster. Einige wehten

draußen und zerrten an der Gardinenstange wie allein-
gelassene Hunde. Philipp hatte geahnt, dass hier nichts
war. Er sah Christophs Enttäuschung, als der den Saal betrat. Beide sagten nichts. Jeder Schritt knirschte auf dem
Linoleum. In den letzten, schwachen Lichtstrahlen war
der Staub in der Luft zu sehen. Am Ende des Raumes ein
großes Rechteck in der Wand. Die alte Durchreiche.

Philipp stellte sich vor die lange Wand gegenüber der
Fensterfront. Bis auf ein paar sorbische Sprüche, die er
nicht lesen konnte, war der Rest auf Deutsch geschrieben.
Manches mit Sprühfarbe, verlaufen und unterschiedlich
groß, anderes mit Filzstiften, Kugelschreibern, Füllern. Er
nahm die Scherbe und ritzte »Hallo« nach. »Winkler ist
schwul«, las Christoph vor.

»Stimmt ja auch«, sagte Philipp und grinste.

»Wissen deine Eltern eigentlich von dem Stein?«, fragte
Christoph.

»Die haben in der Zeitung gelesen, dass die Polizei wegen Schmiererei bei uns war. Da hat mein Vater gefragt,
ob die nichts Besseres zu tun hätten. Und meine Mutter
wusste gleich, wer die beiden Polizisten waren. Manchmal
kommen die ja ins Krankenhaus und begleiten Betrunkene oder Ausländer. Sie hat gesagt, dass keiner von beiden
in der Lage wäre, jemandem hinterherzurennen, wenn es
darauf ankommt.«

»Ich dachte immer, die müssen so viel Sport machen«,
sagte Christoph. Er folgte der Scherbe auf der Wand. Philipps Fingern, die sie fest umklammerten. Sie glitt leicht
durch Reste der Tapete und den Putz und hinterließ eine
Lichtfuge.

»Ja, dachte ich auch immer«, sagte Philipp. Er fühlte

sich von Christoph beobachtet. Als würde er ihn mustern. Seine neuen Turnschuhe. Die Badehose, die an seinem Rucksack hing. Ihm war das unangenehm, sich vorzustellen, was Christoph wohl sah. Wie er es sah. Er hatte diese Vermutung.

»Woher weißt du, dass Winkler schwul ist?«, fragte Christoph. Philipp ließ nicht von der Wand ab, folgte starr den Konturen der nachzufahrenden Schrift. »Keine Ahnung. Sagt man doch so«, sagte er. Dann hielt er Christoph die Scherbe hin. »Hier.« Christoph fasste sie an der Spitze, weit entfernt von Philipps Fingern. Dann ging er einen Schritt von der Wand weg. Es war kaum mehr zu erkennen, was da stand. Welche Zeichen und Symbole. Er hätte »Hallo« nachschreiben können oder verschiedene Namen. Herzen, misslungene Kreise und »Ich liebe dich, Jenny«.

»Warte, gib her!«, rief Philipp. »Hier, das hier!« Philipp riss ihm die Scherbe wieder aus der Hand. Schubste ihn leicht, sodass er schwankte. »Nein, hier«, sagte Christoph. Als Philipp die Scherbe ansetzte, drückte Christoph ihn mit der Schulter weg. Philipp zog seinen Schuh über den Boden und deutete auf den Schutthaufen. Zeigte auf die Fenster und das Glas, das dort zerbrochen auf den Heizkörpern lag. Dort waren genug andere Scherben. Er ritzte über die Linien hinaus, wurde schneller, gröber. Setzte neu an. Fand andere, interessantere, bessere Worte. Christoph nahm ihm Symbole weg. Das Hitlerkreuz, das doppelte »S«. Er kreuzte Philipp auf dessen Seite der Wand. »Ey!«, rief er und versuchte ihn wegzudrängen. Christoph lachte, als er ihn sanft in die Seite stieß. Philipp löste Tapetenstücke und riss sie von der Wand. Zerknüllte sie und warf sie auf Christoph. Er ging zum offenen Fenster. Streckte seinen Kopf heraus und rief »Heil Hitler!«. Er rannte zur Wand zurück. Außer Atem, beschwingt. Es hätte so weitergehen können. Christoph lachte. Ging zum gleichen Fenster, schaute, dass ihn niemand sah. Im Fenster daneben die Gardine, die sich nach innen und außen wölbte. Ein Hund, der bellte. »Hitler ist schwul!«, rief Christoph. Zwei Mal. Beim zweiten Mal lauter. Dann rannte er direkt zum Treppenhaus. An Philipp vorbei. Philipp hinterher. Keinen Fuß falsch setzen. Stolpern vermeiden. Philipp hielt inne und bückte sich. Sein Sichtfeld verschwamm, sein Herz raste. Kurz wurde ihm schwindelig. Er nahm einen Stein und warf ihn in das Fenster. Er glaubte so schnell zu rennen, dass er das Klirren erst hörte, als er unten angekommen war. Christoph hatte nur kurz aufgeblickt und war weitergerannt. So schnell er konnte. Als schwebte er über Boden und Pissoir. Als würde er durch das Fenster nach draußen springen. Kein Ballast. Kein Rucksack, der ihn einengte.

Sie rannten zum Wald. Auf der Straße war niemand zu sehen. Das Gelände schwarz und leer. Philipp hinter Christoph. Er lachte. Schwitzte. Christoph schwitzte noch mehr, das konnte er riechen. Seitenstechen. Seine Füße knickten auf Steinen um, dennoch rannte er weiter. Hinter zwei Stämmen hielt er. Stand zunächst eng an die Borke gelehnt, atmete schwer und schnell. Blickte nach hinten. Nach vorn, zu den Seiten. Christoph neben ihm. Er konnte ihn nicht sehen, so sehr flirrte sein Blickfeld. Wie gut sich das anfühlte. Der warme Abend, die Hitze verschwunden. Zu Hause war ihm egal, dass er Tobis Badehose verloren hatte. Er dachte an Christoph und dessen blutige Füße. Nie mehr Sandalen.

5. KAPITEL

»Hallo«, sagte er. Vater war leise auf die Hecke zugelaufen, damit er sie nicht aufschreckte. Sie sollte so liegen bleiben, wie sie lag. Aber Kathrin richtete sich auf, stützte sich auf ihren Armen ab und blickte um sich. Der gelbe Bikini stand ihr gut, dachte er. Ihre Haut war am Bauch ein wenig rot, ebenso auf ihren Oberschenkeln. Ihre Haare hatte sie hochgesteckt. Die Sonnenbrille nahm sie ab, als sie ihn erkannte. »Hab dich gar nicht gehört«, sagte sie. Sie lächelte und klang nicht überrascht. Jesko lag in seinem Zwinger, in dem Schatten, den seine Hütte warf, und schaute müde zur Straße.

»Ich wollte dich gar nicht stören«, sagte er.

»Tobi und Philipp haben bald Ferien, oder?«, fragte sie.

»Ja, genau.« Er starrte ihr in die Augen. Den Moment, sie länger anzuschauen, hatte er durch sein »Hallo« verschenkt. »Ist Andreas unterwegs?«, fragte er.

Der Wind frischte auf. Er griff die Hemden an der Wäschespinne. Kathrins Handtuch wurde an den Zipfeln angehoben. Wie ein Kleid drückte es gegen ihren Oberschenkel. »Der ist bei seinen Eltern«, sagte sie.

Beide warteten darauf, dass er sagte, warum er sie an der Hecke angesprochen hatte. Sie hatte ihn kommen gesehen. Längst gehört, dass die Schritte in ihrer Nähe waren. Der Rollsplitt auf der Straße war nicht zu überhören. Nicht unter Autoreifen, nicht unter Schuhsohlen. Sie kannte seine Angewohnheit, sich anzuschleichen. Im Haus trat er mit den Fußballen zuerst auf, damit ihn alle hörten. Hier draußen konnte er wie ein Indianer schleichen. So hatte sie ihn im Scherz einmal genannt. Vor Jahren schon, als das Thema in der Schule behandelt wurde. Die Indianer waren die Guten.

»Ich wollte dich gar nicht stören«, sagte er wieder.

»Sag doch einfach, was du willst.« Die Wäschespinne drehte sich. Eines der Schafe blökte. Wie umgefallene Garben lagen sie auf der Wiese.

»Ich hab dich da liegen sehen«, sagte er.

»Ja, ist schön heute«, sagte sie. Auf dem Tisch auf der Terrasse stand ein Glas, um das die Wespen schwirrten. Im Garten eines der Nachbarhäuser mähte jemand den Rasen.

»Geht es dir gut?«, fragte er.

»Warum fragst du das?«

»Nur so.«

Kathrin stand auf, den Blick zu den Häusern gegenüber gerichtet. Der Wind hatte nachgelassen. Sie zupfte an ihrem Bikini und wickelte sich dann das Handtuch um. Jede Bewegung von Vater beobachtet. »Der Mierisch steht schon wieder am Fenster«, sagte sie. »Ich mach dir vorn auf.« Kurz stand er da und wusste nicht, ob er sich umdrehen oder ihr hinterherschauen sollte. Ihr Nacken, die blassen Waden und Arme. Mierisch, der sein Gesicht gegen die Scheibe drückte. Ein kurzer Gedanke daran, wie der auf der Rückbank eines Autos saß und die Fahrprüfung bewertete. Früher in der grauen Uniform. Die Haare so gekämmt, dass er sich nicht gegen den Wind stellen durfte. Dann öffnete Kathrin die Haustür in einem

T-Shirt, das sie sich im Haus angezogen hatte. Der gelbe Bikini schimmerte durch den Stoff. Es war kitschig und unnötig, an sie zu denken. Er wusste das, aber es änderte nichts.

»Willst du was trinken?«, fragte sie. Im Haus war es kühl und die Luft abgestanden. Die Jalousien heruntergelassen und alle Fenster geschlossen. Kathrin öffnete eine Flasche Apfelschorle, die unter der Spüle gestanden hatte.

»Macht er das öfter?«, fragte er.

»Mierisch?«

Er nickte.

»Ja, in letzter Zeit vor allem.« Kathrin stellte das Glas mit der Apfelschorle vor ihm auf den Couchtisch und ging zurück zur Küche. Setzte sich dort auf einen Stuhl. Der ganze gefliese Raum dazwischen. Ihre nackten Füße. Streifen vom Sonnenlicht, das durch die Jalousien kam, auf dem Boden. In einem der Zimmer tickte eine Wanduhr. Es war so still, dass Vater die am Glasrand aufsteigenden Luftbläschen seiner Apfelschorle platzen hörte.

»Andreas hat das mit Jesko vorgeschlagen«, sagte sie. »Ich wollte gar keinen Hund. Wollte ich ja nie.«

»Ja, ich hatte mich schon gewundert.«

»Ist vor allem für die Sicherheit, hat er gesagt. Du hast die Ausländer ja gesehen.« Sie überschlug ihre Beine und blickte auf ihre gespreizten Zehen. Auf dem Nagel ihres großen Zehs waren weiße Punkte. »Aber er denkt, ich brauch das. Als Ersatz.«

Vater lächelte und nippte an seinem Glas. Irgendein Fingerabdruck am Rand, der nicht von ihm stammte. Er suchte nach dem Abdruck von Lippen am Glasrand. Dachte kurz daran, wie viel früher er von dem Thema gewusst

hatte. In seiner Erinnerung war er besser damit umge-
gangen.

»Du wolltest mir auch einen Hund andrehen«, sagte
sie. »Du dachtest auch, ich brauch was als Ersatz. 'ne Frau
braucht ein Kind, das denkt ihr doch.«

»Ich weiß«, sagte er. Den Blick abgewandt.

Kathrin grinste aufmunternd. »Zum Glück hab ich da
noch bei meinen Eltern gewohnt.«

»Die hätten sich über einen Hund gewundert.«

»Oh ja.« Sie lachte auf, dann spreizte sie wieder ihre Zehen. Vater blickte in das volle Glas Apfelschorle und fragte
sich, ob sie es ihren Eltern jemals erzählt hatte. Ob die damit umzugehen gewusst hatten. Draußen schwirrten die
Wespen um den Tisch. Er hätte nicht reinkommen sollen.
Nicht an der Hecke stehen bleiben. Das war Blödsinn.

»Wie geht Andreas damit um?«, fragte er endlich.

»Ist doch egal«, sagte Kathrin. »Du hast deine Kinder
und eine Frau, ich weiß gar nicht, was dich das interessiert.« Sie musste gemerkt haben, wie er über ihre Antwort erschrak und dann verstummte. Kurz hielt sie inne.
Suchte seinen Blick. »Entschuldigung«, sagte sie. Es war
so unerträglich heiß. »Willst du noch was?«

»Nein, danke.«

»Es ist auch bald Forstfest«, sagte er. Kathrin zog die
Jalousien hoch und öffnete die Tür zur Terrasse. Die warme Luft auf seiner Stirn. Im Glas auf dem Tisch trieben
tote Wespen. Ohne den Rasenmäher konnte er die Vögel
wieder hören.

»Vielleicht können wir ja mal zusammen hingehen«,
sagte sie.

»Ja, das wäre schön«, sagte er. Wäre es wirklich.

6. KAPITEL

Die Kruzifixe blieben nicht lange stehen an den Ortsein-
gängen. Wie ein Schatten war der Abdruck von Jesus mal
links oder rechts im Gras. Mal vorn oder hinten, je nachdem, in welche Richtung sich der Sockel leichter hatte
kippen lassen. Von der neuen Umgehungsstraße aus war
zu beobachten, wie Männer in orangen Sicherheitswesten
sie wieder aufrichteten.

Am Straßenrand Autos. Vorbeifahrende hielten und
pflückten Kornblumen. Anfang Juni hatte es noch nach
Erdbeeren gerochen, wenn man an dem Feld bei Panschwitz vorbeifuhr. Dort klappten die Mopedfahrer ihre
Visiere hoch. Jetzt stand der Mais halbhoch und hellgrün
bis an die Fahrbahn. An manchen Stellen überdeckte er
die Autobahn nach Dresden am Horizont.

Tobi hielt sich am Seitengriff fest, als Mutter zu schnell
in die Kurve ging. Sie hatte noch Kuchen beim Bäcker gekauft. Dunklen Streusel mit Kirsch. Bevor sie ins Freibad
fuhren. Philipp saß vorn neben ihr, kurbelte die Scheibe
runter und spuckte aus dem Wagen. Er glaubte, dem Faden folgen zu können, und blickte auf die vorbeiziehende
Wiese, wo er die Spucke vermutete. Tobi konnte genau hören, wie sie an der hinteren Scheibe aufschlug. Nass und
platt wie ein zerdrückter Käfer. Er sah sie kurz verlaufen,
bevor der Wind sie trocknete. Gegen die Sonne musste er
blinzeln oder hielt seine Augen geschlossen. Nach diesem

Sommer würde er nicht mehr zu den Ältesten gehören. Was auch immer passierte, dachte er, so schön wie in der vierten Klasse würde es nicht mehr werden. Andreas hatte ihn gefragt, welche Schule er demnächst besuchen würde. Tobi hatte »Hauptschule« gesagt. Für ihn klang das höher als »Realschule«, bis Mutter ihn korrigiert hatte.

Die Abschlussfeier in der Gaststätte neben der Turnhalle. Dort wurden auch die Fußballspiele von Deutschland übertragen. Zwei Jahre noch, dann war die WM im eigenen Land. Rippchen und Sauerkraut. Vanilleeis zum Nachtisch. Die Erwachsenen an einem Tisch, die Kinder an ihrem eigenen. Nebenan hörte man die Männer von der Kegelbahn und die vorbeifahrenden Autos durch die einfach verglasten Fenster. Elisabeth würde auf das Gymnasium gehen, auch wenn sie dafür nach Kamenz, Bautzen oder Bischofswerda fahren müsste. Das sagte sie immer wieder. Blickte dabei zu Tobi, als würde sie ihn auffordern, das Gleiche zu tun. Neben ihm Marco und Felix, die, wie er, die gleiche Schule besuchen würden. Die Mittelschule in Elstra. Philipps Schule. »Dann werdet ihr aber mal nicht so viel Geld verdienen«, sagte Elisabeth. Tobi dachte darüber nach und wusste nicht, was das bedeuten sollte. Vater riet ihm zu einer soliden Ausbildung. »Dann verdienst du dein eigenes Geld nach der Schule. Du wolltest doch sowieso kein Arzt oder Lehrer werden«, sagte er.

Tobi beobachtete Philipp vom Beckenrand. Das Bad grenzte ringsum an Felder, auf denen Windräder standen. Neu und so weit entfernt, dass sie zu keiner Tageszeit Schatten auf das Becken warfen. Anfänglich hatte das für Diskussionen gesorgt. Ein großer Parkplatz ohne Bäume.

Entlang des Zaunes Fahrräder und Mopeds. Am Wochenende in mehreren Reihen hinter- und nebeneinander.

Tobi sah Philipps Oberarme aus dem Wasser stoßen.
Beinahe kreisförmig, wie Philipp es angekündigt hatte.
Beim Schulschwimmen war er der Schnellste gewesen.
Er wollte das von Tobi bestätigt bekommen. Tobi musste
jetzt lügen. Er hatte gesehen, wie Philipp Steine spaltete,
indem er sie auf den Boden aufschlagen ließ. Er hatte gehört, wie beeindruckt Großvater jedes Mal gewesen war,
wenn Philipp seine Armmuskeln anspannte. »Richtig
gut«, sagte Tobi, als Philipp neben ihm auf den warmen
Pflastersteinen saß. Er selbst trug ein T-Shirt über der nassen Badehose. Seine Haut an Oberschenkel und Armen
war weiß und schimmerte fast grünlich. Haare wuchsen
ihm nirgends. Nicht an den wichtigen Stellen.

Er schaute auf Philipps Bauch und die sich abzeich-
nenden Muskeln unter dem Rippenbogen, als auf dem
Fußballplatz das Geschrei losging. Rufe auf Deutsch und
auf Sorbisch. Hohe Mädchenstimmen. Kreischen. Im Becken schwammen die Alten an den Rand. Auf der Wiese
stützten sie sich von ihren Handtüchern auf. Philipp war
schneller als Tobi, sprang über das flache Becken, in dem
das Gras und der Dreck von den Füßen trieben, und blieb
hinter einer Gruppe Jugendlicher stehen. Tobi hinterher,
langsamer, schaute sich um und sah die Badegäste. Reglos und mit verschränkten Armen. Wie sie ihre Köpfe zur
Seite kippten, um zu reden. Die von der Sonne getrockneten Badehosen und roten Nacken. Zwei junge Männer
standen sich gegenüber. Beide kurzgeschorene Haare, die
Haut war noch hell am Haaransatz. Sommerschnitt. Das
Volleyballnetz wackelte vom Wind. Tobi fragte sich, ob

Felix jemals hier gewesen war, ob er im Sommer jemals nicht in der Ostsee gebadet hatte. Das hatte er in der Gaststätte direkt erwähnt, dass bald wieder der Urlaub an der Ostsee anstehen würde. Warum Tobi jetzt daran dachte, wusste er nicht.

Einer der beiden Männer sagte, mehr an die Gruppe hinter sich als an sein Gegenüber gewandt, »dann soll er Deutsch mit mir reden. Oder in sein eigenes beschissenes Bad gehen.« Einige lachten. Sie trugen bunt karierte Badehosen, die ihnen bis über die Knie reichten. Die Stimmen der anderen verstand Tobi nicht. Er befand sich weiter abseits, weiter entfernt und in Distanz zu Philipp. Er suchte Mutter und entdeckte, wie sie bei einer Frau stand, die er nicht kannte. Wie seltsam starr beide waren. Er konnte Sonnencreme riechen und das modrige Wasser des schmalen Baches, das hinter dem Zaun eher stand als floss. Durch die Hecke die bunten Rahmen der Fahrräder. Aus der Gruppe klopfte dem Sorben jemand auf die Schulter. Eine andere Hand stieß ihn weg. Wieder zurück in den Ring.

»Hast du verstanden, was der gesagt hat?«, fragte Philipp. Mutter fuhr den Wagen langsam vom Parkplatz. Die Fenster waren geöffnet. Tobi fragte sich, wo die Bierflasche herkam. Sie hatte so schnell und leicht auf dem Kopf des Sorben nachgegeben. Danach wieder die Schreie und Rufe. Junge Männer, die andere zurückhielten oder schubsten. Das Stillstehen und Stillliegen der Menschen auf ihren Badetüchern. Mutter unter ihnen. »Der hat ihn provoziert«, sagte sie. Tobi hatte sich nach ihr umgesehen. Dann wieder geguckt, ob der Sorbe blutete. Der hatte auf dem Boden gekniet und sich den Kopf gehalten. Seine

Handfläche betrachtet und sie wieder an der Wunde gerieben, die er vermutete. Ganz verwundert darüber, dass die Scherben ihn nicht geschnitten hatten. Dabei hatte ihn nur der Flaschenboden erwischt, der dumpf aufgeschlagen, aber nicht gesplittert war. Tobi war auf der Seite des Deutschen gewesen. Das war kein sorbisches Bad, kein Ort für diese seltsame Sprache. Wenn die Sorben so viel Geld hatten, wie Vater erzählte, hätten sie doch ihr eigenes Bad bauen können. Da hatte der junge Mann recht. Die Gruppen hatten sich schnell aufgelöst, als der Bademeister gekommen war und sie anschrie. »Schluss mit der Scheiße! Hier sind Kinder! Macht das zu Hause!« Wie verwundete Katzen zogen sie sich in verschiedene Ecken des Bades zurück. Einige kletterten über den Zaun zu ihren Fahrrädern. Andere rannten davon.

Tobi spekulierte auf das Erdbeerfeld auf der linken Seite. Er hielt die Augen geschlossen. In seinen Ohren war noch Wasser. Die neue Badehose noch nicht richtig getrocknet. Vor all den Leuten wollte er sie nicht wechseln. So schnell war er nicht, wie Mutter gehen wollte. Dabei wäre das niemandem aufgefallen, wenn ein nackter Junge irgendwo gestanden hätte in all der Aufregung. Kurz dachte er daran, wie das ausgesehen hätte. Er inmitten der schreienden, sich auflösenden Menge. Sein entblößter Penis. Er still und weiß wie eine Statue. Er dachte an Mutter, die sagte, dass sie die Wunde nicht hätte behandeln dürfen. Wegen ihrer schmutzigen Finger. Chlorwasser. Mutter, die sich nicht bewegt hatte, aber seltsam lächelte neben der Frau auf dem Handtuch. »Aber du bist doch Krankenschwester«, hatte Tobi gesagt. Wahrscheinlich mochte sie die Sorben genauso wenig wie er. »Denen ging es immer besser als uns.« »Rate mal, warum der Ministerpräsident ein Sorbe ist.« »Das sind Katholiken, die einzigen im ganzen Osten.« Er dachte an Philipp, der langsam, quälend langsam durch das Becken gepaddelt war und dabei die Leute angestoßen und sie von ihrer Bahn gedrängt hatte. Wie verstört und verärgert sie ihn angesehen hatten. Tobi am Beckenrand, der ihm zurufen wollte, aufzupassen und besser zu schwimmen. Der gehen wollte, sich für Philipp schämte und ihn schließlich anlügen musste. Bester Schwimmer, Stärkster in der Klasse.

7. KAPITEL

Es sollte zufällig aussehen. Ein spontaner Besuch. Philipp stieg auf sein Fahrrad und fuhr auf die Hauptstraße, Richtung Ortsausgang und Wald. Seit Anfang des Jahres gab es alle Karten im Internet. Satellitenbilder mit den Orten und Straßen. Häuserblöcke und Gärten. Er wusste genau, wie er zu fahren hatte. Lastwagen passierten ihn und kantige, alte Autos, vielleicht auf dem Weg zu den Steinbrüchen. Aus manchen heruntergekurbelten Fenstern wehten Haare von blonden Frauen. Er blickte ihnen nach und fragte sich, wie die Männer aussahen, die den Wagen lenkten. Kleine Käfer prallten gegen sein T-Shirt. Er spürte die ersten Mückenstiche auf seinen Unterarmen. Die roten Erhebungen fühlten sich frisch und kühl an, als würde Wasser darauf verdunsten.

Dann wieder ein Feld. Die Spuren der Traktoren noch deutlich in der Erde. Die Sonne jetzt frei und ungeschützt am Himmel. Dreck und Steine auf der Straße an den Feldeinfahrten. Auf der anderen Seite alte LPG-Höfe. Drei Seiten mit großem Holztor. Die kleinen Gärten zur Straße hin mit Eisenzäunen abgegrenzt. Philipp wusste, wie er dort hinkommen würde, bog auf den Weg und fuhr über die festgefahrene und staubige Zufahrt. Das Haus von Ramon war grün angestrichen. Er und seine Mutter lebten in einem der ehemals drei Häuser, die zum Hof gehörten. Der Hof nebenan stand vollständig leer, und nur der

Nachbar am Ende der Straße besaß noch einen Traktor, mit dem er das Feld bestellte. Ramons Familie hingegen hielt Milchkühe. Philipp roch sie von Weitem, weil der Wind ihm entgegenwehte. Er fuhr eine Art Slalom, ohne zu wissen, wie er dem Gestank dadurch ausweichen sollte.

Philipp legte sein Fahrrad auf der Straße ab, halb auf dem Acker, und stellte sich vor das Holztor. Die Farbe blätterte ab. Das Holz rissig und aufgequollen. Sodass er durch breite Spalten auf den Hof blickte. »Darf Ramon rauskommen?«, sagte Philipp leise. »Wie bitte?« Ramons Mutter hatte kurze, rotgefärbte Haare. Philipp kannte sie von der Kasse vom Mäc-Geiz. Ein paarmal in der Woche schien sie zusätzlich dort zu arbeiten. »Ich möchte zu Ramon«, sagte Philipp. »Der ist hinten im Schuppen«, sagte sie. Ließ das Tor offen stehen und ging ins Haus zurück. Philipp wollte noch fragen, wo der Schuppen war und wie er dort hinkommen würde, aber da schloss sie gerade von innen die Haustür ab. Drehte den Schlüssel zwei Mal und ein drittes Mal.

Das alte Granitpflaster des Innenhofes war mit Beton übergossen worden. Stellenweise brach es sich durch die durchgehende, glatte Decke. Ein Baumstumpf in der Mitte des Innenhofes. Eine weiße Plastikbank davor. Nur eine der drei Hausfassaden war angestrichen. Die zwei unbewohnten Gebäudeteile hatten noch den ursprünglichen graubraunen Rauputz, der bröckelte. Die Fenster standen entweder offen oder fehlten. Buntes Kinderspielzeug, ein Bagger und ein Traktor, umgekippt auf dem Boden neben Pflanzenkübeln. Überall roch es nach den Kühen. Ramon war in einer der vielen Garagen, die sich zum Innenhof hin öffneten, mit einem Schuppen hatten sie wenig gemein, lehnte gegen eine Werkbank und beobachtete Philipp, wie der an ihm vorbeilief.

»Hey«, rief er. Philipp erschrak und drehte sich in seine Richtung. Jetzt wollte er wirklich umkehren. Wegrennen und losfahren. Er hatte es sich so vorgestellt, dass er Ramon überraschen wollte. Lässig an das Holztor der Garage gelehnt sagen, dass er zufällig in der Nähe gewesen sei. Dass er einfach mal »Hallo« sagen wollte. Auch außerhalb der Schule. »Oh, hallo«, sagte er. Mit hochgezogenen Schultern ging er auf die Holztore der Garage zu. Wie erbärmlich er aussehen musste in Ramons Augen. Wie der größte Untermensch.

Unter weißen Neonröhren standen ein Moped und ein Fahrrad. Beide in der gleichen Farbe lackiert. Dahinter Ramon an der Werkbank, in der gleichen Haltung, als würde er am Spind lehnen. »Woher weißt du, wo ich wohne?«, fragte er. Philipp hatte das Holztor erreicht. Sich anzulehnen traute er sich nicht, also verschränkte er die Arme und blickte zum Moped. Im Notfall könnte er das Gespräch nicht einmal darauf lenken, weil er zu wenig davon verstand.

»Du hast das mal erzählt«, sagte er. »Und von Axel weiß ich das ja auch.«

»Hm, kann sein«, sagte Ramon. An den Wänden hingen Blechschilder von Radeberger. Eine verblasste Dynamofahne und sonst alles Werkzeug, das nicht auf der Werkbank lag. Das Poster einer Frau, die ihre Beine spreizte, hatte sich an zwei Ecken gelöst und bewegte sich im Zugwind leicht hin und her. Ihr behaarter Schamhügel. Philipp glaubte, er hätte zu lange hingestarrt. »Meine Mutter lässt aber sowieso jeden rein, der klingelt«, sagte

Ramon. »Ich sag ihr immer, dass sie da aufpassen soll. Ich bin ja auch nicht immer da, weißt du.«

Philipp nickte. Weder hatte er seiner Mutter je einen Rat noch eine Anweisung gegeben.

»Hier sind manchmal Leute unterwegs, da kannst du nur den Kopf schütteln«, sagte Ramon.

Philipp verlagerte sein Gewicht von einem Bein auf das andere. Versuchte mit Ramon Augenkontakt zu halten und zu erahnen, was der dachte und als Nächstes sagen würde. Was er von Philipp hielt. Wie er ihn einschätzte.

»Willst du was trinken?«, fragte Ramon.

»Was hast du denn?«, erwiderte Philipp. Das war eine gute Antwort, dachte er sich.

»Radeberger und noch 'nen Kasten Zeckenbier«, sagte Ramon.

»Radeberger«, sagte Philipp. Ging in die Garage, am Moped vorbei, zur Werkbank und nahm die Flasche entgegen. Er hielt sie in der Hand und den Flaschenhals an seine Lippen. Er stand frei im Raum und beobachtete Ramon dabei, wie der mit dem Feuerzeug das Bier öffnete. »Mach du lieber«, sagte Philipp, als das Feuerzeug auf ihn zukam, am ausgestreckten Arm zwischen ihm und Ramon. »Ich hab da manchen schon das Feuerzeug kaputt gemacht.« Ramon schien ihm das zu glauben. Er lächelte, nahm die Flasche und öffnete sie an der Werkbank. Das goldene Papier vom Flaschenhals knüllte er zusammen und warf es auf den Boden. Setzte die Flasche an und trank, während Philipp ihn beobachtete. Wieder fragte Philipp sich, ob Ramon älter war als er.

»Kalt wär's besser«, sagte Ramon.

Philipp nickte. Er hielt das Bier mit der Hand fest umklammert. Seinen ersten Schluck noch immer im Mund. Das Gefühl, dass sein Hals nicht zulassen würde, es runterzuschlucken. Zu ahnen, dass, falls er es schaffen würde, er sich übergeben müsste. »Bier ist Bier«, sagte Philipp schließlich. So oft, wie er das gehört hatte, musste es wahr sein. Ramon lächelte nur wieder.

Ein Windzug ergriff das Poster und ließ es an den losen Enden flattern. Das Papier war so dünn, dass es klang, als könnte sich eine Fliege nicht von der Wand lösen. Ramon nahm einen weiteren Schluck und fuhr mit der freien Hand über den Sitz des Mopeds. »Was haben deine Eltern zu der Sache gesagt?«, fragte er dann.

»Nichts weiter«, sagte Philipp. »Der Winkler hat so ein Drama daraus gemacht.«

»Meine Mutter weiß, dass der Winkler ein Säufer ist«, sagte Ramon. »Sie sagt, dass er seine Frau betrügt. Wahrscheinlich sogar schon mal geschlagen hat. Deine Mutter arbeitet doch im Krankenhaus.«

»Ja«, sagte Philipp.

»Dann verdient die doch bestimmt ganz gut.«

»Weiß ich nicht, kann sein.«

»Habt ihr ein Auto?«

»Ja, einen Renault.«

Ramon lachte auf. »Das ist kein Auto.« Nahm den letzten Schluck aus seiner Flasche. Er schaltete das Licht über der Werkbank an. Draußen war es dunkel. Zwei Zimmer im Wohnhaus beleuchtet. Ramons Mutter lehnte aus einem Fenster im oberen Stockwerk. Die Glut der Zigarette. Dann drückte sie sie am Fensterbrett aus. »Warum bist du hergekommen?«, fragte Ramon und sah Philipp dabei nicht an. Er hatte sich mit dem Rücken zu ihm gedreht und kratzte mit einem Schraubenzieher im Holz der Werkbank. Wie wahllos griff er nach einem Hammer und legte ihn nach kurzer Zeit wieder an seinen ursprünglichen Platz zurück. Philipp hielt die halb volle Bierflasche. Überlegte, wo er sie ausschütten konnte. Im Boden war ein Abfluss, aber das würde Ramon riechen.

»Mein Vater hat den ganzen Scheiß hiergelassen«, sagte Ramon, als hätte er seine Frage vergessen. »Richtig gutes Werkzeug aus DDR-Zeiten. Nicht diesen Billigkack, den du heute bei OBI zu kaufen kriegst.«

»Wo ist dein Vater?«, fragte Philipp.

»Keine Ahnung. Hat sich verpisst und fickt sich jetzt vielleicht durch Polen.«

»Aber du hast ihn noch gekannt, oder?«

»Nein, eben nicht. Der hat meine Mutter im Stich gelassen, da war ich so zwei oder drei Jahre alt. Da hatten wir auch noch mehr Kühe.« Er lehnte sich wieder mit dem Rücken an die Werkbank. Das Gesicht in den Raum, zum Fahrrad, zum Moped, zu Philipp. Seine Haare kurz. Das Gel ließ es glänzen. Er roch nach dem Deo aus der Werbung. »Aber glaub ja nicht, man könnte damit Geld verdienen. Was die für die Milch zahlen, ist ein Witz. Wenn man das durchrechnet, machen wir Minus. Mit jedem beschissenen Liter. Ich lass mich von meiner Mutter auf gar keinen Fall bezahlen. Sonst könnten wir uns das alles nicht leisten.« Gegenüber wurde eines der beiden Zimmer dunkel. »Scheiß-EU«, sagte Ramon. Die Garagentür stand weit offen. Wenn der Wind sie erfasste, schlug sie draußen gegen die Wand. »Und seine Eltern haben in dem Haus dort drüben gewohnt«, er deutete nickend in eine Richtung. »Rauchst du?«, fragte er.

Philipp schüttelte den Kopf.

»Vernünftig«, sagte Ramon.

Philipp fuhr ein kurzes Stück auf der neuen Umgehungsstraße. Er hatte sein Rücklicht abgenommen und hielt es in der rechten Hand, während er den Lenker umfasste. Das Vorderlicht war irgendwann verloren gegangen, deshalb musste er sich jedes Mal entscheiden, was ihm wichtiger war. Sehen oder gesehen werden. Einen Helm trug er nicht. Würde er nie tragen. »Wir können ja mal was machen«, hatte Ramon gesagt. »Ja, gern.«

Ein Krankenwagen kam ihm bei Tonberg entgegen. Laut und hell. Er ahnte das Schlimmste. Stoppte am Straßenrand und starrte auf die schwarze Windschutzscheibe. Normalerweise hielt er sich die Ohren zu. Er schmeckte das Bier, balancierte die Spucke im Mund von Wange zu Wange, bis sie groß wie ein Pfropfen wurde, und schluckte. Er zwang sich, sich nicht auf die Straße zu übergeben, und stieg auf den Sattel zurück. Der rote Lichtkegel reichte kaum aus, um den Vorderreifen zu beleuchten.

8. KAPITEL

Mutter rannte die Treppen runter ins Erdgeschoss. Die beiden letzten Stufen übersprang sie. Tobi kniff die Augen zu und drehte seinen Kopf zur Seite, damit zumindest ein Ohr vom Kissen verdeckt war. Wenn nachts das Telefon klingelte, wussten alle, was passiert war. Mutter nahm den Hörer ab, dann war es lange still im Haus, bis sie leise ins Schlafzimmer zurückkehrte. Immer noch mit schnellen Schritten, sich eine Hose aus dem Schrank nahm und das Haus verließ. Tobi konnte die Scheinwerfer sehen. Zwei Mal gerieten die Reifen des Renaults in ein Schlagloch, aber der Wagen setzte nicht auf. Tobi drehte sich zum Fenster und sah die Äste der Kastanie unbewegt vom Licht der Haustür angestrahlt. Er konnte hören, dass Philipp wach war und im Zimmer umherging. Er hörte das meiste davon, was Philipp tat.

Vater stand kurz im Flur, bevor er ins Badezimmer ging. Tobi hörte die Spülung und den Wasserhahn, dann, wie Vater die Tür zu seinem Zimmer öffnete. Er ging nah an Tobis Bett heran. Tobi sah ihn an, ohne seinen Kopf zu bewegen. »Ich glaube, es ist wieder was mit Opa«, sagte Vater. »Ja«, sagte Tobi. Dann stand Vater im Raum. Der Rücken leicht krumm, der Bauch nicht eingezogen. Hielt die Arme verschränkt, dann wollte er seine Hände in die Hosentaschen stecken, aber fand keine an seiner kurzen Schlafanzughose. Er nahm einen Gegenstand von Tobis

Schreibtisch und hielt ihn in seiner Hand. Kreiste ihn zwischen seinen Fingern. Tobi konnte nicht sehen, was es war. So stand Vater eine Weile da und schien in den Ecken des Raumes etwas zu suchen. Seine Augen blickten unruhig hin und her. »Versuch wieder zu schlafen«, sagte er schließlich. Er sagte es leise. Als hätte er lange überlegt, wann der Moment dafür gekommen war. Er schloss die Tür. Es wurde wieder dunkel im Zimmer. Bei Philipp lehnte er sich an den Türrahmen und sagte das Gleiche. Dieses Mal ein wenig selbstsicherer.

Es dauerte lange, bis die Sonne aufging. Tobi fixierte hin und wieder einen Ast vor dem Fenster und glich ihn mit dem Stand der Sonne ab. Die ganze Nacht hatte er darauf gewartet. Zuvor hatte er seine Beine angespannt, jedes einzeln und nacheinander, dann die Arme und letztlich die Hände zu Fäusten geballt. So würde man müde werden und leichter einschlafen, hatte Großmutter gesagt. Vielleicht war es auch die Plüschkatze aus der ersten Klasse gewesen. Er erinnerte sich an Felix, der am ersten Tag gefragt hatte, wo die so plötzlich hergekommen war. Elisabeth, die langsam ihre Hand in die Puppe steckte und Mimi eine ganz andere Stimme gab. Inzwischen war die Sonne höher gestiegen. Er hatte Elisabeth am letzten Tag im Hort das goldene Armband in den Jackenärmel gesteckt, das er für sie auf der Klassenfahrt gekauft hatte. Oben im Kiosk des Schullandheimes. Bei der Küchenfrau, die sonst die Mahlzeiten zubereitete und austeilte. Dort hatte es neben Chipstüten und Schokoladentafeln gehangen. »Love« stand darauf. Er kaufte es für zehn Euro, während die anderen Billard spielten. Er küsste die Fläche, die ihren Arm berühren würde. So lange und immer dann, wenn er am Schreibtisch saß, bis sich die goldene Beschichtung rötlich färbte. Er hatte nicht ahnen können, dass Elisabeths Mutter ihr immer die Jacke holte. Und dass sie es schließlich war, die das Armband fand. Rötlich schimmernd und beschlagen. In der Mitte ein zusammengerollter Brief. Es war aus dem Ärmel gefallen, direkt vor ihre Füße.

Tobi folgte den Zahlen, den Sekunden und Minuten. Hatte seinen Daumen schon auf dem Knopf, als der Wecker endlich klingelte. Seit Stunden war es hell, und Vater saß in der Küche. Das Telefon hatte nicht mehr geklingelt. Es würde ein warmer Tag werden. Nur noch ein paar davon, hatte Mutter gesagt, bis es Herbst sein würde und die Birkenblätter wieder in die Steinbrüche rieselten. Tobi ging in die Küche. Vater saß am Tisch und blätterte durch einen Werbeprospekt. Er blickte auf, sagte »Guten Morgen« und beobachtete Tobi dabei, wie der sich ein Plastikschälchen nahm. Cornflakes und Milch hineinschüttete. Tobi setzte sich neben ihn und sah auf das Telefon, das zwischen ihnen lag. »Mutti hat noch nicht angerufen«, sagte Vater. »Wann ist sie weg?«, fragte Tobi. »Gegen zwei. Wahrscheinlich ist sie immer noch im Krankenhaus.« Vater kreuzte mit dem Kugelschreiber Angebote im Prospekt an, legte die Werbung zur Seite und nahm sich eine neue. Das Küchenradio war eingeschaltet. Rauschte und wechselte dann zu einem polnischen Sender. Der Geschirrspüler lief ebenfalls. Vater musste schon lange hier sitzen.

Tobi konnte sich nicht vorstellen, dass Großvater gestorben war. Seine Freunde fuhren mit ihren Großeltern noch allein in den Urlaub. Nach Berlin oder zur polnischen Ostsee. Großvater war vor einiger Zeit verboten worden, Auto zu fahren. Er schloss den silbernen Opel in einer Garage neben dem Gemeindehaus ein, die er extra dafür angemietet hatte. Zuvor war er noch einige Male mit Tobi und Philipp nach Hoyerswerda gefahren. Der letzte Ausflug zur alten Förderbrücke F60. Der Senftenberger See war noch zu kalt gewesen, um darin baden gehen zu können. Philipp hatte vorn neben Großvater gesessen. Wie auf jeder Fahrt, wenn die beiden mit dabei waren. Großmutter gefiel es nicht, dass Großvater das Autofahren noch einmal derart ausreizte.

Philipp kam in die Küche, sah zu Vater und Tobi. Sagte nichts. Er öffnete den Kühlschrank und suchte darin. Eine Käsescheibe wollte er nicht. Morgens aß er am liebsten süß. Normalerweise hatte Vater um diese Zeit längst Brötchen vom Bäcker geholt. »Geht es Opa gut?«, fragte er, nachdem er sich mit an den Tisch gesetzt und sich Nugatkissen aus der Verpackung in den Mund gesteckt hatte. »Weiß ich nicht«, sagte Vater. Tobi nahm sich einen der Prospekte. Das Telefon. Niemand hatte auf dem Display die Sommerzeit eingestellt. Im Wohnzimmer waren die Jalousien heruntergelassen, aber die Terrassentür stand offen. Den ganzen Sommer über war es dunkel im Haus. Erst am späten Abend wurden die Fenster und Türen geöffnet, aber dann waren die Lichter und Lampen ausgeschaltet, um die Mücken fernzuhalten.

Vater nahm das Telefon. Er rief in der Notfallambulanz an und fragte, ob Mutter vor Ort sei oder auf einer anderen Station. Er war sich nicht sicher, ob sie an dem Tag noch arbeiten musste. Auf ihrem Handy erreichte er sie nicht. Philipp und Tobi sahen ihn an und verhielten sich still. Sie bewegten sich nicht und versuchten die Stimme zu hören, die durch den Lautsprecher an Vaters Ohr drang. Vater sagte nichts. Er blickte wieder in die Zimmerecken. »Okay, danke«, sagte er schließlich. Er hatte noch nicht aufgelegt, da fragte Tobi, was passiert war. »Ich hab niemanden erreicht«, sagte Vater. »Die konnten mir nicht sagen, wo Mutti ist.« »Und Opa?«, fragte Philipp. Vater zuckte mit den Achseln.

Tobi dachte daran, wie Großvater in der Küche stand und Kartoffeln schälte. Er nutzte alte Plastikeimer für den Abfall. Porös und ohne Henkel. Sie hielten keine Flüssigkeiten mehr. Großvater trug stets eine gelbe Maggischürze. Ein Werbegeschenk, das ihm so gut gefallen hatte, dass er zwei weitere Schürzen davon gekauft hatte. Je eine für Tobi und Philipp. Er machte dicke Mehrfachknoten in die Halsschlaufe, damit die beiden beim Laufen nicht stolperten. Dann standen sie am Tisch und drückten Zwiebeln und Eigelb mit der Gabel ins Hackfleisch. Pfeffer und Salz. Ein wenig Glutamat. Aufgebackene Brötchen dazu, weil Großmutter die so gern mochte. Allerdings aß sie das Mett nicht. Im Radio lief der MDR. So leise gestellt, dass jeder am Tisch hörte, wenn Großmutter die trockenen Brötchen schluckte. Tobi wusste nicht, ob er weinen sollte. Ob das der richtige Moment dafür war. Ob man das von ihm erwartete. Er stand auf, ging aus der Küche, die Treppen hoch und in sein Zimmer.

Er setzte sich an den Schreibtisch und stützte seinen Kopf mit den Armen. Seine Finger kreisten erst auf der Stirn, seine Haare waren dünn an den Schläfen, dann rieb er sich die Augen. Keine Antworten. Philipp brüstete sich mit seinem Älterwerden, dabei hatte er sich kaum verändert. Mutter schien dabei zuzusehen, wie Vater mehr

Zeit mit Kathrin als mit ihr verbrachte. Alles unter den seltsamsten Vorwänden. Wenn Großvater gestorben war, würde Tobi am meisten trauern. Und er würde gern den ledernen Elefanten haben, der in der Schrankwand beim Fernseher stand. Eine Holzfigur mit schwarzem Leder überzogen. Groß wie eine Schachtel Cornflakes. Stoßzähne aus weißem Plastik. Großvater wischte den Staub vom Rücken des Elefanten mit einem nassen Lappen und schnippte mit seinen Fingern gegen die Ohren aus Wildleder, als wäre es ein Streich. Überall sonst im Regal standen die ungeöffneten, eingeschweißten Karl-May-Bücher.

9. KAPITEL

Das Zimmer war abgedunkelt. Die Vorhänge mit den grünen und orangen Karos zugezogen. Nur eines der beiden Betten im Raum war belegt. Großmutter saß auf einem Hocker daneben. Sie blickte Tobi und Philipp lange an. Beobachtete sie wortlos vom Eintreten in den Raum bis zu dem Moment, als sie vor dem Bett stehen blieben. Tobi schüttelte Großmutter die Hand und ließ sie lange nicht los. Ging um das Bett herum und lehnte sich an den Heizkörper. Großvaters Gesicht war weiß. Sein Bart schimmerte gelblich. Die Augen hatte er geschlossen. »Wie geht es ihm?«, fragte Philipp. »Er kann nicht sprechen«, sagte Großmutter. Sie atmete schwer, richtete sich ein wenig auf und formte ihre Lippen. Öffnete sie und schloss sie wieder. Philipp setzte sich auf das frische Bett und stand sofort wieder auf, als Großmutter ihn anblickte. Er ging zu Tobi und lehnte sich neben ihn ans Fensterbrett. Dort, wo der Vorhang das Fenster nicht verdeckte, spürte er die Sonne auf seinem Rücken vom Hals bis zum Steiß. Er versuchte zu erkennen, ob Großvater atmete. Das Laken lag straff über seinen Bauch gespannt, aber Philipp konnte keine Bewegung darunter sehen.

»Wie seid ihr hergekommen?«, fragte Großmutter. »Mit dem Fahrrad«, sagte Philipp. »Hätte euch Mutti nicht mitnehmen können?« »Die hat heute Frühschicht.« Großmutter nickte. »Vorhin war sie kurz da.« Vor der Tür auf dem Gang fuhr jemand einen klapprigen Wagen vorbei. Gläser klirrten. Die leeren Plastikschalen vom Essen. Großvater lag auf dem Rücken, den Kopf zur Seite gedreht. Tobi sah seine Lider zittern. Die Haut war schlaff, was ihn traurig aussehen ließ. »Ich muss den Garten abgeben«, sagte Großmutter. »Warum?«, fragte Philipp. Tobi blickte starr auf Großvaters Gesicht. Er fragte sich, warum er ihn nicht begrüßt hatte. »Ich schaff das alleine nicht«, sagte Großmutter. Sie redete leise und mit einer Hand vor dem Mund. »Das ging ja vorher auch schon nicht mehr.«

Jetzt rührte sich Großvater das erste Mal. Stöhnte, bewegte seinen Kiefer, seine Lippen. Biss seine Zähne zusammen, formte ein »O« mit dem Mund. Seine Lippen waren trocken und schmal. Tobi rümpfte seine Nase, als er die dicken Speichelfäden sah. Er hätte nicht gedacht, dass er sich vor Großvater einmal ekeln würde. »Doch, das muss jetzt sein«, sagte Großmutter an Großvater gewandt. Sie hatte seinen Einspruch verstanden. Er stöhnte wieder. Seine Augen waren nur ein Spalt. »Sei nicht so unvernünftig«, sagte sie und konnte ihn nicht dabei ansehen.

Der Garten lag nahe dem alten Güterbahnhof in Kamenz. Früher konnten sie sich nach der Arbeit dort treffen. Großvater nach seiner Schicht bei der Bahn, Großmutter nach ihren Stunden in der Sparkasse. Alles fußläufig erreichbar. Am Stadtbad und dem Sportplatz vorbei. Einen Hügel hoch und durch ein blaugelb gestrichenes Eisentor. Im Garten von Nowaks gab es Bier. Granit als Bordstein, der nicht tief genug in der Erde steckte und sich dadurch mehr und mehr zum Weg hin neigte. Auf der Brachfläche hinter ihrer Laube sollte nach der Wende ein Lidl entstehen. Die alte Glasfabrik stand dort noch immer. Die

Türen und Fenster offen, sogar der Kellereingang. Eine letzte große Maschine in der Halle. Es brauchte nicht viel Glück, um Glasklumpen draußen auf dem sandigen Boden zwischen den hüfthohen Disteln zu finden. Wie sie sich so verteilen konnten, war allen ein Rätsel geblieben. Wenn Tobi oder Philipp hinter die Laube zum Kompost gingen, weil es im Garten keine Toilette gab, traten sie auf sie drauf. Abgeschliffen und rundlich wie Marmor. Nur wenn man an diesen Steinen rieb, erkannte man das braune oder grüne Glas. In der Regentonne schwammen Flaschen mit Apfelschorle, während Großvater unter einem ausgeblichenen CDU-Sonnenschirm saß. Großmutter auf der Hollywoodschaukel. Zu seinem Geburtstag hatte sie ihm eine Eisenbahn aus Holz geschenkt, in die er Stiefmütterchen pflanzen konnte. Wann immer es ging, schenkte sie ihm Erinnerungen an seine Eisenbahnerzeit.

Großmutter fuhr mit ihrer Hand zwischen die Enden zweier Vorhänge und blickte nach draußen. »Ihr müsst nicht hier sein«, sagte sie. »Ist schon okay«, sagte Philipp. Sein Rücken war warm, aber er spürte, dass die Sonne gewandert war. In dem schmalen Streifen aus Sonne, den Großmutter ins Zimmer ließ, schwebte Staub. Die Luft sah dick aus. Tobi hörte auf zu atmen, als er daran dachte, was sonst alles in seine Lungen geraten würde. Solange er denken konnte, wollte er Mutters Geschichten aus dem Krankenhaus nicht hören. »Was passiert jetzt?«, fragte er. Die Geräte am Bett piepten flüchtig. Zwei kleine Lampen leuchteten auf. »Das passiert immer«, sagte Großmutter. Großvater hatte die Augen wieder geschlossen. Er atmete langsam und ungleichmäßig. Jetzt konnte Tobi es sehen. Genauso wie den Puls vom Hals am weißen Kissen. Einzelne schwarze von Großvaters sonst grauen Haaren lagen auf dem Laken. Die übrigen so zerzaust wie sein Bart. Fusselig standen die Barthaare von Kinn und Kiefer ab. Großvater war kaum zugedeckt, sodass er wohl frieren musste.

»Nicht weinen«, sagte Großmutter. Sie wollte Tobi ihre Hand auf das Knie legen, aber Philipp saß zwischen ihr und Tobi. Also zog sie sie zurück. Philipp schaute Tobi von der Seite an und verschränkte seine Arme. Übertreib nicht, dachte er. Sei nicht so kindisch. Er wartete darauf, dass die Träne in Tobis Auge sich löste und ihm über die Wange lief. Aber sie blieb, wo sie war. Tobi konnte die Flüssigkeit durch Blinzeln im Auge verteilen. Rieb sich mit der Hand über sein Gesicht. Das Piepen wurde leiser, aber die Lämpchen blinkten unaufhörlich. Er zog den Rotz in seiner Nase hoch, schniefte und schluchzte nun doch. Großvater drehte sich zu ihm und öffnete die Augen. Starr blickte er Tobi an und schüttelte seinen Kopf, als wollte er ihm das Weinen verbieten. Als würde er leise husten, Geräusche wie »Hm hm«. Dann wieder »Hm hm«. Seine Stimme klang trocken und rau, obwohl er den Mund nicht öffnete. Er wackelte mit seinem Kopf. Die verschwitzten Haare auf dem Kissen. »Hm hm.« Unter dem Laken bildeten seine Hände eine Faust. Verkrampften und ließen wieder locker. Griffen in den Stoff. Zurück blieben tiefe Falten. Seine Finger blass und an den Rändern der Fingernägel gelblich. »Hm hm.« Immer noch der starre Blick dieser schmalen Augen. Flüssigkeit, die sich an den Wimpern zu kleinen Tropfen formte und verfing. Als Großmutter mit einem Taschentuch näher kam, drehte er sich weg. Sie setzte sich neben ihn. Vielleicht würde sie gleich wieder sagen: »Sei vernünftig.« Stattdessen blickte sie zu Tobi und Philipp, die sich aufrichteten, ihr die Hand reichten und stumm zur Tür gingen. Sie konnten Großvaters Augen nicht sehen. Er hatte sein Gesicht abgewandt.

Tobi und Philipp gingen durch die Drehtür am Eingang. Draußen war es warm. Mücken setzten sich auf ihre Arme. Die Fahrräder standen in der Nähe des kleinen Teiches, nahe der Straße und den Schranken, durch die die Krankenwagen fuhren. Philipp öffnete das Schloss, das beide Räder miteinander verbunden hatte, und setzte sich auf seinen Sattel, während das Fahrrad noch im Ständer stand. Sie hätten Mutter besuchen können, aber das wollte er jetzt nicht mehr. Er blickte zum Teich. Enten. Sagte nichts und ließ sich von Tobi auf den Arm schlagen, wenn eine Mücke darauf landete. »Fährst du nach Hause?«, fragte er. Tobi hatte sich wie Philipp auf den Sattel gesetzt. Zwischen ihren Oberschenkeln blieb ein wenig Abstand. Das war wichtig. »Ich fahr noch zu Marco«, sagte Tobi, als hätte er es schon einmal erwähnt. Sich ablenken, nicht nach Hause fahren, wo Vater sich Mühe gab, Mutter zu trösten, wenn die von der Arbeit kam. Dabei wusste Tobi gar nicht, ob Marco zu Hause sein würde.

10. KAPITEL

Tobi drehte sich noch ein paarmal um und sah Philipp weiterhin auf dem Fahrrad sitzen. Die Füße auf den Pedalen, die Arme leicht angewinkelt. Die Hände im Schritt. Er konnte nicht ausmachen, wo er hinschaute. Vielleicht hatte er die Augen geschlossen, die Sonne stand so tief. Ein Auto hupte, weil Tobi ins Schlingern geriet. Er erschrak, aber konnte den Lenker herumreißen, bevor er an den Bordstein stieß. Dann war Philipp nicht mehr zu sehen. Eine Gruppe Männer stand auf der Wiese bei der Tankstelle und grillte. Dort bog Tobi ab. Er konnte die Bratwürste noch eine Weile riechen. Das süße Bier, mit dem die Glut gelöscht wurde. Der Mais stand hoch. Immer dieser Mais, immer die gleichen Autos, die die Kurven schnitten. Stets die Angst, dass ein Wildschwein auf die Straße rennen würde. Diese kleinen Augen von Großvater. Der schwere Körper. Dieses erbärmliche Geräusch, das ihm das Weinen verbot. Wenn er an den Hort dachte, dachte Tobi an Großvater, der ihn abholte. Beim Kindergarten das Gleiche. Immer war Großvater dort gewesen. Manchmal erzählte er, dass er eigentlich von seinen Großeltern aufgezogen wurde, weil seine Eltern so häufig arbeiten waren. Ihm gefiel das. Es klang besonders und machte ihn spannend. Tobi spuckte in den Wind und wischte sich die Wange nicht ab, bis er vor Marcos Haus stand.

Marco war dick geworden. Sein Vater verkaufte immer

noch die Nahrungsergänzungsmittel. Marco aß täglich mehrere Riegel davon. Immer nebenbei und zusätzlich zu den Mahlzeiten. Der Computer stand im Flur und lief im Hintergrund, als der Vater Tobi die Tür öffnete. »Der ist im Zimmer«, sagte er. Bis auf den Bildschirm war es dunkel in der Wohnung. Selbst das Aquarium neben dem Computertisch war ausgeschaltet. Die Jalousien zur Hälfte heruntergelassen. Aus Marcos Zimmer drangen Geräusche, er lachte offenbar, oder jemand im Fernsehen. Tobi streifte seine Schuhe von den Füßen und ging auf Zehenspitzen über den Teppich. Er klopfte an die Tür und trat ein, als beim zweiten Mal niemand reagierte.

Marco lag auf dem Bett seines Bruders. Er stützte sich auf den rechten Ellbogen, als Tobi ins Zimmer kam, war kurz davor, sich aufzurichten, aber legte sich wieder hin. Er ließ sich regelrecht fallen, als er erkannte, dass es Tobi war, der aus dem dunklen Flur kam. Der Fernseher lief. Darunter war die neue Playstation aufgebaut, die Marcos Bruder sich von seinem Lehrlingsgeld gekauft hatte. Tobi hockte sich davor und nahm einen der Controller. Wiegte ihn in seinen Händen hin und her. Drückte ein paar Knöpfe und schob mit seinem Daumen den Knubbel in der Mitte nach oben und unten, rechts und links. »Wir dürfen das nicht«, sagte Marco. Da hatte er Tobi schon eine Weile zugeschaut. Im Zimmer roch es modrig, obwohl das Fenster gekippt war. Von draußen waren die Arbeiten am Jahrmarkt zu hören. Die Arbeiter, die den Autoskooter aufbauten. Bierflaschen, die über Metallstege rollten. Hämmer und Akkuschrauber. Das Kettenkarussell stand längst. Der alte Mann saß bereits rauchend in seiner Kabine. Tobi war an ihm vorbeigefahren, da dämmerte es schon ein wenig.

Obwohl er es besser wusste, hatte er im Vorbeifahren auf die Straße geblickt und auf Blutspuren vom Vorjahr gehofft. Der Kampf beim Kettenkarussell.

Tobi hatte Marco immer um dieses Zimmer beneidet. Wenn er aus dem Fenster schaute, begann direkt gegenüber der Wald. Jedes Jahr im Sommer wurden zwischen den Stämmen die Buden aufgebaut. Die Bierzelte und Fahrgeschäfte. Marco hatte das flackernde und tanzende Licht im Zimmer. Jeden Abend, eine ganze Woche lang. Er konnte die Musik vom Autoskooter hören. Sogar die Jugendlichen, die dort bis spät in die Nacht saßen. Und dann seinen Bruder, der sich betrunken in das Bett neben ihn legte. Tobi hatte sich danach erkundigt, aber Marco sagte, dass ihm nie aufgefallen war, dass sein Bruder jemals ein Mädchen mitgebracht hätte.

Tobi legte sich auf Marcos Bett und blickte zur Decke. Eine Jägermeister-Hawaiikette baumelte an der Lampe. Er konnte die von Falten umrandeten Augen nicht vergessen und wie vorwurfsvoll sie ihn angesehen hatten. Dabei schien der restliche Körper von Großvater wie tot. »Wo ist Nico?«, fragte er. »Draußen«, sagte Marco. »Vielleicht beim Pavillon.« Dort, wo sich die Jugendlichen trafen. Aus vermodertem Holz, wo während des Rummels die Blaskapellen spielten. Dann schaltete er von einem Sender zum nächsten. Unter dem Bett des Bruders lagen die Verpackungen der Riegel, die Marco aß. Die grüne Neonröhre, die am Bettrahmen befestigt war, flackerte gelegentlich. Nico hatte vor einem Monat eine Ausbildung als Lackierer begonnen. Nico und Marco, darüber schmunzelten Vater und Mutter, wann immer Tobi die beiden Namen erwähnte.

Er konnte am Bett riechen, dass Marco in der Nacht

schwitzte, deswegen legte Tobi seinen Kopf nicht auf das Kissen. Haare auf der Matratze. Kurz wie Wimpern und blassrot. Solange er Marco kannte, hatten er und sein Bruder Frisuren wie die Russenkinder. So nannte Großmutter diesen kurz geschorenen Maschinenschnitt. Fünf Euro kostete der beim Friseur im Kaufland. »Guck mal«, sagte Marco und griff unter die Bettdecke, ohne hinzusehen. »Hat mir meine Mutti geschickt.« Er warf die Schachtel aus Plastik zu Tobi, der sie vom Boden aufhob. »Ist das besser als ›Vice City‹?«, fragte er. »Viel besser«, sagte Marco. »Ich darf aber nicht ohne meinen Bruder spielen.« Dann schlug er mit der Fernbedienung auf die Bettkante. »Aber der Fernseher ist zu alt. Das Bild ist beschissen.« »Glaube ich«, sagte Tobi, dabei hatte er davon überhaupt keine Ahnung. Vater und Mutter erlaubten ihm und Philipp weder dieses Spiel noch ein anderes aus der Reihe. Sie durften ja auch keine Konsole haben.

Marco schaltete den Fernseher aus, richtete sich auf und sah aus dem Fenster. »Was ist?«, fragte Tobi. Wie er Marco so von hinten beobachtete, den Rücken und den Po aus dem T-Shirt und der Hose quellen sah, die kurzen, gleichmäßig getrimmten Haare – Katze und Mutter abgehauen –, da fiel ihm wieder ein, dass er Marco mal erzählt hatte, dass ihr Haus eine Million Euro wert sei. Wir sind besser als ihr. Marco hatte das angezweifelt und Tobi darauf bestanden, dass er seine Schuhe bei ihnen auszog und sich nicht so auf das Sofa legte wie bei sich zu Hause. Dass er sich zu benehmen hatte und seine Eltern mit »Sie« ansprechen sollte. Er sollte »Danke« und »Bitte« sagen. Höflich sein und sauber. Jetzt schämte er sich dafür.

»Da ist was«, sagte Marco. Tobi stand auf und ging zum

Fenster. Jede zweite Straßenlaterne war eingeschaltet. Der Autoskooter dadurch noch spärlich beleuchtet, aber alles dahinter verschwand im Dunkeln. »Da ist nichts«, sagte Tobi und presste seine Nase gegen die Scheibe. Es war nicht ein einziger Fleck darauf, dachte er. Marco drückte mit dem Zeigefinger auf einen Punkt auf dem Fenster. »Da«, sagte er. »Das sieht aus wie Feuer.« Tobi konnte das Licht sehen, eher wie eine Taschenlampe, die herumgewirbelt wurde. Offenbar weiter hinten im Wald, wo bereits die ersten Imbissbuden und Bierzelte standen. Aus einer Taschenlampe wurden zwei, das Licht sah jetzt orange aus. Es flackerte wie eine Fackel. Marco öffnete das Fenster, um besser sehen zu können. Er lehnte sich weit hinaus bis auf das Fensterbrett. Tobi versuchte zu hören, ob da jemand war. Die beiden Lichtpunkte schwenkten gleichmäßig hin und her, dann waren sie kurz nicht zu sehen. Glas zersplitterte, mit einem Mal stand der Pavillon in Flammen. Binnen Sekunden kletterte das Feuer vom Geländer zum Dach und reichte bis hoch in den Himmel. Erreichte die Äste der Bäume. Jetzt waren die weißen Planen der Bierzelte ringsum zu sehen. Die glänzenden Schilder der Buden und metallenen Skelette der Fahrgeschäfte. Schließlich eine Gruppe von Menschen, schreiend und pfeifend, die zwischen den Stämmen in den Wald rannte.

Marco rief seinen Vater. Wurde lauter und lauter, aber der Vater antwortete nicht. Marco ging in den Flur, während Tobi am Fenster stehen blieb. Das Dach des Pavillons stürzte ein, Funken stoben in die Luft. Aus den Wohnwagen kamen einzelne Schausteller mit Eimern und schütteten Wasser auf den Holzhaufen. Aus dem Wald Pfiffe. Jubelrufe. Er hatte die Silhouetten der Männer kurz sehen können. Sonst nur Dampf, angestrahlt von den Flammen. Marco weinte im Flur. »Vati«, rief er. »Vati!« Er schien in alle Zimmer der Wohnung zu gucken, riss die Türen auf. »Nico?« Das Feuer griff auf weitere Äste über. Sträucher brannten und kleine Bäume. Wenn nichts passierte, würde der Wald brennen.

11. KAPITEL

Es dauerte lange, bis die Feuerwehr zum Pavillon vorgedrungen war. Lauter Zeltstangen und Europaletten im Weg. Tobi und Marco beobachteten die Löscharbeiten zunächst aus der Wohnung und vom Fenster aus, bevor sie ihre Schuhe anzogen, um nach draußen zu gehen. »Was ist da passiert?«, wollte Tobi wissen, aber Marco konnte ihm natürlich keine Antwort geben. Der lief wie aufgescheucht durch die Wohnung und brach die Suche nach seinem Vater und seinem Bruder bald ab. Traurig und enttäuscht, aber so still, als hätte er irgendetwas von dem verstanden, was da draußen im Wald passierte.

Sie setzten sich auf den Treppenabsatz vor das Haus. Wie an dem Abend, als sie die Katze gesucht und die Suche schließlich aufgegeben hatten. Damals hatte Marcos Mutter noch bei ihnen gewohnt. Tobi beobachtete die Helme der Jugendfeuerwehrmänner, die beim Laufen wackelten. Die jungen Männer rollten Schläuche ein. Sie starrten auf diesen Haufen aus Glut und Rauch, den ihre Kameraden im Wald gelöscht hatten. Sie lachten. Einer hielt den Schlauch wie eine Bazooka. Feuerte ab und tat so, als hätte er das Wohnhaus getroffen. Tobi fragte sich, wann sie an diesem Abend schlafen gehen würden. Das Feuerwehrauto versperrte ihm die Sicht auf den Wald und die Fahrgeschäfte. Die Nachbarn standen in den anderen Hauseingängen, hatten sich Jacken übergeworfen oder tranken das Bier, das vom Abendbrot übrig geblieben war. Die Fenster waren geschlossen. Die Jalousien heruntergelassen, weil die Feuerwehrmänner das empfohlen hatten.

»Glaubst du, das Forstfest findet dieses Jahr statt?«, fragte Tobi. Marco antwortete nicht gleich. »Keine Ahnung«, sagte er. »Nico und Vati freuen sich da immer so darauf. Wäre schade.« Er nahm einen seiner losen Schnürsenkel zwischen Daumen und Zeigefinger. »Ich darf vieles gar nicht fahren«, sagte er und steckte die Enden der Schnürsenkel zwischen Socken und Rand in seinen Schuh.

»Ich eigentlich auch nicht«, sagte Tobi, »aber mein Vati erlaubt es mir trotzdem.«

»Ja, meiner auch«, sagte Marco schnell.

»Aber dann kannst du doch alles fahren. Hast du etwa Schiss?«

»Nein«, sagte Marco.

Tobi wusste, dass Marco sich den Eintritt zum Rummel nicht leisten konnte. Die steigenden Preise der Fahrgeschäfte sowieso nicht. Er beobachtete Marco, wie der den Gummi vom Rand seiner Schuhsohlen kratzte und dabei so gebückt saß, dass das Fett an seinen Oberarmen und Schultern ihn buckelig aussehen ließ. Am Ende ging es immer ums Geld.

Vor Tagen hatte Tobi mit Felix während des Aufbaus auf den Stufen des Autoskooter gesessen. Wieder und wie so häufig nur irgendwo gesessen und zugeschaut. Ab und zu warfen sie kleine Steine auf das Dach der Zuckerwattebude. Während der Ferien hatten sie kaum Zeit füreinander. Tobi hoffte, dass Felix das so ärgerte wie ihn. Ein Junge fuhr auf seinem BMX an ihnen vorbei und drehte Runden vor ihren Augen. »Das Teil ist hässlich«, sagte

Felix so laut, dass der Junge das hören musste. »Meine Eltern können sich das wenigstens leisten«, sagte der Junge. Dieses Mal direkt an Felix gewandt. Da stand Felix auf, was schon genügte. »Scheiß-Kanake, verpiss dich!«, rief er ihm hinterher. Eine Handvoll Steine wurfbereit. Tobi blickte ihn von der Seite an, nachdem er sich wieder gesetzt hatte. Schwer atmend, seine Hände zitterten. »Der ist nicht von hier«, sagte Felix wie zur Erklärung oder Entschuldigung. Da traute sich Tobi nicht mehr nachzufragen.

Einzelne Bewohner gingen in ihre Häuser zurück, andere blieben draußen stehen oder setzten sich, wie Marco und Tobi, auf die Treppenabsätze. »Dann müssen die mal diese Funzel ausmachen«, sagte ein Mann im Unterhemd. Ein anderer fragte, ob das jetzt die ganze Nacht so laut sein würde. »Das Ding hätten sie auch abfackeln lassen können.« Sie stellten ihre Flaschen sauber in einer Reihe vor sich auf. Wenn Tobi hinauf zu Marcos Zimmerfenster blickte, konnte er das grüne Licht der Neonröhre sehen. Hin und wieder roch es nach verbranntem Plastik. Wahrscheinlich war eine Bierzeltplane in der Hitze geschmolzen. Marco streckte ruckartig seinen Arm in die Höhe, damit der Bewegungsmelder wieder reagierte. Seine Haut so weiß und formlos wie ausgelaufene Milch. Wenn er oder Tobi zu faul waren, blieb das Licht einfach eine Weile lang ausgeschaltet. Dunkelheit bis auf das rotierende Blaulicht.

»Du kannst mit zu mir kommen, wenn du willst«, sagte Tobi.

»Ich kann doch nicht einfach weg«, sagte Marco.

»Ja, aber wenn du so dumm bist, den Schlüssel drinzulassen.«

Marco klopfte mit den flachen Händen gegen seine Hosentaschen. »Vati oder Nico kommen ja bald wieder. Vati bleibt eigentlich nicht so lange weg.«

»Meine Mutti müsste bald kommen«, sagte Tobi und wollte nicht lockerlassen, »die hat bestimmt kein Problem, wenn wir dich mitnehmen. Du kannst bei uns schlafen. Morgen ist doch Wochenende.«

»Ja, stimmt schon«, sagte Marco, aber überzeugt klang er nicht. Der Großteil der Feuerwehrmänner saß im Wagen. Trotzdem fuhren sie noch nicht los und schienen stattdessen auf etwas zu warten.

»Ich hol mein Fahrrad dann morgen oder so ab«, sagte Tobi.

»Hm.« Marco schaute zu Boden, die Haltung unverändert. Seine Zähne, die im geschlossenen Mund aufeinanderbissen. Er fuhr sich mit der Hand sanft über das Haar an seinem Hinterkopf. Davon würde er manchmal Gänsehaut bekommen, hatte er Tobi einmal gesagt.

»Haben wir Hausaufgaben auf?«, fragte Tobi, um Marco irgendetwas zu entlocken.

»Kann sein«, sagte Marco und rieb sich die Augen. Mehr mit dem Unterarm als mit der Hand oder den Fingern. Sein Ellbogen so rau, dass die Haut daran wie getrocknete Zahnpasta aussah. Tobi konnte nicht sehen, ob er weinte oder ob er sich nur den Schweiß aus den Augenhöhlen wischte.

Als die Feuerwehr wendete und bis vor an die Straße fuhr, wo das Wohngebiet endete, stand Tobi auf und ging ein paar Schritte auf den Wald zu. So etwas hatte er noch nie gesehen. Flammen, die in die Höhe klommen, kannte er vom Hexenfeuer. Aber nicht diese Gewalt und diese Geschwindigkeit. Der kleine Funke, der genügte. Die

Schausteller standen um den eingestürzten Pavillon, so viel konnte er erkennen. Eine weiße Plane glänzte, weil sie nass war vom Löschwasser. Aus den Wohnwagen drang leise Musik, sonst war es still. Ein Kind weinte, gehalten und umklammert von den nackten Armen eines Mannes. Sie waren in den Wald gerannt, erinnerte sich Tobi. Eine Gruppe Männer, das hatte er noch erkennen können. Ihre Pfiffe so laut, als hätten sie vor Marcos Fenster gestanden. Tobi dachte an Philipp. Daran, dass er sich morgens aus seinem Zimmer schlich. Er hörte ihn jedes Mal. Er entdeckte die Bildschirmschoner und was er in die Tischplatten ritzte. Wusste, dass Philipp im Keller vor dem Computer masturbierte. Tobi versuchte sich daran zu erinnern, wann er Philipp einmal jubeln oder pfeifen gehört hatte. Er fragte sich, ob Philipp unter denen war, die das Feuer entfacht hatten. Euphorisch war der jedes Mal, wenn die Plastikflaschen, gefüllt mit Essig und Backpulver, auf der Asphaltfläche beim Schamottewerk explodierten. Da hatte er ihn jubeln gehört. Tobi hatte in die Hände geklatscht und war auf und ab gehüpft. Wie aufregend das gewesen war, der Flasche zuzusehen, wie sie sich aufblähte. Wie sich der Deckel nach außen zu stülpen begann. Dann hinzugehen, nah heran, die Flasche aufzuheben und in die Luft zu schmeißen. Das war das Größte und Spannendste überhaupt. Das beste Gefühl. Besser als jeder Blick und jedes In-die-Seite-Kneifen von Elisabeth.

Mutter davon zu erzählen hätte nichts gebracht. Sie hätte das nicht verstanden. Er hatte damals auch Marco nicht gesagt, dass er seine Katze gesehen hatte, wie die verschreckt unter einem Auto saß und direkt in Tobis Taschenlampe starrte. Er hätte es Marco sagen können:

»Hier ist deine Katze! Ich hab sie gefunden!« Sie sah so ertappt aus, als würde sie sagen, dass sie nicht in die Wohnung zurückwollte. Also ließ er sie gehen, erst aus dem Lichtkegel seiner Taschenlampe, dann in den Wald. Jetzt drehte er sich nach Marco um, wie der auf dem Treppenabsatz saß. Unbewegt und zusammengesunken. Kleiner wurde mit jedem Meter, den Tobi in Richtung Wald ging. Er wollte nicht gehen, sagte Marco. Wollte auf Vati und Nico warten, schien zu wissen, wo sie waren. Der Blick Richtung Wald und Pavillon, als hätte er sie dort erkannt.

Mutters Renault parkte auf der Straße, weit vor der Absperrung der Feuerwehr. »Komm mit zu uns«, sagte sie und setzte sich neben Marco. Er schien zu frieren und schlang seine Arme um die angewinkelten Beine. »Ich weiß nicht, wo die sind«, sagte er. »Die kommen gleich wieder«, sagte Mutter, »wir können auch so lange warten.« Sie blickte zu Tobi, der mit den Achseln zuckte. Keine Ahnung, was passiert ist, wollte er sagen. Ob Philipp dabei war, was er hoffte. Der Geruch von verbranntem Holz. Die Rauchsäule im dunklen Nachthimmel. Die Jubelschreie, die Schatten im Wald. Wie wunderbar hoch die Flammen geschlagen waren. So hell und warm. So laut der zusammenfallende Pavillon. Kein Wort darüber, ob Großvater noch lebte. Tobi hockte sich vor Mutter und Marco, beide stumm, und glaubte nicht, dass sie an dasselbe dachten.

Motten im Licht der Straßenlaterne. Die Schausteller waren in ihre Wohnwagen zurückgekehrt. Ein Auto fuhr die Straße entlang, also musste die Sperre beseitigt worden sein. Tobi stellte sich hin, als Marcos Vater aus einer dunklen Ecke auftauchte. Irgendwo aus Richtung Wald. Er taumelte ein wenig und schwitzte. Mutter erschrak über ihn, aber Tobi hatte sein Keuchen gehört. Er schien sich nicht darüber zu wundern, dass Marco vor der Tür saß. Keine Frage nach Marcos Bruder. »Sie können wieder nach Hause fahren«, sagte er. »Alles gut. War nur einkaufen.« Er zog den Schlüsselbund aus seiner Tasche und öffnete die Haustür. Mutter sah ihm überrascht dabei zu. »Danke noch mal, dass Sie auf Marco aufgepasst haben«, sagte er. Dunkel umrahmt vom Hausflur. Marco neben ihm, den Blick gesenkt, als hätte er einen Fehler gemacht. »Ist alles in Ordnung?«, fragte Mutter. »Was soll denn nicht in Ordnung sein?«, fragte Marcos Vater. Er legte seine Hand auf Marcos Schulter und schien sich abzustützen. Nase und Stirn ragten aus dem Halbschatten. Er drehte sich um, Marco mit ihm. Die Hand immer noch ruhig abgelegt. Streichele ihm wenigstens über den Hinterkopf, dachte Tobi. Das mag er.

12. KAPITEL

Die Straßen stanken vom Obst, das auf ihnen faulte. Brauner Mus an den Fahrbahnrändern. Wespen und Fliegen, die darüber kreisten. Dunkle Wolken von Gewittern, die niemals hielten, was sie versprachen. Noch war es trocken und warm, noch ließ sich mit dem Moped über die Straßen heizen. Die neuen Windräder im Rücken, links, rechts, überall. Sonnenverbrannte Männer, die ihre Hecken stutzten und den braunen Rasen ihrer Gärten mähten. Der alte Mierisch tat das mit einer Motorsense, aber hin und wieder auch mit der alten, die er mit dem Schleifstein wetzte. Dann stand er da, vor seinem Maschendrahtzaun und dem frisch lackierten Holztor, und ließ sich von Jesko anbellen, wenn er wieder zu lange auf Kathrin starrte. Er erschrak trotzdem noch regelmäßig.

»Glaub nicht, dass ich dich beschützen werde, oder so was«, sagte Philipp.

»Wieso?«, fragte Tobi. Er lief neben ihm. Beide barfuß in den grünen Gummischuhen für den Garten, die Vater ihnen aus dem Netto mitgebracht hatte.

»Weil das bei mir auch keiner gemacht hat«, sagte Philipp. »Und wenn du den Großen blöd kommst, bist du selber schuld.«

Tobi hatte lange darüber nachgedacht. Über die Geschichten, die Philipp ihm erzählte. Von Fünftklässlern, die auf den Spinden saßen, die im Gang der Reihe nach geschubst wurden, die bluteten, wenn sie auf dem Steinboden mit dem Gesicht aufschlugen. Die Polizei, die mehrmals gekommen war. Ein Schüler, der gerufen hatte: »Ich bringe euch alle um!« Dieses Muttersöhnchen, das sich in der fünften Klasse noch regelmäßig in die Hose machte. Der wurde verdroschen, wie es sich gehörte. Tobi glaubte nicht daran, dass Philipp ihn beschützen könnte.

Sie erreichten die Baugrube gegenüber dem alten Honigladen. Ganz in der Nähe, wo Felix wohnte. Der hatte sich letztens übergeben, als Tobi bei ihm zu Besuch war. War auf einmal losgerannt, wollte runter ins Bad und würgte schon auf der Treppe. Er hatte die Rinderzunge zum Mittag warm gemacht, die vor zwei Tagen vom Abendessen übrig geblieben war. Kam in sein Zimmer zurück, der Mund noch ganz verschmiert, und aß einen Kaugummi. Als Tobi später ging, stieg er über diese Bahn aus ausgekotzten rosabraunen Klumpen. »Ich mach das nicht weg«, hatte Felix gesagt. »Das soll Mutti machen, wenn die endlich mal wieder hier ist.«

Die Bagger brauchten nicht tief in die Erde zu graben für das neue Autohaus. Nach Jahren des Abrisses wurde wieder etwas gebaut. »Neschwitz blüht jetzt auch«, sagte Vater dazu. Gleichzeitig wurde die Grundschule geschlossen. Zu wenig Nachwuchs, zu kleine Klassen. Ein paar Kinder standen am Bauzaun oder saßen auf den Betonblöcken, die die Zäune stabilisierten. Grasbüschel wie Toupets auf der Straße. Die gleichen braunen Steine, die Vater damals aus der Baugrube geschaufelt hatte, und Uwe, der dahinter sein Bier versteckte.

»Freust du dich?«, fragte Philipp. Anfänglich war er noch davon begeistert gewesen, dass sein kleiner Bruder nun auf die gleiche Schule wie er gehen würde. »Ja«, sagte Tobi. Sie überquerten die Straße und gingen am Sportplatz vorbei zum Spielplatz. Bis sich die Jugendlichen dort trafen, war es noch Zeit. »Wer ist deine Klassenlehrerin?« »Weiß ich nicht«, sagte Tobi. »Bestimmt die dumme Ulbrich.« Tobi wusste nicht, was das alles sollte. Diese ganze Aktion. Dass Philipp ihn unbedingt hierher mitnehmen wollte. Sie setzten sich nebeneinander auf die beiden Schaukeln. Alles beschmiert mit Herzen und Namen. Mutter war wieder im Krankenhaus geblieben, weil Großvater nicht aufwachte. Zigarettenstummel im Sand. Ein löchriger Zaun grenzte den Spielplatz vom Wald ab. Auf der anderen Seite der Schotterplatz vom Fußballverein. Tobi schaukelte hoch, sprang ab und landete auf seinen Füßen. Er wiederholte das noch zwei Mal, bis ihm schlecht wurde. Vor Jahren hatte Philipp ihm beibringen wollen, wie man weiter fliegt, wenn man nach seiner Technik von der Schaukel sprang. Er erklärte es nur, blieb sitzen und sprang selbst nie.

»Und?«, fragte Tobi.

»Was?«

»Was ist denn nun?«

Philipp holte die Flasche aus dem Hosenbein und stellte sie in den Sand. Drehte den Boden hinein, sodass das Glas knirschte.

»Ich trinke das nicht«, sagte Tobi.

»Musst du auch nicht«, sagte Philipp. »Dafür bist du sowieso zu jung.« Er griff in seine Hosentasche, setzte den Öffner an und warf den Kronkorken über den Zaun. Dann hielt er die Flasche mit beiden Händen zwischen seinen Oberschenkeln fest, als wollte er sie wärmen. Tobi beobachtete, wie zögerlich Philipp die Flasche ansetzte. Wie er dabei die Nase rümpfte und dann die Luft anhielt.

»Komm schnell«, hatte Philipp gesagt, als er aus dem Keller kam. »Komm mit.« Tobi war ihm gefolgt. Hatte gesehen, wie seltsam Philipp lief. Rein in die Schuhe, über die Terrassentür nach draußen. Philipp kontrollierte bei jedem kleinen Schluck, dass Tobi ihn ansah. Er starrte ihn an, während er seinen Kopf nach hinten kippte. Hielt den Augenkontakt beim Absetzen und lauten Luftholen. »Guck her«, dachte er. Das gleiche Gefühl im Mund, der gleiche Geschmack von Erbrochenem. »Bist du jetzt betrunken?«, fragte Tobi. Er wusste nicht, was er sonst sagen sollte. Philipp setzte die Flasche ab und stellte sie in die Kuhle in den Sand zurück. »Doch nicht von einem Bier«, sagte er selbstsicher.

Er trank die Hälfte des Bieres. »Willst du?«, fragte er. »Nein«, sagte Tobi. Philipp lächelte darüber. »Das kommt noch«, sagte er. »Früher wollte ich auch keines trinken.« Der Platzwart fuhr mit dem Rasenmäher über das Gras, das vom Rand her auf den Schotterplatz ragte. Er lief langsam und in Sandalen. Sein Oberkörper frei und die Schultern rot. Er winkte Tobi und Philipp zu. Tobi winkte zurück. »Warum hast du das geklaut?«, fragte er. Philipp schaukelte ein wenig durch das lustlose Hin- und Herschwingen seiner Beine. »Das fällt nicht auf«, sagte er. »Vati trinkt so viel, der kriegt das eh nicht mit.«

Philipp war am Morgen aufgestanden, zeitig wie immer, hatte seine Zimmertür leise geschlossen, sich in der Küche aus der Schublade ein Taschentuch geholt und war in den Keller gegangen, zum PC. Morgens hatte er dort seine Ruhe. Er hatte gesagt, dass ihm Apfelschorle auf dem Teppich verlaufen war. Daher diese Kruste. Mutter hatte ihm daraufhin eine Zahnbürste und Seifenlauge gegeben. Die stinkenden Taschentücher sollte er samt Mülleimer entsorgen. Draußen der Himmel von Wolken bedeckt. Das Sonnenlicht so blass und kraftlos wie im Winter. Er wunderte sich über die heruntergelassene Jalousie im Zimmer. Die abgestandene Luft. Philipp blieb am Türrahmen stehen. Das Sofa war ausgeklappt, jetzt erkannte er die Füße unter der Decke. Das eingefallene Gesicht mit den Haaren auf der Stirn. »Vati?«, sagte er leise. Vater hielt die Augen geschlossen. Rote Ringe darunter. Seine Brust haarig und entblößt. »Geh wieder hoch«, sagte er.

13. KAPITEL

Vater hatte seine Zähne nicht geputzt, Philipp konnte das riechen. Immer noch kein Schnee, nur dieser graue Dunst. Die Straßen nass, die Felder glänzten von der leicht überfrorenen Erde. Bis auf die Neonröhren im Supermarkt war es dunkel. Autos parkten und Männer stiegen aus, um sich in die Schlange zu gliedern. Einige sprachen Sorbisch, schienen sich zu kennen und begrüßten sich. Eurostücke, die in Einkaufswagen gesteckt wurden. Philipp betrachte jeden Einzelnen und überlegte, ob sie sich für die gleichen Böller interessieren könnten wie er. Vielleicht gab es am 31. ohnehin nicht mehr viele zu kaufen, aber es hatte nichts gebracht, Vater das zu sagen. »Kannst ja versuchen, die Dinger ohne mich zu kriegen«, hatte er geantwortet.

Zum Mittag Karpfen mit Kartoffeln, Weißkohl und Soße aus Butter und Zitronensaft. Philipp drückte die Kartoffeln in die Soße und aß den Brei. Tobi tat das Gleiche. Letztes Jahr hatte Vater einen lebenden Karpfen mit nach Hause gebracht. Der schwamm dann ein paar Runden in der halb gefüllten Badewanne. Tobi und Philipp saßen am Rand und hielten ihre Finger ins Wasser. Der Fisch war ganz ruhig, nur manchmal plätscherte das Wasser, wenn er auftauchte oder seine Flossen gegen den Wannenrand schlugen. Dann war Vater gekommen und hatte das Wasser abgelassen. Der Karpfen schwamm zum tiefsten Punkt und schließlich auf dem Abfluss in seiner eigenen feuchten Lache. So hatte er dagelegen und den Mund geöffnet und geschlossen. Die starren Augen. Die Schläge der Schwanzflosse. Der Körper, der hüpfte und krampfte. Vater, der ihm auf den Kopf schlug. Ein Mal, zwei Mal. Wartete. Ein drittes Mal. Tobi war erst in sein Zimmer gegangen und dann nach unten ins Wohnzimmer, wo er die Schläge nicht mehr hören konnte. Philipp hatte es beeindruckt, wie lange der Karpfen gekämpft hatte. Den ersten Schlag hatte er noch locker weggesteckt, den zweiten schon nicht mehr so gut. Er hatte ein paarmal gesehen, wie Mutter in der Badewanne hockte und sich mit der Brause abduschte. Er musste dabei immer auch an diesen Karpfen denken.

Die Flasche Pfefferminzschnaps wickelte Philipp in seinen Schal ein und lud sie mit der Tüte voller Böller ins Auto. Wieder aus dem Keller geholt. Das war mittlerweile so einfach. Er winkte Mutter zum Abschied und wollte ihr am liebsten sagen, dass das ein gutes Silvester werden würde. Ein besseres neues Jahr. Böller explodierten auf der Straße. Kinder warfen sie vor die Autos, die vorbeifuhren. Vater hupte, als er Felix erkannte. Der Wind, der über die Landstraße wehte, hatte abgenommen. Die Gartenlaube lag ein Stück die Straße hinauf. »Hast du alles?«, fragte Vater. »Denk schon«, sagte Philipp. »Übertreib es nicht«, sagte Vater. Philipp nickte, schloss die Tür und winkte Vater, nachdem der den Wagen gewendet hatte und davonfuhr.

Er lief einen Weg zwischen Garagen entlang, auf das Feld zu, das er am Horizont sah. Links davon musste die Laube sein. Vor einer Garage standen Männer und tranken Bier, während Musik aus einem Autoradio lief. Da, wo Philipp gehofft und ihn vermutet hatte, zweigte ein Trampelpfad ab. Der Boden matschig, Reste einer niedrigen Hecke. Dann die Laube, aus der schwach Licht schimmerte. Auf der Terrasse Plastikstühle und eine Bank, alle ergraut und bedeckt mit ein paar Nadeln. Die Tür, aus der das Licht so schwach schien, war angelehnt. Philipp öffnete sie. Sofort verstummten die Gespräche.

»Hallo«, sagte Philipp. Axel und Ramon saßen vor ihm auf Klappstühlen. Christoph wie eingequetscht in der Ecke. Mitten im Raum, auf dem Sofa in der Ecke saß ein junger Mann, den Philipp nicht kannte. An den Wänden Poster von Dynamo. Die Mannschaften der Saison 2002/2003 und 2003/2004. Außerdem Postkarten und Wimpel. Schwarz-rot-gold, schwarz-weiß-rot, schwarz-gelb. Eine Schrankwand gegenüber dem Sofa war leer bis auf ein paar Gläser und ein Radio. Eine ähnliche kannte Philipp noch aus der alten Wohnung. Nach Weihnachten hatten Vater und Mutter darauf bestanden, dass die Geschenke ordentlich darauf aufgereiht noch eine Weile für Gäste zu sehen waren.

Auf dem Boden war ein Campingkocher aufgebaut, auf dem ein Topf stand. Der Glühwein dampfte und roch süß. Der dicke Typ, der auf dem Sofa saß, rührte mit einer Plastikgabel darin. Aus dem Radio in der Schrankwand kam mal Musik, mal Rauschen. Dann der Wetterbericht. Philipp setzte sich auf einen Stuhl und stellte den Schnaps vorsichtig auf den Tisch. »Wo hast du den her?«, fragte Axel. »Hab ich aus dem Keller geklaut«, sagte Philipp. Er erwartete Anerkennung. »Und warum nur eine?«, fragte Axel. Philipp wollte sich erklären, aber Axel winkte ab. »Alles gut«, sagte er und lächelte. Wie ein alter Freund oder Verwandter. Philipp beobachtete den Dicken auf dem Sofa.

Er hatte eine Glatze, und dennoch war sein Haaransatz zu erkennen. Die hohe Stirn mit den Falten. Er trug diese Schuhe, die die Füße beim Abrollen unterstützen sollten.

Die Tür wurde aufgestoßen. Ein junger Mann trat in den Raum. T-Shirt und schwarze Stoffhandschuhe. Glatt rasierte Glatze. Er warf sich auf den Dicken und quetschte sich neben ihn auf das Sofa. Er fragte, warum er den Glühwein aus einem Plastikbecher trinken sollte, wenn in der Schrankwand doch Gläser standen. »Die gehören meiner Oma, du Bastard«, sagte Axel. Der Glatzkopf schien diesen Ton zu dulden. Axel achtete darauf, dass keine schwarzen Streifen auf dem Linoleumboden entstanden. Einmal war er aufgestanden und hatte sie mit Küchenpapier weggerubbelt.

Das Radio rauschte, wechselte den Sender. Gelegentlich vereinzelte Töne. »Läuft hier nur so Polackenkacke?«, fragte der Glatzkopf. »Wir können auch eine CD einlegen«, sagte Axel. Der Glatzkopf klappte den Deckel zu, drückte auf den Knöpfen herum und drehte an der Lautstärke. »Das Scheißteil kann die nicht lesen«, sagte er. Dann schlug er mit der flachen Hand dagegen. Schließlich eine Gitarre und der Gesang eines Mannes. Dazwischen Aussetzer. Für Philipp klang die Musik eher traurig. Er konnte den Text nicht verstehen. Einige klatschten. Er sah zu Christoph rüber, der mit den Achseln zuckte. »Was ist das?«, fragte Philipp. »Brauchst keine Angst zu haben«, sagte Ramon. Dann elektrische Gitarren, schließlich der Refrain: »Waffen für alle, Waffen für alle«. Ramon und Axel standen auf und tanzten. Der Glatzkopf lachte und formte mit den Fingern zwei Pistolen. Die Gläser in der Schrankwand klirrten leise, kaum hörbar. Philipp war aufgestanden und klatschte, während Ramon sich nun bei den Älteren aufhielt, sie anrempelte, sich schubsen ließ und laut dabei lachte. Als das Lied beendet war, standen sie da wie eingefroren und sahen sich gegenseitig an. »Noch mal«, sagte Axel, und ein paar andere stimmten dafür.

Der Dicke rief: »Schnapszeit.« Ramon nahm den Schnaps vom Tisch. Öffnete ihn, roch daran und reichte ihn weiter. »Du kriegst nichts«, sagte der Glatzkopf zum Dicken. »Krieg dich erst mal auf die Reihe mit deinem Alkoholproblem.« Der Dicke nahm sie trotzdem. Er versuchte dabei zu lächeln. »Wie Mundspülung«, sagte er, dann reichte er die Flasche weiter zu Philipp. »Hier«, sagte er. »Schön, Uwe.« Philipp erschrak. »Uwe?« »Unten wird's eklig.« Der Dicke hatte es kaum ausgesprochen, da schlug ihm der Glatzkopf gegen den Hinterkopf. Starrer, böser Blick. Ramon, der den Kopf schüttelte.

Christoph lehnte die Flasche ab. Er hatte einen schwarzen Rucksack mitgebracht, voll mit Böllern, der gegen die Schrankwand lehnte. Der Neue hatte hineingeschaut und sich darüber lustig gemacht, hatte einzelne Verpackungen herausgenommen und lachend auf den Boden geschmissen. Philipp hatte daraufhin seinen Beutel mit den Füßen weiter unter den Klappstuhl gedrückt. Das Rascheln der Tüte war gar nicht aufgefallen. Er durfte jetzt nicht kindisch wirken.

Das Geräusch von Sohlen, die auf dem Boden kleben blieben. Um das Sofa herum dunkle Flecken vom Glühwein. Handgroß. Philipp glaubte zu wissen, woher er sie kannte. Wo er sie gesehen hatte. Diese Gruppe junger Männer. Den Glatzkopf und den Dicken. Die Autos und Mopeds, die morgens beim Fahrradständer standen. Ramon und Axel bei ihnen. Die Musik aus den heruntergekurbelten Fenstern. Wie sie die Lehrer grüßten, die vorbeifuhren. Ihr lautes Lachen, als der Direktor das Handtuch über den Findling gelegt hatte. Der Dicke ging raus vor die Tür und zündete sich eine Zigarette an. Er schwankte und griff neben die Türklinke. Das Feuer war kurz zu sehen gewesen, bevor die Tür wieder zufiel. »Du schädigst deinen Körper«, rief der Glatzkopf. »Mir egal«, war die Antwort von draußen. »Dann verrecke doch!«

Axels Bruder kam herein. Er reckte den Arm in die Luft. Rief: »Heil, ihr Spasten!«, und setzte sich auf Ramons Schoß. »Na mein Süßer«, sagte er. Er bemerkte Christoph, der wortlos auf seinem Klappstuhl saß. »Was is'n das für 'n Emo?«, sagte er. »Dem geht's nicht gut«, sagte Axel. »Hat dich dein Alter wieder verdroschen?«, fragte der Glatzkopf. Dieses Mal lachte auch Philipp.

Er schätzte, wie alt sie alle waren. Um die zwanzig wahrscheinlich, einige jünger. Die meisten arbeiteten bestimmt längst. Adern an den Schläfen und Sehnen am Hals. Der Glatzkopf, die anderen nannten ihn »Menzel«, dieser seltsame Name, schlug dem Dicken auf den Hinterkopf. Es klatschte wie rohes Fleisch, das auf den Küchenboden fiel. Der Dicke erschrak. »Robert, du fettes Stück Scheiße«, sagte Menzel leise in sein Ohr. »Lasst mal rausgehen, ist gleich so weit«, sagte Axels Bruder.

Philipp stellte sich neben Christoph auf die Terrasse. Axel neben seinen Bruder. Ramon beim dicken Robert. Menzel trug ein Paket, das er nicht in den Rucksack stecken wollte. »Ich pass da drauf«, sagte er. Klemmte es unter seinen nackten Arm. Fest umklammert mit den behandschuhten Händen.

Philipp hielt ein wenig Abstand, als die Gruppe über das Grundstück ging. Den Weg zu den Garagen. Er zwang sich, nicht näher bei ihnen zu sein. Die Einladung hierher von Axel und Ramon. Endlich. »Wo steht das Auto von dem Bonzen?«, fragte Ramon. »Müsste hier sein«, sagte Menzel und deutete auf ein Garagentor nahe der Straße. Einige der Garagen standen offenbar leer, andere hatten neue Tore. »Welcher Bonze?«, fragte Philipp. »Gibt einen, der fährt jeden Tag in seinem Mercedes nach Dresden«, sagte Axel. Philipp verstand nicht. »Der arbeitet in der Staatskanzlei, oder so.« Menzel stellte den Karton, den er bislang unter dem Arm getragen hatte, auf dem Boden ab. Öffnete ihn und nahm zwei Böller heraus. Grau und unbeschriftet. Dick wie die Papprollen vom Toilettenpapier. Er zündete die Lunten erst an, als er die beiden Böller vorsichtig vor das Garagentor gelegt hatte. Eine kleine Flamme erhellte Menzels Gesicht. Dann rannte er. Rannte zu der Ecke, hinter der sich Philipp versteckte. Robert betrunken neben ihm. Die Böller explodierten, als Menzel auf dem halben Weg war. Ein Lichtblitz, als wäre die Sonne für einen Wimpernschlag auf- und wieder untergegangen. Philipp kannte die Sprengungen in den Steinbrüchen. Von Weitem hörten sie sich an wie Gewitter. Aus der Nähe mussten sie so klingen wie diese Böller. Menzel rannte zum Tor des Bonzen. Wieder nur seine Schritte auf dem Schotter. Zwei Rußstreifen zogen sich vom Boden bis zur Mitte des Tores. »Geil«, sagte er, »schön das neue Tor versaut.« »Den juckt das sowieso nicht«, sagte Ramon.

Raketen flogen zum Himmel. Keine Autos auf den Straßen. Philipp lief neben Menzel und Axels Bruder, ohne etwas zu sagen. Das traute er sich gar nicht. Vor einigen Häusern, die sie passierten, standen Feuerschalen. Männer und Frauen wärmten sich daran. Als die Gruppe an deren Gartenzäunen vorbeiging, wurde sie gegrüßt. »Macht nicht wieder so einen Mist wie letztes Jahr«, rief ein Mann. »Jaja«, sagte Menzel. Lautes Lachen. Sie gingen unter der alten Eisenbahnbrücke hindurch, die wie ein einzelner Stahlträger flach über zwei Pfeilern lag. Mit jedem Haus, das sie hinter sich ließen, kamen sie dem Ortskern näher. Am Friedhof vorbei und am Bach entlang. Die Straße zweigte sich hier ab, führte nach Neschwitz in die eine und nach Elstra in die andere Richtung. Auf einer Verkehrsinsel befand sich die einzige Bushaltestelle im Ort. Eine Bank und ein Schild mit den Abfahrtszeiten der Busse in einer Exceltabelle. Unweit davor, dicht am Bordstein eine gelbe Telefonzelle. Es gab Pläne von der Gemeinde, Blumenkübel dort hineinzustellen oder ausgemistete Bücher in Kartons. Zum Tauschen für irgendwelche Vollidioten.

Eine Gruppe Jungen ging vorbei. Sie musterten Philipp und die anderen. »Was guckt ihr so?«, rief Menzel und ging auf sie zu. Sie begannen zu rennen. Menzel hinterher. Fest und sicher auf der überfrorenen Straße. »Sorbenschweine«, rief er, »ihr seid auch noch dran!« Dann hob er etwas von der Straße auf. Philipp konnte es nicht erkennen. Und warf den Gegenstand in die Richtung der Jungs. Er kam zurück und keuchte. »Sorben erkenn ich auf hundert Meter«, sagte er. »Die sind wie Nigger, die kannst du gar nicht verwechseln.« Das hatte Menzel nur zu ihm gesagt. »Du bist Halbsorbe«, rief ihm Ramon zu. »Halt die Fresse«, rief Menzel zurück. Philipp schmunzelte. Ein Marder, der die Straßenseite wechselte. Wie ruhig er von Auto zu Auto ging. Nichts, das ihn erschrecken konnte. Menzel ließ mit seinem Feuerzeug die Plastikhülle des Busfahrplanes schmelzen. Wie braune, kleine Eiszapfen kräuselte sich das Plastik.

Die Telefonzelle war längst außer Betrieb. Abgeschlossen. Axels Bruder versuchte die Tür aufzustemmen. Auf der Bank daneben saßen Christoph und der dicke Robert. Axels Bruder gelang es, die Tür der Telefonzelle in der oberen rechten Ecke ein wenig aufzustemmen. Philipp half ihm dabei. »Halt so«, sagte Menzel. Er öffnete den Pappkarton, nahm vier der Böller heraus und hielt sie nebeneinander. So gut es ging, in einer Hand. »Mach aber schnell«, sagte Axel. Menzel zündete die Böller an. Zunächst zwei, dann die übrigen und warf sie in die Öffnung. Dann rannte er weg. Die anderen hinterher. Philipp fand Schutz hinter einem Audi.

Auf der Bank immer noch Robert. Unbewegt und betrunken. Die Augen geschlossen. Christoph daneben. Jetzt schien er zu begreifen, duckte sich. Versuchte den Betrunkenen von der Bank zu ziehen. »Ey«, rief Ramon aus seiner Deckung heraus. »Seid ihr besch...« Dann drückte es die unteren Scheiben der Telefonzelle nach draußen. Ein Knall wie eine Sprengung. Philipp duckte sich, kurz fühlten sich seine Ohren wie taub an. Ein lang anhaltendes Piepen. Die Explosion wie ein Schlag auf seine Brust. Glas, das wie feiner Staub auf die Straße rieselte. Große Scherben, die es nur bis zum Bordstein geschafft hatten. Menzel, der hinter irgendeinem Busch jubelte, dann auf die Straße rannte und die Scherben über den Asphalt kickte, wie ein Kind durch den ersten Schnee tobte. Christoph lag auf dem Boden und tastete seinen Kopf ab. »Alles gut?«, fragte Philipp. Er war sofort zu ihm gerannt. Menzel schien sie gar nicht zu bemerken. Er stand mit Ramon und Axels Bruder bei der Telefonzelle und trat die Scheiben aus der Fassung, die nicht herausgefallen waren. Sie klangen enttäuscht. Weniger Schaden, als sie erwartet hatten.

Christoph richtete sich auf. Der Betrunkene mit dem Gesicht auf dem Boden. Blut tropfte von seinen Wangen in die Rillen zwischen die Pflastersteine, wo das Moos wuchs. Christoph versuchte ihn aufzurichten. Sprach ihn an und rüttelte ihn. Überall Scherben. Philipp hilflos daneben. »Er blutet«, sagte Christoph leise.

Philipp nahm ein Taschentuch aus seiner Hosentasche. Ein altes, vollgerotztes. Riss es auseinander und tupfte das Gesicht von Robert ab. »Scheiße«, sagte er.

»Was ist passiert?« Menzel hockte sich neben ihn.

»Weiß ich nicht«, sagte Christoph, »wir müssen einen Krankenwagen rufen.«

»Hat der Glas im Gesicht?«, fragte Ramon.

»Wir müssen den hinsetzen.« Philipp zeigte auf Axel, dann hoben sie ihn zu zweit auf die Bank. Robert stöhnte und blinzelte. Menzel musterte ihn. Ging nahe an ihn heran, berührte ihn jedoch nicht.

»Der is auf die Fresse gefallen«, sagte Menzel, »der is stockbesoffen.«

»Wir müssen das desinfizieren«, sagte Philipp. Er sah sich das Gesicht an. Dunkle Krusten, von Dreck verschmiert. »Hat jemand Alkohol?«, fragte er.

»Ich hab Schnaps dabei«, sagte Axels Bruder.

»Der müsste gehen«, sagte Philipp.

Axels Bruder öffnete einen Feigling und goss ihn Robert über das Gesicht. Der kniff die Augen zusammen und stöhnte.

»Noch einen«, sagte Philipp und wusste, dass das nicht helfen konnte.

»Das kann der Jude mir bezahlen«, sagte Axels Bruder.

Der Schnaps tropfte von den Augenbrauen und ließ die Nase frei. Wie zwei Bäche floss er daran vorbei. Philipp hockte daneben und tupfte die rosafarbenen Tropfen vom Kinn.

»Seine Mutter ist Krankenschwester«, sagte Ramon.

Menzel schüttelte den Kopf. »Der wird noch daran verrecken, wenn der das nicht in den Griff bekommt«, sagte er. Er steckte seine Hände in die Hosentaschen. So seltsam berührt hatte Philipp ihn sich nicht vorgestellt.

»Wir müssen den tragen«, sagte Axel.

»Ich fass den nicht an«, sagte Menzel. »Am Ende pisst der sich noch ein.«

Also packten ihn Ramon und Axel. Wie einen langen Sandsack trugen sie Robert. Sein Körper hatte kaum Spannung. Es schien, als würden sein Hosenbund und bald sein Rücken auf dem Boden schleifen. Christoph lief ihnen hinterher und blickte zur Bank zurück.

»Ich möchte nach Hause«, sagte er.

»Gleich«, sagte Philipp.

Sie erreichten die Eisenbahnbrücke und legten ihn auf ein Stück Wiese neben dem Bordstein.

»Was is?«, fragte Menzel.

»Wir schaffen das nicht bis zwölf zurück«, sagte Ramon.

»Dann machen wir es eben hier«, sagte Menzel. Blickte auf seine Armbanduhr. Noch drei Minuten bis Neujahr.

»Haben wir noch was zum Anstoßen?«, fragte Axels Bruder.

»Kannst ja sein Gesicht ablecken«, sagte Menzel.

Aus den umliegenden Häusern traten Leute auf die Straße. Ganz schwach waren sie im Licht der Hauseingänge zu sehen. Hunde bellten.

»Zwanzig Sekunden«, sagte Menzel. »Zehn.« Dann ging er auf Ramon zu. Sie sahen sich an, reichten sich die Hände und umarmten sich. Es schien, als verstriche unendlich viel Zeit zwischen ihren Bewegungen. Philipp sah ihnen zu. Das erste Mal keine gespielte Aggressivität. Ihre Stimmen nicht wie ständig unter Druck. Dann stand Menzel vor ihm. Die nackte, blasse Haut seiner Unterarme. Die grün schimmernden Augenringe. »Frohes Neues«, sagte er und schüttelte Philipp die Hand.

Von der Eisenbahnbrücke tropfte im immer gleichen Rhythmus Wasser auf die Straße. Die Felder, die dahinter lagen, grau und im Licht der explodierenden Raketen kurz sichtbar. Schließlich fassten Ramon und Axel Robert wieder an Armen und Füßen und trugen ihn den Weg zurück zur Laube. Unter der Eisenbahnbrücke hindurch, an den Garagen vorbei. »Menzel sagt Robert die ganze Zeit, dass er nicht so viel trinken soll«, sagte Ramon. »Der Vollidiot kann es einfach nicht lassen. Menzels Onkel hatte ein Alkoholproblem, weißt du.« Ramon sagte es leise. Wie zur Entschuldigung. Menzel war weit hinter ihm, das hatte er mehrmals kontrolliert. Philipp nickte. Er wusste nicht, ob er bestürzt sein sollte.

In der Laube war der Glühwein im Topf angebrannt. Nur noch schwarzer Zucker und Orangenschalenreste. Dunkler Qualm, der zur Decke stieg. Die Herdplatte glühte. Menzel nahm den Topf und warf ihn über das Geländer der Terrasse. Auf dem harten Boden klang er wie eine Glocke. Robert wurde auf das Sofa gelegt, er stöhnte hin und wieder und drehte sich von der einen Seite zur anderen und zurück. Das Blut in seinem Gesicht war geronnen. Der Alkohol hatte es verklebt.

Christoph sah Philipp an und deutete mit dem Kopf zur angelehnten Tür. »Wollt ihr schon gehen?«, fragte Axel. »Ja, so langsam«, sagte Philipp. Wahrscheinlich war es der richtige Zeitpunkt. »Ich kann euch fahren«, sagte Axels Bruder. »Nee, ist ja nicht weit«, sagte Christoph. »Lasst euch nicht vergewaltigen«, rief Menzel ihnen hinterher.

Philipp wollte über das Feld gehen. Über die gefrorene Erde, um schneller zu Hause zu sein. Eine Kruste aus Eis, die knackte, als er seinen Fuß auf den Acker setzte. Als würde jemand seine Fingernägel knipsen. Christoph hinter ihm in seinen Fußspuren. Rechts die Garagen und bald, weit hinter ihnen, die Laube. Hin und wieder blieben Philipps Füße im Matsch stecken. Christoph würde noch etwas sagen, Philipp ahnte das. Er kannte dieses Schweigen. »Sag es endlich«, dachte er.

Das Feld teilte sich am Horizont und wurde von einer Baumgruppe unterbrochen. Gelegentlich von Pfaden. Unbefestigten Straßen für die Landwirte. Philipp hörte, wie Christoph hinter ihm in matschige Erde trat und schnaufte. »Geht's?«, fragte er.

»Jaja«, sagte Christoph.

»Ist alles okay?«

Christoph sah auf den Boden. »Ja«, sagte er.

»Ich kannte Menzel vorher gar nicht«, sagte Philipp. Vielleicht würde es so funktionieren.

»Hm«, sagte Christoph.

Mittlerweile hatten sie das Dorf hinter sich und die Gehöfte links liegen gelassen. Ihre Schuhe dreckig und

Matsch bis zu den Knöcheln. »Kanntest du Axels Bruder vorher?«, fragte Philipp.

»Nein«, sagte Christoph. Der Weg führte auf eine Anhöhe hinauf.

»Das sind Nazis«, sagte Christoph plötzlich.

»Was meinst du?

»Was die gehört haben, ist mittlerweile verboten.«

»Woher weißt du das?«

»Hab ich gehört.«

»Das sind keine Nazis«, sagte Philipp.

»Menzel hat die ganze Zeit Sorben und so beleidigt.«

»Das war doch nur zum Spaß.«

»Der hat mit einem Stein geworfen!«

»Hast du das gesehen?«, fragte Philipp.

»Na, dass er was aufgehoben hat.«

»Deshalb muss es ja kein Stein gewesen sein«, sagte Philipp.

»Aber er hat es geworfen!«

»Vielleicht war es ein Tannenzapfen«, sagte Philipp, »das ist doch nicht schlimm.« Christoph schwieg. Vor ihnen das erste Mal Straßenlaternen. Sorben waren Katholiken. Eigenbrötler. Eigene Zeitung, eigenes Theater. Niemand, der sie überwachte. Warum Christoph das egal war, wollte Philipp wissen.

»Da hingen auch überall Fahnen«, sagte Christoph schließlich.

»Deshalb ist man doch kein Nazi«, sagte Philipp und drehte sich um. Das erste Mal sah er Christoph wieder ins Gesicht. »Alle anderen dürfen stolz auf ihr Land sein«, sagte er, »nur in Deutschland ist das verboten!«

Christoph blickte zu Boden. »Das meine ich ja gar

nicht«, sagte er leise. Er war ein paar Schritte zurückgetreten. Stehen geblieben und rieb seine Hände.

»Was willst du mir damit sagen?«, fragte Philipp.

Christoph zögerte. »Keine Ahnung«, sagte er. Dann drehte sich Philipp wieder um und ging voran. Den zwei, drei Lichtern der Straßenlaterne entgegen. Den Wohnblöcken, die schwarz gegen das Dunkelblau der Nacht standen. Philipp beschleunigte seinen Schritt und blies seinen Atem in die Luft. Trat stärker auf. Überlegte. Blieb erneut stehen und wandte sich an Christoph. »Im Schamottewerk hast du ›Hitler ist schwul‹ gerufen. Du hast sogar ›Heil‹ an die Wand geschrieben.«

»Das ist was anderes«, sagte Christoph.

»Warum?«

»Weil ich das aus Spaß gemacht habe.«

»Aus Spaß?«, sagte Philipp.

»Ja.«

»Was würden deine Eltern dazu sagen?«

»Ich bin kein Nazi«, sagte Christoph.

»Ich auch nicht«, sagte Philipp, »und Menzel, Ramon und die anderen auch nicht.«

Sie erreichten die Straße. Den Ortseingang von Neschwitz. Ein Auto fuhr knapp an ihnen vorbei. Sonst war niemand zu sehen. Längst niemand mehr zu hören. An der Kreuzung beim Autohaus blieben sie stehen. Standen sich gegenüber. Schüttelten sich die Hand. »Frohes Neues«, sagte Philipp. »Ja«, sagte Christoph, »frohes Neues.« Christoph ging die Straße noch ein Stück, dann bog er ab. Philipp blickte ihm nach. Das waren keine Nazis, dachte Philipp. Selbst wenn, wäre es ihm egal gewesen. Dieses Hochgefühl, Menzels Hand zu schütteln, die Anerkennung, die Wunde versorgt zu haben. Das Autohaus strahlte ihn blau an. Die kahlen Hecken und gepflasterten Grundstückseinfahrten. Der Himmel war jetzt so dunkel wie alle anderen Nächte zuvor.

14. KAPITEL

»Leise!« Tobi winkelte seinen Fuß ein wenig an. Er zog sich die Baseballkappe tiefer ins Gesicht. Den Schirm bis zu den Augenbrauen. Sie roch so muffig nass wie alle seine Klamotten nach solchen Tagen. Felix schob das Kartendeck zur Seite, setzte die Sonnenbrille auf und ging so nah an die Latten des Zaunes heran, dass die Gläser das Holz berührten. Es war dunkel im Versteck, aber vor allem wichtig, dass niemand das Weiß seiner Augen sehen konnte. Er hatte die Gläser extra mit einem Stein zerkratzt, damit sie nicht spiegelten. Kein Rascheln, kein Geräusch. Stillhalten, weder atmen noch lachen. Auf gar keinen Fall lachen. Tobi konnte nur warten, dass das Auto endlich parkte. Eine alte Frau und ihr Mann. Es würde noch dauern, bis sie schließlich ausstiegen und den Weg entlangliefen. Ihr Garten war einer in der Kolonie, auch unweit der alten Glasfabrik, auf der gegenüberliegenden Seite des Schotterweges. Ihre Tomaten wuchsen höher als die von Großvater, weil der Mann einen Unterstand aus Plexiglas dafür gebaut hatte.

Tobi wartete, bis sie unmittelbar vor ihm waren, aber nicht mehr auf ihn zukamen. Bereits abgewandt, mit dem Schlüssel in der Hand für ihr Gartentor. Er visierte den Mann an. In der Regel redeten die alten Frauen ihren Männern ein, dass da nichts gewesen sei. Alles eingebildet. Tobi hielt die Luft an und wartete ihre nächsten Schritte auf dem Schotter ab. Spannte seinen Finger, spürte den Widerstand des Abzuges. Dann plötzlich nicht mehr. Der Schuss war leise und gut gedämpft. Aber keine Reaktion. »Gib her«, sagte Felix. »Schnell!« Er riss Tobi die Pistole aus der Hand, lud nach und feuerte. Ein Mal, zwei Mal. Er gab sogar die Deckung auf und lehnte sich aus dem Versteck. »Pass auf!«, sagte Tobi. Er wollte ihn zurückziehen, aber Felix riss sich los. Schüttelte einfach Tobis Hand ab. Zum Glück gingen der Mann und die Frau in die Laube, sonst wäre Felix ihnen hinterhergerannt. Tobi atmete durch. »Bist du behindert?«, fragte er. »Ich hätte die getroffen«, sagte Felix. »Das ist nicht dein Garten«, sagte Tobi, »wenn die uns erwischen, sagen die das weiter.« »Na und?« Darauf wusste Tobi keine Antwort. Er blickte Felix an, völlig überrascht von dieser Gleichgültigkeit. Es war auch Tobis Idee gewesen, das Kartenspiel in das Versteck zu nehmen, für den Fall, dass doch jemand fragte, was sie da hinter Zaun und Hecke, zwischen Regentonnen und unter ein paar Brettern taten. Dass man Skat eigentlich zu dritt spielen musste, wusste Tobi auch. Die Bretter hatten sie bei den Komposthaufen gefunden. Die Blumen waren vom letzten Sturm umgeknickt, das Gras hoch gewachsen, bis zu den Waden. Die Holzeisenbahn war vom Bordstein gekippt, die vertrockneten Stiefmütterchen daneben und Erde ringsum. Der Nachbar schaute hin und wieder vorbei und überprüfte, dass aus der Laube nichts gestohlen wurde. Viel gab es ohnehin nicht mehr zu holen. Das »Zu verkaufen«-Schild im Fenster war vergilbt. Tote Fliegen sammelten sich in der Klarsichthülle. Eine Schande, dass der Garten so verkam.

»Das bringt hier nichts«, sagte Felix. »Hier kommt

niemand vorbei.« Es war das einzige Versteck, das gut genug war. Das einzige, in dem Tobi sich sicher fühlte, auch wenn er dafür das Gartentor ausheben musste. Großvater verschloss es mit einem einfachen Draht und zwirbelte dessen Enden zusammen. »Warum hast du nicht die Pumpgun von deinem Bruder mitgenommen?«, fragte Felix. Er hielt die Pistole mit zwei Fingern am Griff und ließ sie baumeln wie einen dreckigen Lappen. »Und wenn der das rauskriegt?«, fragte Tobi. »Hast du etwa Angst?« Felix blickte ihn nicht an, sondern schoss auf den Boden. Gelbe Kugeln wie Saatgut auf der Erde. Die weißen Kugeln waren die besten. Nicht so billig wie die vom Polenmarkt.

Philipp hatte sich die zwei Waffen für den Häuserkampf gekauft, wie er sagte. Mit der Pumpgun aus der Hüfte schießen. Dazu eine gebrauchte Feldjacke mit Flecktarn von der Bundeswehr. Menzel hatte die über eBay besorgt. Im Frühjahr war der Boden im Wald rund um die Ruine des Schamottewerks noch matschig gewesen, der Stellungsbau dafür umso leichter. An einem Nachmittag durfte Tobi das erste Mal mit in den Wald und die Magazine laden. Er bekam die Gräben zu sehen und die gefällten, morschen Birkenstämme. Eine der Stellungen wie ein Dreieck auf einer Lichtung. Ringsum die flachen Kaolingruben mit Ästen und Reisig überdeckt. Im Schatten der Kiefern. Er konnte die Trampelpfade auf dem Boden deutlich erkennen. Den Jägerstand für den Scharfschützen. DDR-Fahnen an Besenstielen zur Markierung der größten Stellungen. Eine davon hatte Philipp von Vater bekommen. Fast schon stolz hatte er sie ihm überreicht. Das Logo in der Mitte war aufgenäht wie Patches auf einer Jeansjacke.

Tobi durfte mit der Pumpgun schießen. In die Luft, auf Bäume, eine der Fahnen. Einmal sogar auf Philipps Oberschenkel. Philipp trug zwei Leggins unter seiner Hose, und trotzdem war der rote Fleck tiefdunkel gewesen. »Tut das nicht weh?«, fragte Tobi. Er konnte sehen, wie Philipp die Zähne zusammenbiss. »Nein, gar nicht«, sagte der und mühte sich ein Lächeln ab. Daraufhin war Tobi wie auf rohen Eiern durch den Wald gelaufen, immer darauf bedacht, dass Philipp ihn abschießen würde. Er drehte sich nach ihm um und versuchte unauffällig im Zickzack zu laufen. Philipp trat leise auf. Er hatte mittlerweile Übung darin. Kein Ast brach unter seinen Sohlen. Er blieb an keiner toten Brombeerranke mit dem Hosensaum hängen. Tobi bemerkte trotzdem, dass er stehen blieb. Überlegte, ob er sich umdrehen sollte. Das Feld lag noch ganz grau und nackt da und war von jeder Stelle im Wald aus zu sehen. Die Strommasten und Windräder. Blaue Hügel am Horizont.

Dann die vier Schüsse auf Oberschenkel und Bauch. Philipp hinter einem Stamm. Aus der Hüfte geschossen. Die Waffe immer noch auf ihn gerichtet. Tobi hielt sich den Bauch und krempelte den Pullover hoch. Wie durch drei kleine Streichholzflammen brannten die roten Flecke. Philipp schoss noch einmal. Verfehlte. Der zweite Schuss auf den nackten Bauch. Tobi schrie auf und ging auf die Knie. Er suchte nach einem Stein, aber warf einen morschen Ast. »Hör auf!«, sagte Philipp. Schien zu zögern und bewegte sich nicht. Er hielt die Pumpgun vor seinen Bauch, die Pistole ragte aus seiner Hosentasche. Er trug die Winterstiefel, die er nicht mehr in die Schule anziehen wollte. Die drei Lagen Hosen und Pullover machten ihn breiter, als er war. Sein Kopf wirkte zu klein auf den Schultern. Als er auf Tobi zugehen wollte, warf der den Sand und die Erde, die er hatte greifen können. »Reg dich ab«, sagte Philipp und wich zurück. »Du hast auch auf mich geschossen.«

»Jetzt bist du feige, was?«, fragte Tobi. Er hob einen Ast auf und ging an Philipp vorbei. Starrte ihm in die Augen, während Philipp einige Schritte zurückging und den Abstand vergrößerte. Hinter einem dünnen Stamm ging er halb in Deckung. Den Finger weiterhin am Abzug. »Schieß ruhig noch mal«, sagte Tobi. Jetzt konnte er die unsicheren Schritte hinter sich hören. Die Äste, die knackten, weit hinter ihm. Vögel, die in die Luft stoben. Er ließ den Ast über den Boden schleifen und dachte daran, wie das von hinten aussehen würde. Ihm gefiel das Bild, das er abgeben musste. Philipp würde zu feige sein, um ihn jetzt noch einmal anzuschießen.

»Tut das weh?«, fragte Felix. Er hielt sich die Pistole an die Schläfe. »Probier es aus«, sagte Tobi. Felix kniff die Augen zusammen und drückte ab. Tobi hatte gesehen, dass er die Waffe ohne Magazin geladen hatte. »Ha! War gar nicht geladen«, sagte Felix und schien sich über die gespielte Überraschung in Tobis Gesicht zu freuen. Im Garten gegenüber knallte die Tür des Plumpsklos zu. Keine Schritte auf dem Schotter. Felix legte sich auf den Boden. Das T-Shirt, das um die Pistole gewickelt war, knüllte er unter seinem Kopf zusammen. Seine Füße ragten aus dem Versteck. »Hier passiert nichts«, sagte er. Er blickte zum Bretterdach, als würde er Wolken zählen.

»Wir können doch zu dir«, sagte Tobi. Er wollte längst nicht mehr hier sein.

»Lieber nicht«, sagte Felix.

»Wieso?«

»Egal.«

»Und zu Marco?«, fragte Tobi.

»Nee, das ist langweilig.« Felix steckte sich eine der gelben Kugeln aus dem Magazin zwischen Ober- und Unterlippe. Dann spuckte er sie in die Luft, und sie landete auf seiner Brust. »Ist sein Bruder immer noch im Gefängnis?«, fragte er.

»Ich dachte, der Vater«, sagte Tobi.

»Nee, die haben den Bruder irgendwie erwischt beim Wegrennen.« Er schüttelte Gras von seiner Hose. »Aber meine Mutter sagt auch, dass sein Vater den Pavillon damals angezündet hat«, sagte Felix.

»Ich hab den noch gesehen«, sagte Tobi.

»An dem Abend?«

»Ja.«

»War er betrunken?«

»Keine Ahnung.«

Felix verschränkte die Hände unter seinem Kopf. »Ich glaube, Marco zieht bald nach Stuttgart zu seiner Mutter.«

Davon hatte Tobi noch nichts gehört. Ehe er nachfragen konnte, redete Felix weiter.

»Ist dir mal aufgefallen, wie der stinkt?«

Tobi sagte nichts. Ein Nicken oder Kopfschütteln hätte Felix nicht gesehen. Der starrte weiter auf die Bretter. Vor ein paar Tagen hatte er Dutzende Radiergummis aus dem Geschäft seiner Eltern an Klassenkameraden verkauft. Sie hatten die Form eines Reifens. Die Felge aus Plastik konnte man rausnehmen. Er verkaufte sie für den doppelten Ladenpreis. Seine Eltern wussten davon nichts. Tobi hatte geglaubt, dass Felix' Familie viel Geld hatte. Ein eigener Laden, das kleine Haus, jedes Jahr an die Ostsee. Aber das Gegenteil schien der Fall zu sein. Felix kam nicht mit auf Klassenfahrten, fuhr nicht nach Dresden ins Kino. Sah seine Eltern kaum und aß die Aldi-Cornflakes, wenn er aus der Schule kam. Manchmal auch zum Abendbrot. »Soll er ruhig abhauen«, sagte Felix. »Im Westen stinken eh alle.«

15. KAPITEL

»Kommt Christoph auch mit?«, fragte Mutter. Sie saß auf dem Sofa, die Füße hochgelegt, und blätterte in einer der Zeitschriften, die Großmutter ihr mitgebracht hatte. Mutter wollte die Rezepte, Großmutter die Kreuzworträtsel. Wann immer Vater sie mit einer solchen Zeitschrift erwischte, machte er sich darüber lustig. »Volksverdummung« nannte er das. »Nein«, sagte Philipp. »Der war lange nicht mehr hier«, sagte Mutter. »Ja, kann sein.« »Der ist doch eigentlich ganz nett.« »Hm«, sagte Philipp. Mutter lächelte. Sie senkte ihren Kopf. Ihr Gesicht verschwand hinter dem bunten Titelblatt. »Pass auf dich auf«, sagte sie. Dann schloss Philipp die Haustür hinter sich. Sie hatte dunkle Augenringe bekommen. Ihren Haaransatz hatte sie lange nicht nachgefärbt. Ihre Haare warf sie morgens nach dem Kämmen ins Klo. Aber spülte sie nicht weg. Wie ein Nest lagen sie auf dem Wasser. Blaue Tropfen vom WC-Tab perlten daran. Philipp ekelte sich davor und spülte zwei Mal, bevor er sich hinsetzte. Er befürchtete, dass er mit seinem Penis sonst die Haare seiner Mutter berühren könnte.

Er stellte sich an die Einfahrt zum Autohaus. Mittlerweile wurden dort auch gebrauchte Mercedes und Karren von den Japsen verkauft. Offenbar lief es nicht gut für Ford in Neschwitz. Menzel fuhr einen soliden VW. Schwarz, tiefergelegt, Aufdruck auf der Heckscheibe. Die Fenster immer offen, runtergekurbelt. Laute Musik. Ab November zwirbelte er die Radkappen, die er auf dem Polenmarkt kaufte, mit Draht an den Felgen der Winterreifen fest. Philipp sah ihn von Weitem. Das einzige Auto auf der Straße. Abbremsend vor jedem Schlagloch. Die Musik, die sich verzerrte wie das Martinshorn der Krankenwagen. Die Kennzeichen abgeschraubt, zumindest vorn, sofern er das erkennen konnte. Auch Robert würde wieder mit dabei sein, erstmals seit Silvester, und Ramon wollte auf seinem Moped nachkommen.

»Na, hast du deine Hausaufgaben gemacht?«, fragte Menzel. Philipp stieg hinten ein. Robert lachte. Saß vorn, trug dieselben Abrollschuhe wie an Silvester und ein Mario-Barth-T-Shirt. Irgendein Spruch über Männer, den Philipp so flüchtig nicht lesen konnte. »Wir holen noch Ramon ab«, sagte Menzel. »Der hat mit der Simson wieder Scheiße gebaut.«

Ramon saß mit seiner Mutter im Hof. Die Bank vorm Haus, ein grüner Plastiktisch und eine Tischdecke aus Gummi darauf. Das Tor war geschlossen. Die Garage offen. Die Mutter musterte Philipp und schien ihn nicht zu erkennen. »Trinkst du schon Kaffee?«, fragte sie. Philipp nickte und setzte sich neben Ramon auf einen Stuhl. Menzel und Robert nahmen auf der Bank Platz. Durch die geöffneten Fenster im Erdgeschoss war zu hören, wie Ramons Mutter die Treppen nach oben stieg. Über dem Knarren lag noch der Ton ihres festen Auftretens mit den Gartenschuhen. »Kommt hierher und lasst euch wieder durchfüttern«, sagte Ramon. »Deine Sorbeneltern wären dafür viel zu geizig.« »Halt die Fresse«, sagte Menzel. Er wohnte irgendwo bei Panschwitz, das hatte er Philipp einmal erzählt.

»Ich hatte extra noch gesagt, dass ihr mich draußen abholen sollt«, sagte Ramon. »Ist doch nicht so schlimm«, sagte Robert. »Ja, dass dir das egal ist, weiß ich.« Dann wandte er sich an Philipp: »Das fette Schwein frisst sich hier regelmäßig durch.« Robert grinste darüber. Er zog sein T-Shirt straff, als wollte er den Spruch darauf freilegen. »Meine Mutter kocht halt nicht so gut«, sagte er. »Deine Mutter kocht gar nicht«, sagte Menzel, »dein Vater sieht schon aus wie so 'ne Buchenwaldschablone. Wundert mich, dass du so fett sein kannst.« »Frisst dem halt alles weg«, sagte Ramon. Im Treppenhaus wieder Schritte. Dann Ramons Mutter, die mit einem Tablett vor die Tür trat und es auf dem Tisch abstellte. Robert und Menzel halfen ihr dabei, die Teller, das Besteck und die Becher auf dem Tisch zu verteilen. »Der Kaffee ist noch oben«, sagte sie. »Die Tassen auch.« »Ich kann das holen«, sagte Menzel. Stand auf und ging mit dem Tablett ins Haus. »Danke dir!«, rief sie ihm hinterher. Durch die offenen Fenster schien die Sonne auf den Hof. Es bildeten sich helle Rechtecke auf dem sonst schattigen Beton. Von der Straße war nichts zu hören, von den Nachbarn und den Kühen auch nichts. Je länger Philipp den Dreiseitenhof betrachtete, desto weniger konnte er sich hier Kühe vorstellen. Katzen vielleicht, die im Sommer im Schatten lagen. Igel, die sich auf das Grundstück verirrten. Er fühlte sich von Ramons Mutter beobachtet. Sie blickte ihn immer schon an, wenn er sich zu ihr wandte. Am Tisch rauchte sie nicht. Schmierte sich Butter auf eine Semmel und Pflaumenmus darauf. Wenn Fliegen auf dem Wursteller landeten, wedelte Robert sie weg. Er hatte die Erlaubnis, die Salami zusammengerollt auch ohne Brötchen zu essen.

Sie fuhren langsam über das Kopfsteinpflaster, aber dann umso schneller auf der Umgehungsstraße. Wohin, wollte Menzel nicht sagen. Wahrscheinlich wusste er das gar nicht. Ihm schien es zu gefallen, einfach nur den Wagen zu lenken und ab der Hälfte der Kurven bereits wieder Gas zu geben. Im Kofferraum klirrten die leeren Bierflaschen. Die vollen rollten über die dort ausgelegte Fleecedecke. Menzel hatte zwei Deutschlandfahnen an seiner rechten und linken hinteren Scheibe, deswegen durfte Ramon das Fenster nicht runterkurbeln. Weltmeister im eigenen Land, das wäre großartig.

Sie hielten bei einem Haus, das direkt am ehemaligen Bahnhof von Elstra lag. Ein paar Gleise gestapelt hinter der Garage. Der Kies zu einem großen Haufen aufgeschüttet. Eine Schneise zwischen den Bäumen und Häusern bis an den Horizont. Der Hof war mit Betonplatten ausgelegt. Menzel fuhr langsam über die breiten Rillen und parkte neben einem blauen Schrottcontainer. Ein dünner Mann lehnte aus dem Fenster im Erdgeschoss gleich neben der Haustür. Mehrere Briefkästen, ein verrosteter Grill. Unterhemden, die an einer Wäschespinne kreisten. Robert stieg aus und lief über den Vorplatz zum Haus und dann zu einer der Garagen. Er machte große Schritte, aber in den Abrollschuhen sahen sie wackelig aus. Als würde er jeden Moment umknicken. Menzel hatte recht, als er sagte, dass Robert X-Beine habe.

Robert hielt einen blauen Plastiksack wie einen Skalp in der rechten Hand, als er zurück zum Auto kam. In der linken das Bier, schon zur Hälfte getrunken. Wo auch immer er das auf einmal herbekommen hatte. Er grinste und bewegte sich wie jemand, der wusste, dass ihm zugeschaut wurde. Dem alten Mann aus dem Fenster nickte er zu. Er sagte noch etwas, aber unverständlich. »Ich habe auch noch Bier geholt«, sagte er, als er wieder vorn neben Menzel einstieg. »Ist im Kofferraum.« »Wir haben doch noch welches«, sagte Menzel. »Dann haben wir jetzt mehr«, sagte Robert. »Krieg dich mal auf die Reihe.« Ramons Frage nach dem Sack ignorierte Robert.

Auf der Umgehungsstraße kam ihnen kein Auto entgegen. Menzel fuhr auf die andere Fahrbahn und dann Slalom auf der durchgehenden Markierung. Es schien, als würden sich die Fahnen bald von der Scheibe reißen. An der Getreidemühle das Kreuz des verunglückten Motorradfahrers. Blumen und rote Lichter. Kurz war es still im Wagen. Robert kannte den Fahrer. Der war mit ihm in eine Klasse gegangen in der Mittelschule. War ein guter Fahrer, sagte er, solide im Gelände. Die Beerdigung auf einem sorbischen Friedhof. Dem Vater gehörte das Zweiradhaus.

Menzel sagte nichts dazu und lenkte den Wagen zurück auf die rechte Fahrbahn. Dann irgendwann auf die Abfahrt der Baumschule bei Prietitz. An den jungen Bäumen und niedrigen Hecken vorbei. An einem Gewächshaus für Kakteen. Findlinge der Größe nach aufgereiht. Der Wagen sackte ein paarmal in Schlaglöcher. Ein Wunder, dass Menzel ihn fuhr. »Komm mit, wir machen was Lustiges«, hatte Ramon am Telefon gesagt. Ramon war es auch, der ihn nach Silvester angerufen und sich bei ihm bedankt hatte. »Menzel kann so was nicht so gut ausdrücken.« Der Wagen stoppte am Wegesrand. Aus der Erde trieben erste hellgrüne Spitzen bis an den Horizont. Die Wälder hinter den Windrädern so grün wie Petersilie. Dazwischen, die dunklen Flecken, Kiefern und Fichten.

Menzel stieg aus und holte aus dem Kofferraum vier Flaschen Bier. Philipp hörte, wie er sie zwischen den leeren Flaschen suchte. »Pass auf«, sagte Menzel, als er ihm das geöffnete Bier reichte. Radeberger. »In der Klasse von deinem Bruder ist doch die Türkin«, sagte Menzel. Philipp nickte. »Die kann nichts dafür, dass sie hier gelandet ist. Aber statt 'ner Türkin hätte die Familie auch ein deutsches Kind adoptieren können.« »Oder einfach einen Hund«, sagte Robert. Menzel blickte ihn an, aber belustigt und anerkennend, weshalb Robert einmal nicht wegzuckte. »Ich war mal in Frankfurt«, sagte er. »Da gibt es Stadtteile, wo du keinen Deutschen mehr siehst. Arbeitslose Kamelficker, die ihre Frauen verhüllen. Die kriegen dumme Kinder wie Heu.« »Menzel will mal zu der Familie hinfahren«, sagte Ramon. Er unterbrach ihn, weil er wohl keine Lust auf Menzels lange Ausführungen hatte. »Ja, gern«, sagte Philipp. »Bisschen reden«, sagte Menzel und grinste. Er trank das Bier in vier großen Schlucken, schloss die Tür und fuhr weiter. Philipp traute sich nicht, die drei anzuschauen. Versuchte es nur aus dem Augenwinkel, so starr und fixiert saßen sie angeschnallt auf ihren Sitzen. Von Anfang an war Philipp aufgefallen, wie seltsam glatt Menzels Augen waren. Wie hell mit den farblosen Wimpern.

Sie erreichten den Ortseingang. Philipp hatte ihn nicht herbeigesehnt. Wieder parkte Menzel am Rand, schnallte sich ab und drehte sich um. Robert neben ihm, der auch etwas verunsichert schien. Nur Ramon wirkte gefasst und nickte zustimmend bei allem, was Menzel sagte. »Hast du, was du brauchst?«, fragte er. Ramon nickte. Dann, an Robert gewandt: »Du hast alles im Kofferraum?« Robert starrte in den Rückspiegel. Schließlich nickte auch er. Einzelne Regentropfen landeten auf der Windschutzscheibe, bevor der Wind sie wieder trocknete. Laub vom vergangenen Herbst auf dem schmalen Gehweg. Die Bushaltestelle. Die Exceltabelle. Die 102 fuhr nach Bautzen. Irgendwo hier hatte die gelbe Telefonzelle gestanden.

—

»Was ist los?«, fragte Tobi, als er ins Wohnzimmer kam. Mutter, die sich hinter ihrer Zeitschrift versteckte. »Alles gut«, sagte sie. Er setzte sich in den Sessel gegenüber und wartete. Als sie ihre Nase schnaubte, konnte er die dunkelroten Augen sehen. Sie hatte diese blasse Haut, sodass ihre Augenringe normalerweise bläulich schimmerten. In der Küche lief die Kaffeemaschine, und wahrscheinlich war irgendwo eine Bäckertüte mit Streuselkuchen vom Vortag. »Stimmt das, dass Jesko angefahren wurde?«, fragte Tobi. Er wusste, dass sie nicht deswegen weinte. »Ja«, sagte Mutter. »Letzte Nacht.« »Warum?«, fragte er.

»Keine Ahnung.«

»Hat das niemand mitbekommen?«

Sie reagierte nicht.

»So einen Hund kann man doch nicht einfach anfahren«, sagte er. »Da geht doch das Auto kaputt. Den sieht man doch.«

»Wenn das Auto groß genug ist.«

Ein Reh war nicht viel größer, dachte er. Ein Wildschwein nicht viel schwerer. Ein junges zumindest.

»Wo ist Andreas?«, fragte er.

»Woher soll ich das wissen?«

Es hatte Tage gegeben, morgens in aller Früh, da stand

Mutter am Küchenfenster. Kaffee in der Hand, gerade aufgestanden, das konnte er riechen, und sagte zu Tobi, dass in der Nacht jemand um das Haus geschlichen sei. Habe in die Fenster geguckt und unten vor der Kellertreppe gestanden, aber die Klinke nicht runtergedrückt. Das hätte sie gehört. Das Schlafzimmer war direkt darüber.

Tobi stand auf und ging in die Küche. Er fand nicht, was er erwartet hatte. Kein Streuselkuchen. »Wo ist Vati?«, fragte er. Stand wieder neben dem Sessel im Wohnzimmer. Mutter hatte endlich die Zeitschrift zur Seite gelegt. Sie zögerte. Presste ihre Lippen zusammen.

»Bei Kathrin«, sagte sie. Tobi nickte. Mit seinen Zähnen schabte er im Mund die dünne Haut an den Wangenrändern ab. Er hatte ihn morgens aus dem Keller kommen und ins Bad gehen sehen. Wenn er dann in die Küche kam, nahm Vater sich Kaffee, lehnte sich gegen die Arbeitsplatte und sah auf ihn herab.

»Warum machst du nichts?«, fragte Tobi. Mutter sah ihn an. Endlich suchte sie auch seine Augen.

»Was soll ich denn machen?«, fragte sie.

»Du könntest ihm doch wenigstens wieder Abendbrot machen.«

»Bitte was?«

Tobi winkte ab.

»Bist du bescheuert?«, rief sie ihm hinterher. Da hatte er die Tür schon hinter sich geschlossen.

———

Noch ein Bier, bevor es losging. Menzel trank zwei. Robert hielt seine Flasche fortwährend in der Hand. Niemand von ihnen konnte sagen, das wievielte das gerade war. »Was machen wir?«, fragte Philipp. Die anderen schienen aufgeregter zu sein als er. Sie blickten ihn von der Seite an, offenbar genervt von seiner Frage. Sofort wollte er sich entschuldigen. Oder sagen, dass er ab jetzt die Klappe halten würde und einfach nur tat, was ihm gesagt wurde. Er war ja wirklich dankbar, dass sie ihn mitgenommen hatten. Das sollten sie jetzt auf keinen Fall falsch verstehen.

»Kennst du diese Dinger, wo der Schnee hängen bleibt?«, fragte Menzel. Eine schwierige Frage, um keine Nachfrage zuzulassen. »Die auf dem Dach«, schob er nach. Dann fiel ihm das Wort ein: »Schneefanggitter.« Philipp nickte. War verwundert. »Ich hab gehört, dass die in Sachsen Pflicht sind. Wieder so eine bescheuerte Regel«, sagte Menzel. Er zog sich die schwarzen Stoffhandschuhe an, die Philipp an Silvester sofort aufgefallen waren. Ob Winter oder Sommer, Menzel und Robert schienen darauf keinen Wert zu legen. »Wir machen uns die zunutze«, sagte Ramon. »Gute Idee, wenn das klappt.« »War ja auch meine«, sagte Robert. »Halt die Fresse, Missgeburt!« Menzel zwickte ihn in den Bauch. »Sei froh, dass wir dich nicht dafür verwenden.« Dann, wieder an Philipp gewandt: »Hast du 'ne Kapuze?« »Nein.« Menzel öffnete das Handschuhfach, indem er zwischen Roberts Beine griff. Die CDs, die er zur Seite schob, lagen lose herum. Dann fand er eine abgewetzte schwarze Mütze. »Wir warten noch, bis es dunkler ist«, sagte Ramon. »Ich bring dich dann auch nach Hause«, sagte Menzel. Das beruhigte Philipp. Am nächsten Tag musste er wieder zur Schule gehen. Ramon ja auch, das vergaß er hin und wieder.

Die Scheibenwischer waren eingeschaltet, aber rieben

bald trocken über das Glas. Eine alte Frau ging vorbei und drückte ihr Gesicht an die verdunkelte Scheibe. Dann wich sie schlagartig zurück, als sie erkannte, dass jemand im Inneren des VWs saß. Als wäre das nie passiert, wechselte sie die Straßenseite und verschwand in einer Seitenstraße, ohne sich nach dem Wagen umzudrehen.

»Scheiß drauf«, sagte Menzel und stieg aus. Robert folgte ihm, Ramon seufzte. Als Philipp sich neben das Auto stellte, die schwarze Mütze in der Hand, Dynamoaufnäher, der Gummi schon porös, öffnete Menzel den blauen Sack. Er würgte, oder täuschte es vor. Dann winkte er Philipp zu sich. Amseln, die über den Gehweg hüpften. Hunde bellten. Menzels Glatze frisch rasiert. An den Schläfen standen einzelne Haare ab. Bartwuchs hatte er offensichtlich nicht. Als würde er Philipp ein Geschenk überreichen, hielt er ihm den Sack hin und die Öffnung mit beiden Händen weit auseinander. Das Lächeln des Schenkenden.

Philipp sah hinein und konnte es zunächst nicht erkennen. Zu dunkel, durch die blaue Farbe des Sackes. Licht nur durch die Öffnung. Fliegen, die aufstiegen. Es stank wie aus einer Biotonne. Mutter hatte ihm beschrieben, wie wundgelegenes Fleisch roch. Er verstand, dass die Handschuhe nicht Teil einer Verkleidung waren. Menzel nickte zufrieden, als Philipp einen Schritt zurück ging und ihn fragend anblickte. Die Augenbrauen verständnislos zusammengezogen. »Geil, oder?«, fragte Menzel und schnürte den Sack zu. »Axels Eltern gehört die Fleischerei«, sagte Robert. Mehr musste er nicht erklären.

Das Haus, in dem die Familie wohnte, war ein Reihenhaus. »Noch besser«, sagte Menzel. »Dann kriegen die Nachbarn gleich mit, was hier falsch läuft.« Autos in den

Einfahrten, kleine Fahnen an den Scheiben. Eine italienische darunter. »Als könnte Italien Fußball spielen«, sagte Robert. Er flüsterte bereits. Kinderspielzeug lag auf den Rasenflächen. Niedrige Buchsbaumhecken ringsum. In den Fenstern Orchideen. Die gab es jetzt immer mal wieder günstig bei Netto. Menzel hatte den Sack geschultert und ging voran. Eng an den Hecken entlang, von Carport zu Carport. Auf der gegenüberliegenden Seite war eine Wiese. Nirgends Deckung. Kein Ort für einen guten Kampf. Ramon sagte schon lange nichts mehr, er schien von Menzels Aktionen nicht überzeugt. Er nannte ihn »Spinner« und »Versager«, wenn er mit Philipp allein war. Wahrscheinlich im Spaß, dachte Philipp. So wie Freunde das machten. Robert auf seinen Abrollschuhen direkt hinter Menzel. Sein T-Shirt auf links gedreht, weil Mario-Barth-Shirts eine zu grelle Schriftfarbe hatten. Er hatte das Zeug besorgt, also wollte er der Erste sein, sagte er immer wieder. Menzel beachtete ihn gar nicht. Der blieb irgendwann einfach stehen und winkelte den rechten Arm an. Ohne sich umzudrehen oder etwas zu sagen, machte er Ramon und Robert nur durch Handbewegungen verständlich, was er wollte. Winkte sie zu sich heran. Aber gebückt sollten sie bleiben. Es waren die gleichen Gesten, die Philipp vom Softairtraining kannte.

Im Haus war schon Licht. Philipp hockte sich zwischen Regentonne und Carportwand. In großen Säcken frisch gemähter Rasen. Modriger Geruch durch die anhaltenden Regenfälle. Die Erde war matschig, Philipp stützte sich mit den Fingerspitzen ab. »Näher ran«, sagte Menzel, aber Ramon hielt ihn zurück. Nicht aus der Deckung gehen. Nicht hektisch bewegen. In einiger Entfernung Glascontainer und junge Bäume. Die rosaroten Blüten kreisrund um die Stämme verteilt. Auch dort keine Deckung. »Dann hier«, sagte Menzel. Und Robert, wie zur Bekräftigung: »Los, jetzt!«

Menzel griff in den Sack, aber wandte seinen Kopf ab. Er wühlte darin und zog einen Fuß hervor. Abgehackt knapp unter dem Kniegelenk. Die Klauen ungewöhnlich sauber. Menzel wog ihn mit seiner Hand. Deutete an, wie schwer sich das anfühlte. Roberts stilles Lachen. Ramon, der Philipp den Sack hinhielt. Silvester und alles davor war ein Witz gewesen. Der Findling. Im Bus ganz vorn bei Spinne sitzen wollen. Endlich was ändern. Schweine waren für die unreine Tiere. Philipp griff hinein. Auch er im T-Shirt. Keine Handschuhe. Am schlimmsten aber das Kondenswasser an seinem Unterarm. Er erwischte ein wesentlich kürzeres Bein. Warf es zeitgleich mit Menzel. Ramon und Robert direkt hinterher. Kurz aus der Deckung raus. Menzel kam bis zum Dach, dort rollte das Bein zum Schneefanggitter, wo es hängen blieb. Genau so, wie er es geplant hatte. Ramon traf auch. Roberts Bein rollte in die Dachrinne. Philipp schmiss seines gegen die Hauswand. Es schlug dagegen wie ein blinder Vogel. Die Frage hatte sich gar nicht gestellt, ob er werfen wollte oder nicht. In anderen Zimmern wurde Licht gemacht. Offenbar waren mehr Leute im Haus, als Menzel vermutet hatte. Der Schweinskopf war noch im Sack. Das Wichtigste. Menzel schleuderte Sack und Kopf, wie aus einer einzigen Bewegung heraus, fließend, athletisch, vor den Treppenabsatz der Haustür. Dumpf, wie eine fallen gelassene Bowlingkugel. Als wäre der Schädel aufgeplatzt. Er hätte an alles denken können, aber Philipp kam der junge Motorradfahrer in den Sinn. Dann sah er Menzel wegrennen. Ramon und Robert hinterher. Diese dämlichen Schuhe. Niemand, der ihn rief, der sich nach ihm umdrehte. Die Haustür ging auf. Philipp jetzt knapp hinter Robert. Wenigstens ihn einholen. Eine Frau schrie. Vielleicht ein Mädchen. Die Türkin. Ein Auto kam ihnen entgegen. Philipp zwang sich, nicht den Fahrer anzublicken. Das Gefühl wie an Schultagen, wie nach Besuchen, oder Ausflügen, irgendwo etwas vergessen, etwas liegen gelassen zu haben. Unsicher, ob da jemand nach ihnen rief. Nach ihm. Eine Männerstimme. Er strauchelte nicht, stolperte nicht. Achtete gar nicht auf seine Beine. Auf nichts, außer auf sein Blickfeld. Was er hörte. Gerüche gab es keine.

Im Auto angekommen, lachten sie. Menzel und Ramon zuerst. Robert, nachdem er wieder Luft bekam. Philipp zog sich die Mütze vom Kopf, er wollte an seinen Händen riechen, aber strich sie schließlich an seiner Hose ab. Dann das Wissen, dass sie es geschafft hatten. Wegzurennen, ganz abgesehen vom Werfen. Philipp klatschte einmal laut mit den Händen. Beugte sich nach vorn und atmete tief durch. Robert keuchte immer noch. Menzel hielt das Lenkrad fest. »Fahr!«, rief Ramon. »Da kommt jemand!« Philipp drehte sich um. Ein Mann, der aus der Einfahrt gerannt kam. Jetzt auf der Straße innehielt. Er blickte in jede Richtung und zögerte, in eine bestimmte zu gehen. »Fahr!«, rief Philipp. »Fahr einfach los!« Fast hätte er »Bitte« gesagt, aber es klang ohnehin schon wie ein Flehen. Er rutschte auf seinem Sitz zurück und duckte sich. Wandte das Gesicht zur Scheibe. Wie erbärmlich er damit jetzt aussehen musste. Das weinerliche Kind, das nicht werfen konnte. Menzel gab Gas. In seiner Aufregung hupte er und zeigte den Stinkefinger nach hinten. Lachte wie ein Wahnsinniger. »Der kriegt mich nie ohne Kennzeichen!«

—

Der Blutfleck war längst eingetrocknet. Trotzdem stocherten zwei Jungen mit einem Stock in den Rillen des Asphaltes. Tobi setzte sich wortlos an den Straßenrand und beobachtete sie. Sie waren jünger, irgendwo aus dem Wohnblock. Ihren Eltern hatte er wahrscheinlich schon einmal zugenickt, wenn sie im Auto an ihm vorbeifuhren. Es schien sie nicht zu kümmern, dass er unmittelbar bei ihnen saß. Hatten kurz aufgeblickt und dann mit dem Finger den trockenen Fleck berührt. Jetzt taten sie so, als würde ihnen der Finger abfaulen. Mierisch, der aus dem Fenster guckte. Die Schafe noch nicht auf der Weide. Wenn Vater bei Kathrin auf der Terrasse gesessen hätte, hätte er ihn gesehen. Er überlegte, zu klingeln und sich einfach auf das Grundstück zu stellen. Einmal war Vater rausgekommen. Es waren immer die Sicherungen, wegen denen er Kathrin helfen musste.

Er erinnerte sich an diesen Nachmittag. Andreas wieder nicht da. Mutter auf Spätschicht. Kaffeetrinken bei Kathrin. Vater hatte die Puddingschnecken von Bofrost aus dem Tiefkühlfach genommen. Dann saßen sie zu viert auf der Terrasse, und Jesko schlief in der Sonne auf den Steinen. »Ihr könnt noch ein bisschen mit Jesko spielen«, sagte Vater. »Ich helfe Kathrin drin mit den elektrischen Jalousien.« Damals war ihm das nicht aufgefallen, dass sie die Terrassentür von innen verschlossen. Vater und Kathrin hatten nichts gegessen. Diese Puddingschnecken nur, damit Philipp und Tobi draußen sitzen blieben. Jesko, der sich in der Nachmittagssonne zu keiner Bewegung animieren ließ. Philipp, der auf Toilette musste und dann auf die Beete pisste, weil er nicht ins Haus kam. Wahrscheinlich hatte er damals schon mehr gewusst.

Tobi drehte sich nach dem Haus um. Die blaue Farbe und die französischen Balkone. Die beiden Jungs schienen sich nicht mehr um den Fleck zu kümmern, immer nachlässiger ließen sie ihre Stöcke darüber kreisen. Irgendwann gingen sie einfach weg. Eigentlich, dachte Tobi, wäre das das Richtige für Felix. Seltsam, dass er nicht hier war und offenbar nicht davon gehört hatte. Tobi ging zum Zwinger. Die Tür stand offen, im Wassernapf trieben Fliegen. Das Futter zur Hälfte gefressen. Den Rest würden sich bald die Igel holen. Vielleicht ein Fuchs, der dünn genug war, um durch die Gitterstäbe zu passen. Ein Wiesel, ein Marder. Kauknochen, ein zerrissener Gummiball. Decken übereinandergestapelt zu einer Art Nest. Überall die hellen Haare darauf, als wären sie von Kathrin. Vater hatte Knäuel davon unter die Motorhaube des Renaults gestopft, weil das die Marder abschrecken würde. Kathrin hatte ihm das erzählt. Wenn er daran dachte, hatte er Vater und Andreas nie lange miteinander reden gesehen. Er trat auf den Ball und ließ die Luft heraus, dann legte er ihn platt gedrückt über den Fressnapf. Jesko war zutraulich und ruhig gewesen. Der skandinavische Name hatte einen Grund, aber der fiel Tobi nicht ein.

Als an der Haustür niemand reagierte und er durch die Terrassentür niemanden erkennen konnte, ging Tobi zurück zum Fleck. Setzte sich ins Gras, im Rücken die Hecke. Gegenüber der Mierisch, der Himmel grau. Das Schamottewerk, die Steinbrüche. Der Tagebau. Bald würde der Regen kommen, irgendwann, und das Blut von der Straße waschen. Es in den Fahrrinnen sammeln und schließlich in der Erde versickern lassen.

Ein schwarzer VW bog auf die Straße und kam auf ihn zu. Bremste vor dem Fleck und seinen Füßen, die auf die Fahrbahn ragten. An den hinteren Scheiben hatten sich die Deutschlandfahnen durch den Fahrtwind schon verbogen. Er wunderte sich über die abgeschraubten Kennzeichen. »Was machst du denn hier?«, fragte der Beifahrer, ein dickerer Typ. »Lass den«, sagte jemand von der Rückbank, Philipps Stimme. Dann stieg er aus, und Tobi erkannte, dass noch ein Vierter im Wagen saß. Philipp sah blass aus, die Haare am Morgen nicht gewaschen. Als wäre es ein Tick, wischte er sich mehrmals seine Hände an der Hose ab. Nasse, festgetretene Erde an seinen Sohlen. Tobi blieb sitzen und betrachtete ihn von unten.

Der Fahrer lehnte sich ein Stück weit über den Beifahrer. Seine weiße, blasse Haut auf dem Kopf. Grünlich und bläulich schimmerten Adern an den Schläfen. Die Augen starr und wie eingefallen. Das musste dieser Menzel sein, von dem Philipp erzählt hatte. »Ist das euer Haus?«, fragte Menzel und deutete auf das blaue mit dem offenen Hundezwinger. »Nein, wir wohnen eins weiter«, sagte Philipp. Tobi wollte antworten, aber Philipp schnitt ihm das Wort ab. Drängte sich sogar zwischen ihn und das Auto. Der Nieselregen setzte wieder ein. Tobi spürte seine durchgeweichte Hose an der Unterseite seiner Oberschenkel. »Zschornack heißt ihr doch, oder?« Tobi nickte. »Hat bei euch mal ein Uwe Deibritz gearbeitet?«, fragte Menzel. Tobi kniff die Augen zusammen. Selbst Philipp zögerte mit einer Antwort. »Das ist der Stasityp, der sich im Steinbruch ersäuft hat«, sagte der Beifahrer, Robert. Ein Blick von der Seite, und er rutschte auf seinem Sitz nach vorn. Zog den Kopf zwischen seine Schultern. Eigentlich war klar, dass hier nur einer reden durfte. »Ja, das war der Arbeitskollege von unserem Vater«, sagte Philipp. »Warum?« Menzel blickte durch die Windschutzscheibe, konnte aber eigentlich nichts mehr sehen. Der Regen war stärker geworden. Tobi beobachtete den Fleck, aber der Wagen überdeckte ihn. Irgendwie ahnte er, was kommen würde. »Ich kannte den«, sagte Menzel. Er ließ wieder eine lange Pause, das schien so seine Art zu sein. »Das war mein Onkel«, sagte er schließlich und schien zu hoffen, dass das jemanden schockierte. Tobi blickte ihn an und wartete. Er verstand, warum Philipp mit diesen Leuten Zeit verbrachte. Warum der aus dem Haus ging, als würde er spazieren gehen, um dann später stumm in seinem Zimmer zu verschwinden. Nichts, das darauf hindeutete, dass Philipp von Jeskos Tod wusste. »Kannst ja mal mitkommen«, sagte Menzel. Tobi richtete sich auf und stand neben Philipp, der Menzels Blick zu suchen schien. Tobi bemerkte das, diese Art von hilfloser Suche nach Aufmerksamkeit und Beachtung. Er zuckte mit den Achseln. »Okay«, sagte er. Menzel lächelte darüber.

3. BUCH

2013–2015

1. KAPITEL

Der Eintrittspreis war wieder erhöht worden. Vor den Holzbuden lehnten zwei junge Männer mit Tunneln in den Ohren und tätowierten Unterarmen. Sie redeten mit der Frau, die aus der Bude heraus die Tickets verkaufte. Sie lachten und ignorierten Tobi. Jemand stieß eine Bierflasche um. Marco stand neben ihm und hatte einen Rucksack mit Essen und Trinken dabei, weil das günstiger war. Chips und Energydrinks, aber immerhin keine Riegel mehr. Sein Vater verkaufte jetzt Zubehör für Aquarien über das Internet. Jugendliche liefen an ihnen vorbei, ein Junge hatte ein Mädchen im Arm und pustete ihm von der Seite ins Ohr. Sie lachte und stieß dem Jungen in die Seite. So ging das eine Weile, bis Tobi sie unter den anderen Gästen nicht mehr erkannte. So musste das sein, dachte er. Das Riesenrad drehte sich langsam. Kinder kreischten auf der Berg-und-Tal-Bahn. Geruch von gebrannten Mandeln und gefüllten Pfefferkuchen aus Pulsnitz. Bier in Plastikbechern. Eine Bratwurst lag auf dem Boden, war aus der Semmel gerutscht und gehüllt in mittelscharfen Senf.

Tobi und Marco setzten sich auf die Stufen des Autoskooters. Die Zuckerwattebude gegenüber gab es nicht mehr. Marco hatte seine Haare wachsen lassen, jetzt trieben sie so gleichmäßig lang aus seinem Kopf, wie sie vorher abgeschoren gewesen waren. Er trug eines seiner Rammstein-T-Shirts, und aus seiner Dreiviertelhose mit

den sichtbaren Nähten baumelten Dutzende Schlüsselbänder. Er war stolz darauf und streichelte sie wie ein
Haustier. Tobi wusste genau, dass Marco ein Opfer war.
Er stank und hatte dicke Pickel auf der Stirn und zwischen
den Augenbrauen. Er redete davon, dass er Lackierer
werden wollte. Notfalls in Stuttgart, wo jetzt sein Bruder
wohnte. Immer wieder Stuttgart. »Warum haben sich
deine Eltern getrennt?«, fragte Marco plötzlich. Tobi sagte,
was er allen sagte. Was er wusste und mitbekommen hatte. »Keine Ahnung.«

Er sah sich um. Zwischen Autoskooter und Breakdance
versammelten sich die Jungs und Mädchen. Hielten wie
von allein auf diesem Vorplatz, während die Musik der beiden Fahrgeschäfte lauter wurde. Einige hatten Lebkuchen-
herzen umgehängt und Plastikrosen vom Schießstand.
Das Riesenrad, wie der Antrieb eines Mississippidampfers.
Das Kettenkarussell daneben und kaum einer, der damit
fuhr. »Komm«, sagte Tobi. Dann ging er vornweg. Er hörte
Marcos Schritte hinter sich auf dem Schotter, langsamer
und immer ein bisschen entfernt. Also ging er schneller,
bis er Marco schnaufen hörte. »Warte«, sagte Marco. Dann
hielt er an. Wurde von Jugendlichen angerempelt, aber
hielt stand. Wurde dumm von der Seite angemacht, aber
reagierte nicht. »Wo willst du hin?«, fragte Marco. »Rum-
laufen«, sagte Tobi.

Mit dem Ellbogen voran ging Tobi zwischen den Buden
und Leuten und hinterließ eine Schneise für Marco. Der
bewegte sich wie in Tobis Fahrwasser. Trieb ab und trudelte
umher. Am liebsten hätte Tobi ihm die Hand gereicht. Noch
lieber wäre er ihn losgeworden. Schüsse aus der Bude links.
Rechts fielen Dosen auf den Boden. Rotes und blaues Licht.

Flackerte, kreiste, hüpfte auf und ab. Am Sangriastand, wo er ihn vermutet hatte, saß Felix um einen Eimer. Dünn und blass. Die Haut im Gesicht hatte rote Pusteln. Die auf seinen Armen hatte er aufgekratzt. Seitdem er dieses Zeug nahm, waren seine Augen wie in die Höhlen gerutscht. Er rauchte eine Zigarette und hielt mit der anderen Hand den Strohhalm für die Sangria. Tobi ging erst an ihm vorbei, um dann von ihm gesehen zu werden. »Tobi, geil«, rief Felix und winkte ihn zu sich. Die Jungs und Mädchen, die neben ihm und ihm gegenüber saßen, drehten sich nach Tobi um. Er sah gleich, dass das nicht Felix' Freunde waren. »Hier, setz dich«, Felix rückte zur Seite und schrie in Richtung der Bude, indem er den Arm hob: »Wir nehmen noch ein Bier!« In der Bude reagierte niemand. Die Mädchen sahen sich schweigend und betreten an. Ältere liefen vorbei und schüttelten ihre Köpfe. »Alles muss man selbst machen«, sagte Felix. Stand auf, um Tobi die Hand zu schütteln und zur Bude zu gehen. Dabei drehte er sich immer wieder nach dem Eimer und den Bänken um. Schien die Jungs und Mädchen zu zählen, die dort noch saßen, hin und wieder an einem der Strohhalme saugten, kicherten und sonst auf ihre Handydisplays schauten.

»Ihr könnt auch alle mit zu mir kommen«, sagte Felix. »Hier«, sagte er zu Tobi und drückte ihm das Bier in die Hand. »Hab dich ewig nicht gesehen, seitdem du immer mit den Freunden von deinem Bruder rumhängst.« Dann setzte er sich zwischen zwei Mädchen. Tobi blieb hinter der Bank stehen, hinter den verschwitzten Rücken der Jungs. »Meine Eltern sind nicht da«, sagte Felix noch. Kratzte sich im Gesicht und auf den Armen. Hinter der Berg-und-Tal-Bahn übergab sich ein junger Mann. Sein

Würgen war lauter als das aufgeregte Schreien ringsum. Seine Freundin lehnte am Baum hinter ihm und kippte die zwei Biere aus, die sie in ihren Händen hielt. »Da ist ja auch der fette Marco«, rief Felix. »Ewig nicht gesehen!« Marco stand abseits, Menschengruppen liefen an ihm vorbei. Er blickte zu Boden. Den Rucksack über eine Schulter gehängt. »Komm her«, rief Felix, »ich kauf dir was zu essen.« Darüber musste eines der Mädchen lachen. Felix drehte sich nach ihr um. »Sei nicht so gemein«, sagte sie grinsend. Er genoss das alles sichtlich.

Tobi wollte Marco zu sich holen, mit ihm das Bier teilen und nicht alleine diesen Leuten gegenüberstehen. Er wollte vor allem nicht alleine mit Felix sein. Vor zwei Jahren war der das erste Mal nicht mit seinen Eltern in den Urlaub gefahren. Ein riesiges Ereignis, tagelanges Saufen und Kiffen. Zelte im Garten und im Haus, offene Türen, in jedem Zimmer Kotze und ineinander verschränkte Jungs und Mädchen, bis Felix anfing, sich zu langweilen, und rumschrie. Von der zweiten Woche an war er regelmäßig bei Tobi gewesen, zumindest hatte er versucht, ihn zu treffen. Er war über das Grundstück gelaufen und hatte in die Fenster geguckt, wenn ihm niemand die Tür geöffnet hatte. Sich auf die Terrasse oder den Treppenabsatz bei der Haustür gesetzt. Tobi beobachtete ihn vom oberen Badfenster aus, verhielt sich leise, verließ nicht das Haus. Er konnte hören, wie Felix mit seinen Hacken gegen die Stufe schlug. Wie er mit den Fingern gegen den Briefkasten trommelte. Dann ein leeres Feuerzeug auf den Boden aufschlug. Es explodierte aber nicht. Der Rauch seiner Zigaretten zog in die Küche und den Hausflur. Tobi traute sich nicht, ihn anzusprechen, so seltsam außer sich wirkte Felix.

Tobi drehte sich nach Marco um und nickte ihm zu. »Na los«, formte er mit seinen Lippen, aber sagte es nicht. Das Bier zu seinen Füßen. Käfer, die am Kondenswasser des Flaschenhalses abrutschten. Marco mit seinem Energydrink in der Hand. Eines der Mädchen war schön, hatte eine lilafarbene Strähne im sonst blonden Haar. Ihr Haaransatz war dunkel, ihre Augen auch. »Komm«, sagte Tobi wieder stumm. »Lass den«, sagte Felix und zündete sich noch eine Zigarette an. Er rümpfte die Nase bei jedem Zug. Wenn er den Mund öffnete, entlud sich der Rauch schlagartig wie bei einem Topf, dessen Deckel angehoben wurde.

Noch einmal drehte sich Tobi nach Marco um. Der schien darauf gewartet zu haben, hatte Tobi die ganze Zeit angestarrt. Jetzt deutete er mit einem Nicken in die Richtung des Riesenrades und zum Ausgang. »Dann geh«, sagte Tobi. Dieses Mal laut und deutlich. Unmissverständlich. Marco zögerte und ging. Tobi hinterher. Er stieß das Bier mit dem Fuß um. Es schien zu knistern in dem trockenen, platt getretenen, so dünnen Waldgras. Marco konnte schneller laufen, als Tobi es für möglich gehalten hatte. Wieder blieb Tobi an Schultern und Oberarmen hängen. Lief schneller, stoppte kurz, schlängelte sich durch Pärchen und Kleingruppen. Marcos Rucksack und die Schlüsselbänder nicht aus den Augen verlierend. »Marco«, wollte er rufen. »Marco, bleib stehen!« Aber auf einmal war es ihm peinlich.

Eine der Toiletten war umgekippt. Blaues Wasser und Stücke von Toilettenpapier hatten eine Lache auf dem Weg gebildet. Das Riesenrad gegenüber drehte sich weiter. Die Menschen hielten sich Mund und Nase zu. Zuckerwatte und Bratwurst in den freien Händen. »Hallo, Tobi.« Tobi drehte sich um. »Hallo«, sagte er. Wie ihre Hände inein-andergefaltet waren. Tobi konnte nicht aufhören, darauf zu starren. Ihre Finger standen ab, eigentlich berührten sie sich kaum. Lasch und schweißig musste sich das an-fühlen. Dann ließ Vater ihre Hand los.

»Ich habe gerade Marco gesehen«, sagte Vater.

»Ja, der ist nach Hause«, sagte Tobi.

Kathrins Haare waren länger geworden. Hingen rechts und links vom Kopf herunter. Ihr Scheitel so akkurat gezo-gen wie jede Grundstücksbegrenzung.

Vater steckte seine Hände in die Taschen seiner kurzen Hose. »Ist Philipp auch da?«, fragte er.

»Weiß ich nicht«, sagte Tobi.

Vater nickte. Der Abstand zwischen ihm und Tobi war so groß, dass Menschen sich zwischen ihnen hindurch-schlängelten.

»Hast du das mit dem Dixi-Klo gesehen?«, fragte Ka-thrin.

»Ja«, sagte Tobi und hätte es am liebsten nicht gesagt. Sie alle konnten es doch riechen. Ein Betrunkener sprang in die blaue Pfütze vor der umgestürzten Toilette und lachte.

»Wir wollen noch was essen«, sagte Kathrin. »Willst du mitkommen?«

»Ich hatte schon«, sagte Tobi. »Marco hat was dabei-gehabt.«

Kathrin nickte. Jugendliche lehnten sich an die Schieß-bude, auf den Stufen des Kettenkarussells saßen andere und blendeten sich gegenseitig mit der Taschenlampe ih-rer Handys. Sie warteten darauf, dass etwas passierte, aber es war noch zu früh.

»Du musst bestimmt gleich nach Hause«, sagte Vater.

»Ja, genau«, sagte Tobi.

»Da haben wir ja noch Glück gehabt, dich hier zu erwischen.« Kathrin lächelte.

Vater ging auf Tobi zu und schüttelte ihm die Hand. Seine Koteletten waren grau. Er schien etwas sagen zu wollen. Sein Mund zitterte, sein Kiefer bewegte sich, aber er sagte nichts. Wie oft Tobi das gesehen hatte. Kathrins Hand war rau und rissig an den Fingernägeln. Tobi roch ihr Parfum, als sie nah an sein Ohr herankam. Kräftiger als das Deo der Mädchen. »Meldet euch mal bei eurem Vati«, sagte sie leise. Tobi starrte sie an, wie sie sich langsam wieder von ihm entfernte. Dann zu Vater, der sich ein wenig zur Seite gedreht hatte, als hätte er nichts gehört. Wie beschwichtigend lächelte er Tobi zu. Sag es mir doch selbst, dachte er. Er hob die Hand zum Abschied, zögerlich bis zur Hüfte, halb im Gehen, bevor er sie schlaff sinken ließ. »Grüß Philipp«, rief Vater ihm hinterher. Als würde Philipp etwas auf diese Grüße geben, dachte Tobi.

»Wie war es?«, fragte Mutter. Tobi ging an ihr vorbei in den Flur. Die Stubentür stand offen. Der Fernseher auf dem Boden. Die Gardinen weg. Einige Zimmer im Haus waren leer bis auf zusammengefaltete Umzugskartons. Er streifte seine Turnschuhe von den Füßen. Dann kaufe ich eben die nächsten, wenn die kaputtgehen, wollte er sagen. Sein selbst verdientes Geld, seine eigenen Schuhe. Er ging die Treppen hoch, während Mutter ihm hinterhersah. »Tobi, du musst doch mit mir reden«, sagte sie. Oben blieb er stehen und sah sie nicht mehr. Sah aber das

Holz des Dachfensters, das aufquoll, und das abgespülte Moos von den Dachziegeln auf dem Glas. Schon wieder ein nasser Sommer. »Tobi?«, fragte Mutter. »Tobias«, sagte er.

2. KAPITEL

»Bringt nichts«, sagte Menzel. Er saß auf dem Sessel, Philipp hatte sich auf das Sofa gelegt. Zwei Fahnen an der Wand. Der Fernseher lief stumm nebenher und stand in der alten Anbauwand. Die Fenster offen, obwohl der September ungewöhnlich kalt war. Die Tage waren schnell wieder kürzer geworden. In der Wohnung darüber knallte eine Tür. Es roch nach gebratener Zwiebel.

»Stimmt schon«, sagte Philipp.

»Wenn die keine Zeit für dich hat, dann kannst du es auch lassen.« Menzel legte seine Füße auf den Tisch und trank aus der offenen Colaflasche, die auf dem Boden stand. »Hat die überhaupt schon mal hier geschlafen?«, fragte er.

»Nein, gar nicht«, sagte Philipp, »die muss abends immer nach Hause, weil die sich um ihre Mutter kümmern muss.«

»Ich dachte, die haben eine Pflegerin dafür?«

»Ja, aber nur am Tag, glaube ich. Die sind beschissen teuer«, sagte Philipp.

»Was ist mit dem Vater?«

»Der fickt seine Physiotherapeutin. Weiß auch jeder.«

Menzel nickte und schaltete den Ton des Fernsehers wieder ein. »Warst du heute wählen?«, fragte er. Philipp lag unverändert auf dem Sofa. Das Gesicht zur Decke, die Hände auf dem Bauch.

Die Abende mit Theresa waren schön, bis sie nach Hause fahren musste. Sie kam gelegentlich zu den Fußballspielen mit, fuhr bei ihm auf dem Moped oder in Menzels VW und aß danach auf dem Edeka-Parkplatz in Kamenz die gebratenen Nudeln vom Vietnamesen. Die Bude wurde angezündet, jetzt war das nicht mehr möglich. Philipp schüttelte den Kopf. »Nein, war nicht wählen.«

Menzel hatte ihn währenddessen angestarrt. »Hättest du aber tun sollen«, sagte er und deutete mit der Fernbedienung auf den Bildschirm: »Die alte Fotze hat schon wieder gewonnen.«

»Ist mir doch egal«, sagte Philipp. Vater, der gesagt hatte, dass er seit der Wende nur CDU gewählt hatte. Weil die gut für die Wirtschaft wäre.

»Du hast das immer noch nicht verstanden«, sagte Menzel.

»Als würde es darauf ankommen, wen ich wähle«, sagte Philipp und sah Menzel an, dass der das nicht hören wollte. Er wollte nicht schon wieder darüber diskutieren. »Ist doch egal«, sagte er und wusste, dass Menzel das natürlich nicht egal war.

Menzel winkte enttäuscht ab. »Und was soll eigentlich dieser Scheiß-Elefant dort?«, fragte er. Ein schlechter Versuch, das Thema zu wechseln. Philipp blickte zur Schrankwand. Staub auf dem schwarzen ledernen Überzug des Elefanten. Die Plastikstoßzähne vergilbt. Groß wie eine Packung Cornflakes. »Lass den«, sagte er. Menzel stand auf und ging zur Schrankwand. Im Fernsehen die Wahlergebnisse, Kreisdiagramme, Hackfressen. Mit seinem Zeigefinger schrieb er »Sau« auf den Rücken des Elefanten. Philipp sah ihm dabei zu. Du Spast, dachte er.

»Krieg dich mal auf die Reihe«, sagte Menzel, »das ist ein Weib wie jedes andere. Und wenn die keine Zeit für dich hat, dann mach halt Schluss. Was ist da so schwer?«

»Stimmt schon«, sagte Philipp.

Es klingelte. Menzel ging zur Gegensprechanlage und blieb an der Tür stehen, um Tobias zu begrüßen. »Kommt Philipp nicht mit?«, fragte der. »Frag ihn selber«, sagte Menzel. Philipp sah Tobias im Augenwinkel ins Wohnzimmer kommen und vor dem Sofa stehen bleiben. Neue Frisur, die Seiten schön kurz. Er war jetzt schon breiter als Philipp. Menzel im Flur, den Hörer der Gegensprechanlage am Ohr. Hörte, was unten auf der Straße noch passierte. »Was ist los?«, fragte Tobias. »Bauchschmerzen«, sagte Philipp. »Also kommst du nicht mit?« »Glaube nicht.« Tobias ging zur Schrankwand und nahm den Elefanten, wischte den Staub ab und stellte ihn hinter die aufgereihten Bierflaschen. Auf den vorwurfsvollen Blick reagierte Philipp mit verdrehten Augen.

—

»Dein Bruder ist ein Mädchen«, sagte Menzel. Tobias hatte sich vorn neben ihm ins Auto gesetzt. Er lehnte seinen Kopf aus dem offenen Fenster. Blickte nach oben, wo in Philipps Wohnung das Licht brannte. Er antwortete nicht. Menzel sagte ständig solche Sachen. Er sagte auch gern, dass er diesem oder jenem nicht vertrauen würde. »Der verdient gutes Geld als Mechatroniker und hat 'ne Freundin. Ich weiß nicht, warum der sich so gehen lässt«, sagte Menzel. »Das ist 'ne Phase«, sagte Tobias. Es fühlte sich nicht richtig an, Philipp in Schutz zu nehmen. Menzel wendete den Wagen und gab so schnell Gas, dass er an der Ausfahrt ins Schlittern geriet. Tobias grinste und hielt sich am Türgriff fest. Er wusste, dass Menzel ein guter Fahrer war. »Philipp kommt immer nur an, wenn er gerade nichts anderes zu tun hat«, sagte Menzel. Er wirkte enttäuscht und schien sich den Abend anders vorgestellt zu haben. Tobias fragte sich, warum er ausgerechnet ihm das erzählte. »Den hat das nie richtig gejuckt, was wir machen«, sagte Menzel. »Manchmal kommt es mir so vor, als wären wir seine Animateure. Wie in so einer Hotelanlage, weißt du?«

»Ich war noch nie in 'ner Hotelanlage«, sagte Tobias. Das Geld für den Türkeiurlaub sollte in einen möglichen Umzug fließen.

»Du weißt, was ich meine«, sagte Menzel.

Tobias spürte den Fahrtwind im Gesicht. Kleine Fliegen, die gegen seinen Ellbogen klatschten. Wie kleine Hagelkörner fühlten sie sich an. Unter dem Eindruck der Wahl konnte er Menzels Aussagen nicht ernst nehmen. Natürlich war der frustriert. Philipps Trägheit war ja nicht erst seit heute ein Thema.

Der Mais durchnässt im Halbdunkel. Ein Großteil der Ernte war zerstört worden durch Gewitter und Stürme im Sommer. Das wurde zu fast jedem Gesprächseinstieg an diesen Abenden mit Robert und Ramon. Menzel wirkte unruhig und sagte kaum mehr etwas. Er hielt den Wagen bei den Garagen, wie immer vor demselben Tor. Der Bonze hatte es aufgegeben, seines von Rußstreifen zu befreien. Die Beulen am Rand, der aufgehäufte Schotter. Tobias hatte gewettet, dass der Bonze noch dieses Jahr die Garage vermieten würde. Die anderen gaben ihm mehr

Zeit. Ein, zwei Jahre. Menzel nickte zufrieden, als er daran vorbeiging.

Tobias hielt Menzel das Gartentor offen. Ein paar der Fichten waren gefällt. Auf dem Feld, jetzt auch hier, die ewigen Windräder. Um draußen zu sitzen, war es zu kalt. Wieder einmal. Die Plastikstühle standen schon gar nicht mehr auf der kleinen Terrasse. Im Bungalow Robert und Ramon. Ein alter Fernseher. Fast lautlos die Wahlparty der CDU. »An Tagen wie diesen«. Zeckenmusik. Axel hatte sich auf dem Sofa hingelegt. Niemand sagte etwas, als Tobias und Menzel den Raum betraten. Wie selbstverständlich nahmen sie sich je zwei Biere aus dem Kasten. Fast jeden Abend das Gleiche. Nur an den Wochenenden beanspruchten Axels Großeltern den Bungalow für sich. Robert pisste auf die Blumen und das Gemüse, das sie pflanzten. Wie nach starkem Regen platzten die Tomaten auf.

»Was macht dein Bruder?«, fragte Ramon. Bevor Tobias etwas sagen konnte, antwortete Menzel. »Liebeskummer.« Robert lachte auf und zeigte auf den dicken Politiker, der eine kleine Deutschlandfahne schwenkte. Er wollte den Ton lauter drehen, aber fand die Fernbedienung nicht. Tobias beobachtete ihn eine Weile. Wie träge er sich bewegte und wie ruckartig seine Bewegungen trotzdem waren. »So ein Lappen«, sagte Menzel. »Hat die ihm gerade die Fahne weggenommen?«, fragte Axel. Er lag flach auf dem Rücken, den Kopf abgeknickt wie eine Ähre. »Warum sollte die das machen?«, sagte Robert. »Keine Ahnung. Guck doch hin!«

Die Tür angelehnt, hin und wieder ein Luftzug. Die Nachbarskatze schlich über die Terrasse. Die Steine, die sie betrat, egal wie vorsichtig, wackelten. An Menzels Geburtstag hatte jemand das hölzerne Geländer mit dem Fuß durchgetreten. Irgendwann, mitten in der Nacht. Zunächst hatte das niemand mitbekommen. Mutter erzählte Tage später von einem gebrochenen Fuß, den sie eingipsen musste. Da wurde klar, dass Felix beim Bungalow gewesen sein musste. Sturzbetrunken, sonst hätte er die Schmerzen in seinem Fuß gleich bemerkt. Oder er hatte wieder Drogen genommen und war schon nächtelang wach gewesen.

»Mach die Scheiße aus«, sagte Menzel. »Ich will das aber sehen«, sagte Robert. Er hielt stand, als Menzel sich vor ihm aufbaute. Er ging zum Fernseher und zog den Stecker aus der Mehrfachsteckdose. Axel nippte an seinem Bier, Robert sah betreten zur Decke. Ramon hatte seine Beine überschlagen. Das würde wieder ein langer Abend werden, dachte Tobias. Sie würden über ihre Arbeit reden, außer Robert. Tobias, der seine Ausbildung in der Fahnenfabrik in Kamenz begonnen hatte. Solides Gehalt, viel Arbeit am Computer. Vater hatte ihm noch bei der Bewerbung geholfen. Draußen der späte Abend. Vor Wochen war es um diese Zeit noch hell gewesen.

»Was macht eigentlich die Christenschwuchtel?«, fragte Menzel. »Der freut sich doch jetzt bestimmt.« Keine Antwort. »Der Typ, den Philipp mal zu Silvester mitgebracht hat«, schob er nach. »Christoph?«, fragte Axel. »Ja, kann sein.« Menzel wippte mit seinem Fuß. Er war oft grundlos nervös. Tobias nervte es, wenn er an den Ampeln mit den Fingern auf dem Lenkrad trommelte. »Lass den«, sagte Ramon.

»Ich mach doch gar nichts«, sagte Menzel. Er grinste dabei.

Tobias hatte sich lange an diesen Blick gewöhnen müssen.

»Ich seh doch, was in deinem kranken Kopf abgeht«, sagte Ramon. »Die Schweinesache ist auch schiefgelaufen. Du musst nicht allen zeigen, was du für ein Versager bist.« Ramon war der Einzige, von dem Menzel sich so etwas sagen ließ. Normalerweise schoss der zurück. Menzel hatte Tobias einmal das Knie in den Rücken gedrückt, als der etwas über seinen Vater gesagt hatte. Er stellte die zwei leeren Bierflaschen vor sich auf den Boden.

»Mir tun die Eltern leid«, sagte Robert. »Das muss hart sein, wenn die jetzt nicht Oma und Opa werden können.«

»Der Vater von Christoph ist ein Säufer wie deiner, das sollte dir leidtun«, sagte Ramon.

»Halt die Fresse«, sagte Robert leise. Er trug endlich neue Schuhe. Trotzdem war er die größte Lachnummer, weil er seit zwei Jahren jährlich mit den jeweiligen Klassen seiner alten Klassenlehrerin ins Riesengebirge fuhr. Der Älteste und Größte unter Achtklässlern. Wahrscheinlich holte er sich dort seine Bestätigung.

»Ich hab keinen Bock mehr auf den Scheiß!« Menzel stand auf, ging und ließ die Tür hinter sich offen stehen. Die anderen sahen ihm nach. Die Tür schloss sich langsam. Gleichmäßig, vom Wind zugedrückt. Die lockeren Steinplatten der Terrasse. Tobias würde nach Hause laufen müssen.

3. KAPITEL

Tobias lief nicht über das Feld. Stoppelig lag es vor ihm. Philipp kürzte gern darüber ab, wenn er trank und nicht mehr fahren durfte. Die anderen hinderten ihn daran. Tobias lief über die Straße, auch wenn es länger dauern würde. Mit etwas Glück würde Mutter schon schlafen, wenn er nach Hause kam. Er ertrug nicht, wie sie im dunklen Wohnzimmer saß und auf ihn wartete. Durch die leeren Räume ging. Er merkte es auch, wenn sie nach der Nachtschicht wach im Bett lag. Bis zum Nachmittag. Dann runterkam in die Stube und sich über seinen Lärm beschwerte. Mit Restfarbe aus dem Keller hatte sie die Wand überstrichen, an der das Regal gestanden hatte. Zu wenig Farbe für das ganze Wohnzimmer. Vater, der dieses Regal unbedingt haben wollte. Ein einziges Mal war Tobias mit Philipp nach Räckelwitz in die neue Wohnung von Vater gefahren. Unweit des alten Krankenhauses. Ausgerechnet da, wo sie beide geboren worden waren. Vater hatte sich immer weiter zurückgezogen. Er war oft allein spazieren gegangen und hatte Kathrin getroffen. Jeder wusste es. Jetzt eine gemeinsame Wohnung mit Balkon. Glastüren. Edelstahlküche. Ein hellgrüner Farbstreifen an der Wohnzimmerwand über dem Sofa. Als Akzent, wie Kathrin meinte. »Schön«, hatte Tobias gesagt. »Ja.« Kathrin schien das glücklich zu machen.

Tobias ging am Wohnblock vorbei. Bei Philipp war

kein Licht mehr, aber das Fenster stand offen. Sehr kalt waren die Nächte noch nicht. Philipp schlief auf dem ausziehbaren Sofa. In der Küche ein Wasserkocher und eine Kochplatte. Tobias ekelte sich vor dem Dreck im Bad. Am liebsten wollte er die Wohnung gar nicht betreten. Philipp hätte im Haus wohnen bleiben können. Seinen Beitrag leisten. Etwas von seinem Gehalt abgeben. Er hatte ausgelernt und war übernommen worden. Jetzt heulte er dieser Theresa nach. Tobias hatte sie kein einziges Mal gesehen und kannte sie nur aus Erzählungen. Wenn Philipp sich von ihr trennte, weil sie sich um ihre Mutter kümmerte, war er ein Arschloch. Ganz einfach. Hauptsache er. Hauptsache eine Wohnung für ihn allein, Hauptsache das beschissene Moped. Jetzt wollte er auch noch Großvaters alten Opel bekommen. Den Sessel hatte er abgelehnt. Den alten ledernen, drehbaren. Direkt darüber war der Haken in der Decke, an dem die Herrnhuter Sterne hingen in der Advents- und Weihnachtszeit. Später und zuletzt die Infusionen, die Großvater nach seinen Schlaganfällen benötigt hatte. Immerhin hatte Großmutter ihn noch zu Hause pflegen dürfen. Mutter, die überlegte, wieder bei Großmutter einzuziehen, natürlich vorübergehend. Immerhin war das eine Eigentumswohnung.

Das alte Haus von Kathrin und Andreas stand nach wie vor leer. Die Blätter der Hecke von den Schafen gefressen. Nur die eine Seite, als hätte sie jemand großflächig mit Entlaubungsmittel eingesprüht. Das Gras wuchs hoch, drängte aus den Rillen der Auffahrt und der Terrasse. Das Dach des Hundezwingers war im letzten Winter eingebrochen. Wo Andreas jetzt wohnte, wusste er nicht. Tobias beschleunigte nach wie vor seinen Schritt, wenn er am Haus vorbeiging.

Zu Hause brannte kein Licht. Er drehte den Schlüssel leise im Schloss um. Seine Schuhe hatte er auf der Stufe vor dem Haus schon von den Füßen gestreift. Er betrat den Flur und ging ins Wohnzimmer. Mutter lag auf dem Sofa, zusammengerollt mit dem Gesicht zur Lehne und schlief. Neben ihr die Decke. Tobias stand vor ihr und beobachtete ihr unregelmäßiges Atmen. Der nackte Fußballen, der gänzlich durch die schwarze Socke drückte. Sie wisperte im Schlaf. Vor Kurzem hatte sie noch eine durchsichtige Beißschiene getragen. Er trank aus der offenen Flasche Apfelschorle, die vor ihr auf dem Boden stand, und stellte sie leer zurück. »Wir können doch mal wieder was unternehmen«, hatte sie oft gesagt. Vater, der mit ihnen in die Tagebaue gefahren war. Alte Fabriken. Hoyerswerda, Weißwasser. Dieses ganze eingefallene, verlassene Zeug. Untergegangene, traurige Scheiße. Kein Mensch auf der Straße. Abriss und Leerstand. Aber Hauptsache raus, Hauptsache was unternommen. Damals dies, damals das. Tobias rümpfte die Nase. Die Schulen, die sie schlossen, die Sparkassen und Arztpraxen. Die Kreise, die sie zusammenlegten, die Gemeinden und Städte. Die Wege wurden länger, die Entfernungen größer. Für Griechenland war Geld da gewesen und für unnötige Umgehungsstraßen. Schnellstraßen, damit niemand mehr durch die traurigen Orte fahren musste. Tobias fragte sich, was zuerst da gewesen war. Die Straßen, die die Orte umgingen und damit leer fegten. Oder die leeren Orte, an denen jeder vorbeifahren wollte. Gerne schnell und ohne Schlaglöcher. Er fragte sich manchmal, ob der Eindruck stimmte, dass ihm alles entglitten war.

Im Fernsehen Schneeberg. Die Ersten, die auf die Straße gingen. Tobias hörte nicht genau hin, was die Reporter sagten. Er hoffte, dass er seine Großeltern sehen würde. Vielleicht seinen Onkel, der dort für die Diakonie arbeitete. Tobias lachte über den Clown von den Grünen, der in irgendeinem Zimmer interviewt wurde. Studierter Wichtigtuer. Bücherwand. Menschenleben hier, Menschen retten da. Fick dich, wollte er ihm entgegenrufen. Der Marktplatz war voll. Wenn es in Neschwitz so weit sein würde, müssten sich genauso viele Bürger einfinden. Kein Politiker weit und breit, der sich den Massen stellte. Die hockten zu Hause, warm und gemütlich. Dienstwagen Mercedes. Noch nie im Leben mit den Händen gearbeitet. Tobias grinste, als die Kirchenglocken läuteten. Der Pfarrer stellte sich gegen die Demonstranten. Als käme es auf die Kinderficker an. Als würde das jemanden jucken, wenn der Scheiß-Kirchturm nicht angestrahlt war.

Er legte sich ins Bett, manchmal auch in das alte von Philipp. War doch sowieso alles egal. So kalt waren die Nächte noch nicht. Das redete er sich ein. Darum hatte er Mutter auch nicht zugedeckt.

4. KAPITEL

An Weihnachten saßen sie zu viert im Wohnzimmer des Hauses. Mutter, Großmutter, Tobias und Philipp. Ein kleiner Weihnachtsbaum vom Autohaus. Früher wurden sie auf dem ehemaligen Schulhof verkauft. Mutters hölzernes Engelorchester stand neben dem Fernseher. Großmutter mochte den Duft von Weihrauch nicht, darum wurden keine Räucherkerzen angezündet.

»Frohe Weihnachten«, sagte Mutter und stellte ein kleines Paket vor Tobias auf den Boden. Er sah zu ihr hoch. Seine Beine warm von der Fußbodenheizung. Philipp neben ihm schien zu überlegen, welche CD als Nächstes abgespielt werden sollte. Die Lieder mit erzgebirgischer Mundart hatte Vater alle mitgenommen. Auch den Großteil des Weihnachtsschmuckes. Tobias schloss die Augen, als er das Papier öffnete. Er verdrehte sie unter den Lidern.

»Jetzt hast du auch endlich eins«, sagte Mutter.

Tobias nahm das Smartphone aus der Verpackung und schüttelte den Kopf. »Was soll das?«, sagte er.

»Freust du dich nicht?«

»Das ist viel zu teuer.«

»Aber dein altes Klappding fällt ja fast auseinander.«

»Egal«, wollte er sagen. »Leg lieber das Geld zur Seite.« Auch das sagte er nicht. Er schaltete es an. »Danke«, sagte er.

Die Jalousien halb heruntergelassen. Vier Kerzen auf

dem Tisch. Der Kartoffelsalat vom Fleischer schmeckte besser als der, den Großmutter zubereitet hatte. Tobias aß die Würstchen mit den Fingern. Von seinem Lohn hatte er Philipp Konzertkarten geschenkt. Großmutter trank die Hälfte eines Schwarzbieres. Wenn Tobias zu ihr sah, lächelte sie ihn an. Eine Pyramide drehte sich. Die vier Schatten an der Decke, das war Weihnachten. Im Ofen die Schinkenröllchen, mit Käse, Ketchup und Schwarzwurzeln gefüllt. Egal, wie man sie schnitt oder aß, der Kochschinken blieb nicht gefüllt. Philipp vermischte am liebsten alles mit dem Kartoffelsalat. In der Ferne, ganz schwach, die Kirchenglocken. Nach dem Gottesdienst sang der Chor noch auf dem Marktplatz in Kamenz. Dort würde auch Vater sein, hatte Mutter gesagt. Wieder ein mildes Weihnachten, fast frühlingshaft. Tagsüber Sonnenschein, am Abend hatte es wieder zu regnen angefangen.

»Da!«, sagte Mutter und stand auf. Sie zeigte mit dem Finger auf eines der Fenster. »Da war er wieder.« »Wer?«, fragte Großmutter. Philipp hatte sich neben Mutter gestellt. Tobias war sitzen geblieben. Er hatte weder etwas gehört noch gesehen. »Der schleicht wieder ums Haus«, sagte Mutter. »Mach die Jalousien runter!« Sie entfernte sich vom Fenster, ging mehr in die Mitte des Raumes, das Gesicht von den Scheiben abgewandt. Großmutter legte ihren Arm um Mutters Schulter. So gingen sie zum Sofa und setzten sich.

Philipp ließ die erste Jalousie ganz herab. Es war ohnehin ein Wunder, dass Mutter noch etwas erkennen konnte. Tobias ging zum zweiten Fenster und zögerte. Die dunkle Scheibe, der dunkle Garten. Philipp, der neben ihm stand. »Warte«, sagte Tobias und ging nah heran. »Mach das

Licht aus.« Dann war es dunkel. Die Nase an die Scheibe gedrückt. Schwaches Licht von der Straßenlaterne. Die kahle Hecke, der platt gedrückte Rasen. Der Schuppen weiß und verschlossen. Pflanzenkübel. Dahinter standen die Bäume bewegungslos. Die Silhouette, die sich auf ihn zubewegte. Tobias wich vom Fenster zurück. Deswegen ließ er in manchen Nächten das Licht angeschaltet. Diese Fratzen, die vor seinem Fenster erschienen. Er starrte ihn an. Atmete schwer. Wollte mit den Fäusten auf den Boden trommeln, wie ein bockiges Kind. Es irgendwie abschütteln. »Was ist?«, fragte Philipp. Wandte sich selbst zur Scheibe. Noch ehe er rausschauen konnte, schrie er auf. »Ich ruf die Polizei«, rief Mutter. »Nein, lass!«, sagte Tobias. Er ging näher zum Fenster. »Was willst du?« Felix stand im T-Shirt draußen. Blass und abgemagert. Die Haare dünn und kreisrund ausgefallen. Tränen flossen über den Schorf in seinem Gesicht. »Hau ab!«, rief Philipp. Felix kam mit dem Gesicht nah ans Fenster und hockte sich davor hin. »Ich brauche Hilfe«, sagte er leise. »Was?«, rief Philipp. »Ich brauche Hilfe.« »Er soll ins Krankenhaus gehen«, sagte Großmutter. Sie war mit Mutter vom Sofa aufgestanden. Jetzt standen sie in sicherer Entfernung mitten im Raum.

So schlimm hatte Tobias ihn noch nicht gesehen. Nicht so zerfressen, wie angeknabbert. So dünn und blass. Er musste sich zu Tode frieren in seinem T-Shirt und der abgewetzten Jeans. Im Sommer hatte er sich immer vor die Eingangstür gesetzt. Dieses nervöse Trommeln mit den Fingern auf dem Briefkasten. »Komm zur Tür«, rief er Felix zu und zeigte in die Richtung. Dann blickte er Philipp an, der mit dem Finger gegen seine Stirn tippte. Trotzdem brauchte er nichts zu sagen. Philipp folgte ihm. Er versteckte ein Messer hinter seinem Rücken. Wahrscheinlich glaubte er, dass Tobias das nicht mitbekommen hatte. »Der kommt hier nicht rein«, sagte Philipp. Tobias nickte. »Schließt die Tür ab«, sagte Philipp noch zu Mutter. Kaum waren er und Tobias im Flur, erlosch im Wohnzimmer das restliche Licht. Das der Schwibbögen und des Weihnachtsbaumes. Großmutter, die den Schlüssel im Schloss drehte. Kurz blieb sie hinter der Tür stehen, aber schien es sich dann anders überlegt zu haben.

Felix wippte von einem Fuß auf den nächsten und ballte seine Hände zu Fäusten. Ließ sie wieder locker und kratzte über seine Unterarme. Den Schorf unter seinen langen Fingernägeln rieb er an seiner Hose ab. Kalter Wind. Gegenüber die Wohnblöcke und die roten Punkte der Herrnhuter Sterne an den Balkonen. Wie sterbende Sonnen in der Dunkelheit.

»Ich brauche eure Hilfe«, sagte Felix wieder.

Tobias wollte auf ihn zugehen, aber Philipp hielt ihn an der Schulter fest. »Was ist los?«, fragte er.

»Ich glaube, meine Eltern sind tot.«

»Was?«

Philipp reagierte schneller als Tobias: »Dann musst du die Polizei rufen.«

»Nein, nicht die Polizei«, sagte Felix. Er hockte sich hin und verschwand für einen kurzen Moment aus Tobias' Sichtfeld. »Ihr müsst mitkommen«, sagte er.

»Das kannst du vergessen«, sagte Philipp. Das Küchenmesser in seiner Hosentasche griffbereit.

»Was ist passiert?«, fragte Tobias.

Felix stand wieder auf. Plötzlich lief er im Kreis, dann

auf und ab. »Scheiße«, sagte er. »Scheiße!« Er ließ seine Arme wie einen Propeller kreisen. Hüpfte. »Fuck! Fuck!«

Tobias und Philipp wichen zurück. Philipp legte die Hand an seine Hosentasche. Beim alten Offizier ging das Licht im Hausflur an. »Der ist völlig fertig«, sagte Philipp leise. Tobias schüttelte den Kopf. Es war so schnell gegangen. An manchen Abenden hatte er vor dem Haus seiner Eltern gestanden, Felix besaß noch das gleiche Zimmer, alle Lichter an, die Fenster offen. Tobias hatte geklingelt und gerufen, aber niemand reagierte. Drinnen hatte er Felix nur immer lauter lachen gehört.

»Ich ruf die Bullen«, sagte Philipp.

»Keine Polizei!«, sagte Tobias.

»Wenn der seine Eltern umgebracht hat, müssen die kommen!«

»Ruf den Scheiß-Krankenwagen!«, sagte Tobias. Er glaubte nicht daran, dass Felix das getan haben könnte. Philipps Blick, als würde er einfach wegrennen wollen. Die Frage, wie es so weit hatte kommen können. Er schüttelte seinen Kopf. Ganz leicht, fast unsichtbar, atmete aus. Holte tief Luft. Jetzt war er verzweifelt, Tobias konnte es sehen. »Der wird jämmerlich verrecken«, sagte Philipp. Er drehte sich um und ging an Tobias vorbei ins Haus, während Felix sich auf den Boden legte. Auf den kalten Steinen der Einfahrt lag er auf einmal ganz ruhig. »Ich habe Angst«, sagte er. Tobias kam näher und hockte sich neben ihn. »Ich hab Angst, weißt du«, wiederholte Felix. Er hielt seine Augen geschlossen, während er das sagte. Sein Brustkorb ging schnell auf und ab, sein Herz raste. Er würgte, aber erbrach sich nicht. »Wovor?«, fragte Tobias. Er spürte, wie kalt seine Füße geworden waren.

»Kannst du bitte mit nach Hause kommen?«, fragte Felix.

»Zu dir?«

»Ja«, sagte Felix.

»Was ist da?« Tobias dachte an die Modellautos in der Glasvitrine und wie oft Mutter erzählte, dass sie Felix' Mutter getroffen hatte. »Ihr könnt euch doch mal häufiger sehen«, sagte sie, als wären sie immer noch in der Grundschule und würden sich zum Spielen verabreden.

»Ich weiß es nicht«, sagte Felix.

Tobias musterte sein Gesicht. Die eingefallenen Wangen. Die kahl gewordenen Schläfen. Schweißtropfen auf seiner Stirn. Er erinnerte sich an die Zigarette des Direktors, die Felix sich in den Mund gesteckt hatte. Die Reste von Äpfeln, die an der Garagenwand klebten. Manchmal hatte Tobias das Gefühl, für alle diese Leute die Verantwortung übernehmen zu müssen. »Was hast du denn mit dir angestellt?«, sagte er leise. Philipp stand mit dem Telefon am Ohr auf dem Treppenabsatz. Wahrscheinlich hatte er mitgehört. »Ja, wir brauchen einen Krankenwagen. Elsterweg 17. Neschwitz. Zschornack. Keine Ahnung.«

»Kommst du mit?«, fragte Tobias, als Philipp aufgelegt hatte. Es klang wie eine Bitte. Eine Herausforderung. Zeig ein einziges Mal, dass du wirklich stark bist. Dass du nicht nur hinterherläufst, wie Menzel es behauptet. Philipp zögerte und blickte zu den beiden auf dem Boden. Er ging ins Haus und warf Tobias seine Schuhe zu. Er selbst schien in Hausschuhen gehen zu wollen. Dann würden sie den Krankenwagen eben ins Leere fahren lassen.

Felix lief ruhig zwischen ihnen, nicht schneller und nicht langsamer als sie. Er zitterte, dann hielt er seine

Arme verschränkt vor seiner Brust. Philipp hielt ein wenig Abstand. Tobias roch Schweiß und hin und wieder, wenn der Wind herüberwehte, den Geruch von Urin. In den Fenstern, die sie passierten, Weihnachtsbeleuchtung. Keine Familien vor dem Christbaum. Alte Pärchen vor dem Fernseher. Ein bekanntes Bild. Nach dem Essen schaute auch Mutter die Helene-Fischer-Show. Wahrscheinlich hatte sie sie längst eingeschaltet.

Felix' Haus war hell erleuchtet. Ein Auto in der Einfahrt. Felix schien das nicht zu überraschen. Das Grundstück und der Garten reichten weit nach hinten. Ganz am Ende standen nur noch grüne Plastikregentonnen in einer Reihe. Manchmal mehrere ineinandergestapelt. Die neuen in die alten, vom Frost zerplatzten Tonnen gesteckt. Ein Wäscheplatz, wie ihn die Großeltern in Zwickau hatten. Verschiedene Obstbäume. Pflaumen, Äpfel und Birnen. Im Sommer stand ein Tisch mit der Kasse des Vertrauens vor dem Haus. Autofahrer konnten halten, Obst eintüten und Geld dafür bezahlen. Die meisten taten es nicht, hatte Felix stets behauptet.

Felix öffnete das Tor und die Haustür. Tobias stand hinter ihm. Philipp hielt Abstand. Es war warm im Hausflur und roch süß nach geschmolzener Butter. Als wäre sie frisch über einen Stollen geträufelt worden. »Felix?« Seine Mutter kam in den Flur, zögerte kurz, als sie Tobias und Philipp sah, und umarmte ihn schließlich. Felix hielt sie eng umschlungen, atmete laut, drückte sie fester. Sagte nichts. Es war, als hätte er vergessen, was er gesagt hatte. Er löste sich aus der Umarmung und zog sich die Schuhe aus. Felix' Vater kam aus dem Wohnzimmer. Lang und dünn. Die Haare schwarz gefärbt. Sie schimmerten bläulich im wenigen Licht. »Hallo«, sagte er. »Hallo«, sagte Tobias. Philipp nickte. Er schien die Beule in seiner Hosentasche kaschieren zu wollen, doch Felix' Vater musste sie bemerkt haben.

»Du erfrierst doch draußen«, sagte Felix' Mutter und schob ihn ins Wohnzimmer. Über die Schulter der misstrauische Blick zu Tobias und Philipp. Auch dort lief der Fernseher. Weihrauchduft. Tobias erkannte die alten Malen-nach-Zahlen-Bilder an der Wand über der Treppe. Die gleichen hatte er aus seinem Zimmer längst verbannt.

Der Vater musterte Tobias und Philipp. Schien zu warten, zu überlegen. Seine Blicke ruhten auf Tobias' Gesicht. Erst dann schüttelte er ihm die Hand, und selbst die schien er genau zu betrachten. »Wollt ihr noch was trinken?«, fragte er. »Wir haben aber keinen Alkohol im Haus.« Er sagte es, als wäre es eine Bedingung. »Nein, wir müssen wieder zurück«, sagte Philipp. »Wart ihr auch gerade in der Kirche?«, fragte der Vater. »Unsere Oma ist zu Besuch«, sagte Tobias. Der Vater nickte und löste sich nicht von dem Türrahmen, an dem er lehnte. Wahrscheinlich wusste er, wie bedrohlich er aussah. Stimmen aus dem Wohnzimmer, aus dem Fernseher. Die Haustür war noch angelehnt und ließ kalte Luft in den Flur. Der Vater wandte sich ab, drehte nur kurz seinen Kopf zur Seite, nach hinten in die Stube. »Er ist wieder eingeschlafen«, sagte er. »Gut«, sagte Tobias. Er konnte nur einen Teil des Sofas erkennen. In dem Moment fuhr der Krankenwagen am Haus vorbei. Philipp räusperte sich.

»Ihr habt aber nichts damit zu tun, oder?«, fragte der Vater. Im Wohnzimmer wurde der Fernseher ausgeschaltet. »Nein«, sagte Tobias. »Gut«, sagte der Vater. Er schien das wirklich zu glauben. Steckte seine Hände in die Taschen und seufzte. Dieser schlaksige Mann, dachte Tobias. Den ganzen Tag über verkaufte er Stifte und Zeitungen. Er stellte ihn sich hinter dem schmalen Verkaufstresen vor. Eingebaut zwischen Kugelschreiberminen und Radiergummis.

»Die Tschechen sind das Problem«, sagte der Vater.

»Hm«, sagte Tobias. »Ja, wahrscheinlich«, sagte Philipp.

»Die verstecken das Zeug in den Radkästen«, sagte der Vater. »Das findet niemand. Das kontrolliert ja auch niemand. Bei den Tschechen kannst du sogar ein Gramm ohne Strafe besitzen.« Er fuhr sich mit den Fingern durch das schwarze Haar. Sein Kinn war glatt rasiert und glänzte. »Crystal Meth«, sagte er, als probierte er die Worte ein erstes Mal aus. Die Stimme jetzt leise und ruhig. »Offene Grenzen versprochen und jetzt kommt nur noch Dreck ins Land.«

»Hauptsache Exportweltmeister«, sagte Tobias.

Der Vater sah ihn an und lächelte. »Ja, richtig«, sagte er. »Die sind alle bekloppt geworden.« Dann löste er sich aus seiner schützenden Ecke und ging einen Schritt in den Flur, auf Philipp und Tobias zu. »Danke, dass ihr ihn hergebracht habt«, sagte er und streckte ihnen seine Hand entgegen, als wollte er einen Vertrag abschließen.

Tobias nickte und schüttelte seine Hand. »Kein Problem«, sagte er.

»Das kommt nicht wieder vor«, sagte der Vater.

Philipp hatte die Türklinke schon in der Hand. Felix' Vater begleitete ihn und Philipp bis zur Haustür und blieb stehen. »Schöne Feiertage«, sagte er. Die schwarze

Silhouette vor dem Schuhschrank. Kunstblumen auf dem Fensterbrett. Er zog die Tür zu und machte Licht im Hausflur. Dann war er kurz im Obergeschoss zu sehen, in Felix' Zimmer, und schloss die Fenster.

5. KAPITEL

Philipp stellte das Moped ab und schloss es an. Öffnete den Briefkasten, nahm die Werbebroschüren heraus, schmiss sie auf den Boden und stieg die Treppen hoch. Im Haus roch es nach Zwiebeln und Leber und vor einigen Wohnungstüren, als würde jemand permanent vom Bier aufstoßen. Theresa war Geschichte. Er hatte es ihr geschrieben. Es fühlte sich falsch an. Sie steckte noch in der Ausbildung, also würde er sie noch zwei Jahre täglich auf Arbeit sehen. Vielleicht würde sie kündigen, wenn er sie darum bat. Oder er müsste sich eine neue Stelle suchen. Sein Arbeitszeugnis war gut gewesen, lediglich die Berufsschule hatte ihn genervt. All der unnötige Mist, den er dort lernen musste. Wieder in die Schule, obwohl er die eigentlich hinter sich haben wollte.

Während der Ausbildung war er mit Menzel nach Elstra zu seiner alten Schule gefahren. Sie hatten sich Milchzöpfe beim Bäcker gekauft, noch warm, fast heiß in der Tüte. Einen Kaffee, den sie sich teilten und auf dem Stromkasten abstellten. Die Mädchen wirkten reifer als vor wenigen Jahren, als er noch in die Schule gegangen war. Größere Brüste und Kleidung, die ihnen passte, viel Haut, wenig Aufschrift. Die Mädchen aus den höheren Klassen sahen ihn an, und wenn er zurückblickte, drehten sie sich weg. Ihm gefiel, wie sie über ihn reden mussten. Dass sie über ihn kicherten. »Guten Morgen, Herr Lubitz«, sagte er grinsend. »Ihr wisst, dass ihr hier nicht stehen dürft.« Herr Lubitz wirkte nicht überrascht, Philipp dort stehen zu sehen. »Schöne Schuhe«, sagte Philipp. »Ja, ja.« Die quietschenden Reifen beim Abgang. Anfänglich hatte sich das noch gut angefühlt, aufregend und belebend so kurz vor Arbeitsbeginn. Aber mit der Zeit der immer gleiche Ablauf und keine Veränderung.

Er rührte kalte Nudeln in die Pfanne und erhitzte sie. Schob einen Stuhl an die Herdplatte, setzte sich und rührte mit einem Löffel in der Pfanne. »Pass auf Tobi auf«, hatte Vater beim Abschied gesagt, bevor er ins Auto gestiegen war. Kathrins Auto, eigentlich Andreas' Auto. Diese traurigen Augen hatte er Vater nicht geglaubt. »Ihr seid immer bei mir eingeladen«, sagte er, als führte er eine Urlaubspension. In der Pfanne färbten sich die Nudeln bräunlich. Mutter, die auf dem Wohnzimmerboden gesessen und geweint hatte. Vater neben ihr auf dem Sofa, völlig hilflos und ungerührt. »Ich muss euch etwas sagen.« Wie erbärmlich er dabei ausgesehen hatte, Mutter zu trösten und gleichzeitig den größtmöglichen Abstand zu ihr zu wahren. Philipp öffnete eine Packung Streukäse aus dem Kühlschrank und schüttete sie gänzlich in die Pfanne. Streukäsereste konnte er ja für nichts anderes verwenden.

—

»Komisch, dass Ehepaare oft so kurz nacheinander sterben«, sagte Philipp. Irgendetwas wollte er sagen, wenn er schon nicht wusste, warum Menzel ihn hierher mitgenommen hatte. Der Boden war hart, keine Blumen auf den Gräbern. Nur aufgeschichteter Reisig. Diese seltsame

Stimmung zu Beginn eines neuen Jahres. »Wie geht es deiner Oma?«, fragte Menzel. »Ganz gut, glaube ich«, sagte Philipp. Menzel hatte seine Hände in den Jackentaschen und eine schwarze Mütze auf dem Kopf, Dynamoemblem.

»Die Männer sterben immer als Erste«, sagte Menzel. »War bei meinem Opa auch so.«

»Was hat der gemacht?«

»Polizeischule«, sagte Menzel.

Philipp nickte anerkennend.

»Hat in der Kantine gearbeitet.« Menzel schmunzelte über seine Pointe. Sie schien schon oft funktioniert zu haben. »Meine Oma war ihr Leben lang Optikerin. Ein Betrieb, immer der gleiche Chef. Kann sich heute keiner mehr vorstellen.«

Auf einigen Grabsteinen lag Schnee, grobkörnig wie Hagel oder gefrorene Hasenköttel. »Uwe Deibritz« stand auf dem schmucklosen Granit. Nur die Vorderseite geschliffen und poliert. Offenbar wollten die Eltern neben ihrem Sohn bestattet werden. Heidrun Deibritz war nur ein halbes Jahr nach Jürgen gestorben.

»Zschornacks sind gute Leute, hat meine Oma gesagt.« Philipp sah Menzel von der Seite an, nicht sicher, ob er das ernst meinte. »Die hat deinen Vater in den Himmel gelobt«, sagte Menzel. Philipp hauchte in die Luft und schwieg. Überlegte.

»Stimmt es, dass dein Onkel bei der Stasi war?«

Endlich starrte Menzel nicht mehr nur auf die Grabsteine. »Wer hat das gesagt?«

»Ich habe das mal aufgeschnappt.«

»Von wem?«

»Keine Ahnung.«

»Diese Fotze hat das in die Welt gesetzt«, sagte Menzel. »Die ist abgehauen, weil die drüben mehr Geld bekommen hat. Uwe war ein Säufer, kein Geld für gar nichts, aber der hätte das nie gemacht. Vor allem nicht bei seiner eigenen Frau.«

»Warum hat sie das dann behauptet?«, fragte Philipp.

»Unser Name ist komplett ruiniert«, sagte Menzel. »Hier gucken uns die Leute nicht mal mit dem Arsch an. Ich war auch nicht auf der Beerdigung von meinem Opa. Das hätte ich gar nicht verkraftet, meine Oma dort ganz allein stehen zu sehen. Die hat das alles nicht verdient.«

»War dein Vater nicht da?«

Menzel zuckte mit den Achseln.

Ein junger Mann lief über den Friedhof. Das Tor am Eingang war ihm wohl aus der Hand gerutscht, so laut schlug es zu. Er hielt vor keinem bestimmten Grab, sondern schien spazieren zu gehen. Menzel sah ihm nach und wirkte viel ruhiger als sonst. Keine Finger, die nervös auf etwas trommelten, keine tippenden Füße. Er stand gerade und unbewegt. Der Dynamoschal, der aus seiner offenen Jacke wehte. Abgewetzt und fusselig. »Komm mal mit«, sagte er, und Philipp folgte ihm. Häufig stellte Philipp solche Aufforderungen gar nicht mehr infrage.

Sie ließen den Friedhof hinter sich, liefen über den schmalen Gehweg an den Häusern vorbei. Ihre Arme schliffen am Putz. In den Wohnungen brannte Licht, aber niemand war darin zu sehen. Manche Fenster so undicht, dass die Wärme, die daraus strahlte, für Momente spürbar war. Zwei Katzen auf einer Heizung. »Hier«, sagte Menzel und blieb stehen. Philipp war die ganze Zeit hinter ihm gelaufen. Menzel zeigte auf ein leeres Geschäft. Darin stand, golden und verglast, eine Bäckervitrine. Darüber eine Tafel, auf der noch D-Mark-Preise standen.

»Der hat zu«, sagte Philipp.

Menzel verdrehte die Augen. »Weiß ich. Ich will den kaufen.«

Philipp erschrak. »Wie?« Menzel war kein Geschäftsmann. Er hatte keine Ahnung von Geld.

»Der Laden geht weit nach hinten raus«, sagte Menzel. »Ich will dort 'ne Werkstatt reinbauen. Ramon ist auch dabei.«

Philipp hatte noch nie davon gehört. Er hatte Menzel nicht als jemanden kennengelernt, der solche Träume hatte. Er wartete. Wollte Menzels Einladung hören, seine Nachfrage. Für Menzel zu arbeiten müsste er sich gründlich überlegen. Das Gehalt wäre sicher deutlich niedriger. Immerhin war das keine gefährliche Aktion, nichts, was jemanden ins Gefängnis bringen konnte.

»Geil, oder?«, sagte Menzel.

»Ja«, sagte Philipp. Wartete wieder, aber es kam nichts. Er hauchte in seine Hände, wollte sich irgendwie bemerkbar machen, doch Menzel schien das gar nicht mitzubekommen.

Der stellte sich vor das andere Schaufenster und spiegelte sich darin. Rückte seine Mütze zurecht, das Logo mittig, und kratzte ein paar seiner Rasierpickel auf. So viele Abende und Möglichkeiten hatte es gegeben und nie den richtigen Zeitpunkt. Auch jetzt nicht.

»Warum hast du damals den Stein beschmiert?«, fragte Philipp.

Menzel wirkte überrascht und legte seine Stirn in Falten. »Das war ich nicht«, sagte er.

»Wer denn dann?« Philipp sah Menzel in die Augen. Lange Zeit war er ihnen ausgewichen.

»Keine Ahnung«, sagte Menzel.

»Erzähl mir doch nichts.«

»Das war schon da, bevor wir an dem Tag gekommen sind.«

»Warum hat Ramon dann gesagt, dass ihr es wart?«

»Da musst du Ramon fragen.«

»Der hat mich auf dem Klo richtig bedroht!«

»Kennst ihn doch«, sagte Menzel.

»Die Polizei hat mich aus der Klasse geholt!« Er glaubte Menzel kein Wort. Der schien zu bemerken, dass Philipp das enttäuschte, und wartete mit seiner Antwort.

»Alles ist mit Hakenkreuzen vollgemalt«, sagte Menzel. Er lächelte beschwichtigend. »So viel Zeit hab ich gar nicht.«

»Ich dachte, du wolltest mich dabeihaben.«

Menzel starrte durch die Scheibe. Vielleicht blickte er wieder sich selbst an. »Mir ist scheißegal, was du machst«, sagte er. Er steckte seine Hände in die Jackentaschen und stieß mit dem Fuß gegen den Splitt, der auf dem Gehweg lag. Philipp sagte nichts. Einmal hatte Tobias ihn gefragt, warum sie jetzt da waren, wo sie waren. Warum Elisabeth nichts mehr mit ihm zu tun haben wollte. Weggezogen war, wie alle diese Strebermädchen. Warum Marco fett und sein Bruder im Gefängnis gewesen war, Felix drogenabhängig und Christoph schwul. Warum Robert seine alte Klassenlehrerin zu lieben schien und Axels Bruder immer noch arbeitslos war. Diese ganzen Versager.

»Du rennst mir hinterher wie so ein Hund«, sagte Menzel. »Ich weiß gar nicht, warum.«

Philipp hätte es ihm beantworten können. Ansatzweise. »Ich fand immer gut, was du machst«, sagte er.

Menzel starrte auf den Boden, die Hände in den Taschen. »Ich mag keine Mitläufer, weißt du.«

»Bin ich nicht«, sagte Philipp.

»Die anderen sehen das genauso.«

Philipp sagte nichts dazu. Wenn Menzel ihn auf diese Weise loswerden wollte, war das feige und schäbig. Sich erst mit ihm vor das Grab stellen, die Großmutter zitieren und dann sagen, dass er ihn in Zukunft und bei dem, was er plante, nicht mehr dabeihaben wollte.

»Ich war doch bei dem ganzen Kack dabei«, sagte Philipp. Eine letzte Verteidigung. Er ahnte, was Menzel darauf antworten würde.

»Ja, eben. Du warst halt dabei.« Genau das.

»Was hätte ich denn machen sollen?«

»Keine Ahnung«, sagte Menzel. »Ich hab mir bei dir gleich gedacht, dass du einfach nur dazugehören willst. Ramon hat's auch gemerkt, wo er dich auf der Toilette zur Rede gestellt hat. Dein erstes Bier bei ihm in der Garage. Er hat's direkt bemerkt.«

Wie lange das her war. Rückblickend war es ihm peinlich, wie offensichtlich er immer wieder zum Fahrradständer gestarrt hatte. Dieser nutzlose Ausflug zu Ramon.

»Aber es hat dir ja nicht geschadet«, sagte Menzel. Leise. Wie in sich versunken. Der stümperhafte Versuch einer Entschuldigung. »Du hattest doch Spaß.« Philipp sah ihn von der Seite an. Wenn du wüsstest, dachte er. Menzel im Profil. Tiefe Falten auf der Stirn. Die Lider so schlaff, als würde er entweder schlafen oder permanent heulen. Helle Wimpern. Schweinewimpern. »Stimmt schon«, sagte Philipp, etwas anderes fiel ihm nicht ein. Menzel drehte sich zu ihm und lächelte. Dieses ekelhafte Lächeln. Mit den Augen, als wären sie voll von Mitleid und Entschuldigung. Philipp wollte das nicht sehen und drehte sich weg. So musste er ausgesehen haben, als er Theresa abserviert hatte. Er erschrak darüber, dass er schon wieder Verständnis für Menzel aufbrachte.

»Was ist mit Tobi«, fragte er.

»Der ist alt genug, um selber zu wissen, was er will«, sagte Menzel.

6. KAPITEL

Döbeln gegen Riesa im Heinz-Gruner-Sportpark. Unweit des Bahnhofes. Erst mit dem Zug nach Dresden-Neustadt, ein Viererplatz belegt, den Kasten Bier zwischen den Füßen, dann über Riesa Richtung Döbeln. Die Gegner drängten sich ab da im Gang, so voll war der Zug. Robert grüßte sie und lachte. Keine Feindseligkeiten, alle hatten ja das gleiche Ziel. Erste Frühlingsblüher in den vorbeiziehenden Gärten wie zu vernachlässigende Farbkleckse. Tobias saß am Fenster und wunderte sich über die Wäsche, die jetzt schon draußen auf Leinen trocknete. Dabei war der Februar erst seit einem Tag vorüber gewesen. »Fahr ruhig alleine«, hatte Philipp gesagt. Tobias ahnte, dass etwas nicht stimmte. Ramon war neben ihm eingeschlafen. Sein Kopf sackte nach vorn und zur Seite auf Tobias' Schulter. Robert und Axel lächelten darüber und schlugen vor, Ramons Gesicht zu bemalen. »Leider keinen Edding dabei«, sagte Robert und stülpte das Innere seiner Hosentaschen nach außen, als hätte es diese Extraerklärung gebraucht. Seine vollgerotzten Taschentücher ließ er auf dem Boden liegen.

Sie saßen in den hinteren Reihen der Tribüne. Die Füße auf die Vordersitze gelegt. Direkt am Spielfeldrand die Hardcorefans mit ihren Trommeln und Schals. Das Spiel endete eins zu eins. Keine Tore in der ersten Spielhälfte. Den Kasten Bier hatten sie pünktlich zur Halbzeit geleert.

Anschließend Pommes und Bockwurst. Zu Kräften kommen, wie Robert sagte. Er trug bereits wieder T-Shirt.

Tobias nahm diese Ausflüge hin, auch wenn er sich für diesen unterklassigen Fußball nicht interessierte. Anders als Menzel hatte er jeden Samstag frei. Ramon hatte sich bei seiner Mutter abgemeldet. Mit Robert allein wäre er nicht gefahren, weil er sich mit ihm nicht unterhalten konnte. Der versuchte lustig zu sein und erzählte die Witze nach, die er irgendwo aufgeschnappt hatte, meistens aus Comedyshows aus dem Fernsehen. Wenn er dann schwieg, konnte er traurig aus dem Fenster blicken oder in den vollen Gang des Zuges starren. Aber Robert war loyal, er hatte der Polizei nicht erzählt, welche Fleischerei ihm die Schweineteile gegeben hatte, und damit auch Axels Familie geschützt. Die Geschichte war zu einer Art Mythos geworden.

Am Abend war Russland auf der Krim einmarschiert. Tobias und Mutter sahen es in den Nachrichten. Zuvor das ewige Hin und Her dieses und jenes Präsidenten. Der Aufstand in Kiew. Regierungen von Ländern, die keinen interessierten. Länder ohne Bedeutung. Obama, der von roten Linien sprach und Konsequenzen ankündigte. Die dicke Merkel, die sich sorgte. Andere Politiker, die weder er noch Mutter kannten. Jetzt kamen sie aus ihren Löchern gekrochen und wollten sich im Fernsehen stark und überzeugend positionieren.

Philipp war wieder nach Hause gegangen. Hatte das Abendessen bei Mutter abgelehnt. »Lass den doch«, sagte Tobias. »Was ist denn mit ihm los?«, fragte Mutter. Tobias zuckte mit den Achseln. »Keine Ahnung.« Dann wieder die Asylanten, die in eine alte Kaserne einziehen sollten.

Das Wort »dezentral«. Einzelne Wohnungen, überall in der Stadt verteilt. Mutter schüttelte den Kopf. Es war nicht so lange her, dass Tobias von Rostock und Hoyerswerda erfahren hatte. Robert hatte ihm davon erzählt. Schrecklich, ja. Irgendwie. Aber so war Widerstand. War doch logisch, dass die alte DDR sich wehren würde.

—

Im Sommer der Umzug. Alles, was noch im Haus gewesen war, wurde in Kisten gepackt. Die gab es gratis im Supermarkt. Mutter hatte schon zeitig damit angefangen, die großen Bananenkisten mitzunehmen. Tobias ging von Raum zu Raum und blieb im Flur stehen. Blickte ins Schlafzimmer der Eltern, in Philipps Zimmer und seines. Das Bad, wo die Toilettenspülung genau an seine Zimmerwand grenzte. Vaters Stoppeln am Waschbeckenrand. Dass er das vermissen würde, hätte er nicht gedacht. Der Umzug ins Haus war anders gewesen. Dafür brauchte man sich nicht zu schämen. Ein Aufstieg. Von da an hatte er auf Leute wie aus Marcos Familie herabblicken können.

Wie niedrig die Hecke beim Einzug gewesen war. Wie weiß und strahlend die Dachbalken. Tobias ging in sein Zimmer und schloss die Tür. Vor seinem Fenster stand die Kastanie still. In so vielen Nächten hatte er sich vor ihren schaukelnden Ästen gefürchtet. Sein Schreibtisch stand schon am Straßenrand und für den Sperrmüll bereit. Die Nachbarn liefen daran vorbei, blickten zum Haus, zu Mutter, die dort an der Tür stand, und gingen stumm weiter. Bald würden die Polen kommen, irgendwann am späten Nachmittag, in der abendlichen Dämmerung, Tobias hatte das oft erlebt, und auf ihre Anhänger laden, was noch etwas taugte. »Vielleicht kann das noch jemand gebrauchen«, hatte Mutter gesagt.

Der Teppich war verblichen, wo die Sonne jeden Tag durch das Fenster auf den Boden schien. Tobias stellte seine Füße darauf. In der Nähe der Tür war ein Brandfleck auf dem Teppich, der vor Jahren, noch zu Schulzeiten, durch eine heruntergefallene Räucherkerze entstanden war. Kleine Löcher in der Wand von den Postern und Fahnen, die dort gehangen hatten. Die Tapete, wo das Bett stand, stellenweise dunkel und abgewetzt. Er hatte mit Marco und Felix am Fenster gesessen und vorbeilaufenden Leuten Grimassen geschnitten. Oder sie hatten sich nicht bewegt, um wie Statuen zu wirken.

Sie zogen in die frei stehende Wohnung in Großmutters Wohnblock. Direkt gegenüber. Zwei Zimmer, Balkon. Das erste Abendessen bei Großmutter. »Ihr könnt auch zum Frühstück rüberkommen«, sagte sie. Mutter sagte den ganzen Abend nichts, stand irgendwann auf und ging. Großmutter sah ihr hinterher und lächelte. »Ist alles okay?«, fragte sie. Tobias wusste es natürlich besser und Großmutter hätte es besser wissen müssen. »Ja«, sagte er.

Philipp half ihm beim Aufbauen seines Schrankes und Bettes, wenigstens dieses eine Mal. Seine Kommentare darüber, wie schön die Wohnung doch war, wie ausreichend für zwei. Und wenn Tobias mal ausziehen würde, wäre sie auch perfekt für Mutter allein. Du hast überhaupt keine Ahnung, dachte Tobias. Hör auf, dein Mitgefühl zu heucheln. Nachts lag er wach und ging in die Küche, um sich aus dem Kühlschrank Pudding zu nehmen. In letzter Zeit hatte er diese Angewohnheit. Er ließ die Kühlschranktür offen stehen und das Licht in der Küche ausgeschaltet. Hin und wieder reflektierte der Löffel einzelne Lichtstrahlen an die Wand. Unter Mutters Tür der orangegelbe Schein ihrer Bettlampe. In manchen Nächten schien sie Radio zu hören oder war längst dabei eingeschlafen. Tobias saß da und löffelte, starrte auf den Lichtspalt unter ihrer Tür. Wartete, dass sich ein Schatten bewegte oder ein Fuß vor der Tür zu sehen war. Schritte zu hören, ein Husten, Niesen. Nichts. Zwei Mal mit dem Löffel in den Pudding gestochen, dann war der schon leer. Ihm war klar, dass er Mutter und diese Wohnung nicht so leicht verlassen könnte.

7. KAPITEL

»Das kannst du vergessen«, sagte Tobias.

»In welchem Ton sprichst du denn mit mir?«, fragte Mutter. Großmutter winkte ab. Vor ihr auf dem Küchentisch stand ihr kalt gewordener Kaffee. In Hannover waren Hooligans auf die Straße gegangen. In Dresden und anderen Städten hatten sich Gruppen gegen die fortschreitende Islamisierung gegründet.

»Es gab sonst keine Interessenten«, sagte Großmutter.

Tobias war das völlig unverständlich. »Du hättest noch warten können. Ein halbes Jahr oder so.«

»Der Garten war schon völlig verwildert. Gut, dass den überhaupt jemand wollte!«

»Ich hätte dir helfen können«, sagte Tobias.

Mutter lachte auf. »Du hast noch nie was im Garten gemacht.«

Das war eine Lüge, dachte er. Mit Großvater hatte er den Kompost umgeschichtet und die Hecken an den Stellen verschnitten, die der nicht mehr hatte erreichen können. Als das »Zu verkaufen«-Schild schon am Fenster geklebt hatte, war er noch einmal mit dem Fahrrad in den Garten gefahren und hatte den Rasen aus den Fugen des Gehweges gerissen. Betrunken, nach einer Nacht im Bungalow. Er durfte nicht zuwuchern, der Garten, der Weg, sagte er sich immer wieder. Nicht unter einem Dach von Pflanzen verschwinden. Er wollte den Garten so, wie er gewesen war. Mutter konnte das nicht wissen. Woher auch.

»Das ist eine nette Familie aus Syrien, glaube ich, und der Vater freut sich schon richtig auf die Arbeit«, sagte Großmutter. Tobias schüttelte den Kopf.

»Ich finde gut, dass du das machst«, sagte Mutter. Dabei hatte sie kürzlich davon erzählt, wie betrunken und randalierend die Syrer sich bei ihr in der Notfallambulanz verhalten hatten. »Die sollen zurück ins eigene Land«, hatte sie gesagt.

»Weiß Philipp das schon?«, fragte Tobias. Wenn der Einspruch erheben würde, hätte das noch einmal ein anderes Gewicht.

»Ja«, sagte Großmutter. Und Mutter: »Der findet gut, dass der Garten wieder genutzt wird.«

Sie verstanden das einfach nicht. Offenbar schien das niemand zu überblicken, niemand zu begreifen, was gerade passierte. Der Kuchen stand unangerührt auf dem Tisch, auf den Löffeln hatten sich Flecken von Kaffee gebildet. Draußen dämmerte es bereits. Großmutter saß mit ihren dicken Stricksocken am Tisch. Die Zeit des Jahres, in der sie permanent fror. Auf Philipp hatte er immer gezählt.

»Warum gibst du das so leichtfertig auf?«, fragte Tobias.

»Ich hatte dir doch gesagt, ich kann den Garten nicht halten«, sagte Großmutter.

»Was ist mit Mutti?«

Mutter sah ihn an, überrascht, alt, gebrochen. »Wie soll ich das denn zeitlich machen?« Immer diese Vorwürfe, als würde Tobias alles von ihr und aus ihrem Leben wissen müssen.

»Es ist doch nur der Garten, Tobias«, sagte Großmutter.

»Ich bin froh, dass ihn überhaupt jemand nimmt.« Natürlich war das nicht nur der Garten, dachte er. Auch Großmutter hing daran, nur schien sie in einer ihrer schlaflosen Nächte mit sich selbst einen Kompromiss errungen zu haben. Gib dem Asylanten deinen Garten, dachte er. Deine Rente noch dazu. Einen Beruf, für den er keine Ausbildung und eine Versicherung, die er sich nicht erarbeitet hat. Er wusste nicht mehr, was er sagen sollte. Um ihn herum fiel alles zusammen, versank und verreckte.

»Opa hätte das bestimmt auch gewollt«, sagte Mutter.

»Wie kannst du das wissen?«, fragte Tobias.

»Er war immer aufgeschlossen und offen.«

»Das hat doch damit gar nichts zu tun!«

Er schüttelte den Kopf, die Augen gesenkt, die Lider halb geschlossen. Sie sollten mit nach Dresden fahren, dachte er. Dann würden sie hören, dass das ein Fehler war.

»Das ist eine Familie mit zwei netten Kindern und einer sehr hübschen Frau«, sagte Großmutter, als wollte sie nachtreten.

»Na und?«

»Die geben sich Mühe, Deutsch zu sprechen. Solange der Vater keine Arbeit hat, möchte er wenigstens den Garten bewirtschaften.«

»Das ist dein und Opas Garten. Der Mann hat doch keine Ahnung, was er da tut.«

»Lass das mal seine Sache sein«, sagte Mutter.

»Nein, das ist nicht seine Sache!«

»Als würde dich das was angehen«, sagte Mutter. »Dir geht doch auch sonst alles am Arsch vorbei.«

»Ich kümmere mich mehr um diese Familie als du!« Das wollte er ihr nie sagen.

Mutter lachte aufgesetzt. So hatte das noch niemand zu ihr gesagt. Sie schwieg und blickte Großmutter an, als würde sie deren Unterstützung einfordern.

Tobias stand auf. »Du hast überhaupt keine Ahnung«, sagte er und ging aus der Küche. Du hättest Ärztin werden können, dachte er. Aber du hast dir alles nehmen und vorschreiben lassen. Er ging in den Flur. Griff nach seinen Schuhen und öffnete die Wohnungstür. »Ja, hau ruhig wieder ab«, rief Mutter ihm hinterher. Er hörte sie noch im Hausflur und beschleunigte seinen Schritt. In seinem Kopf drängten die Beleidigungen nach vorn, die er während des Gespräches unterdrückt hatte.

8. KAPITEL

Irgendwie schaffte es die Jugendfeuerwehr, jedes Jahr noch mehr Holz in den Wäldern zu finden, das morsch und trocken herumlag. Täglich, auf dem Weg zur Arbeit, konnte Philipp sehen, wie der Holzhaufen gewachsen war. Auf dem Nachhauseweg saßen die Achtzehnjährigen um den Haufen und starrten verloren in die Dämmerung. Ihre Bierflaschen am Stuhlbein. Ihre Gesichter von den Bildschirmen ihrer Handys angestrahlt, wie blau beleuchtete Altarbilder. Den ganzen Winter über war nichts passiert, keine nennenswerte Party, und nun redete niemand von etwas anderem. Endlich trugen die Frauen wieder T-Shirts und kürzere Hosen. Beim Hexenfeuer, bei dieser Hitze, sowieso. Aber Philipp würde nicht hingehen, das hatte er Tobias gesagt. »Wegen Theresa?« Das hatte andere Gründe, aber ja, wegen Theresa. Wahrscheinlich konnte Tobias das nachvollziehen und akzeptieren. Dieser Name würde noch lange als Ausrede dienen.

Philipp dachte daran, wie er und Menzel das letzte Mal vor der Schule gestanden hatten, auch im Winter, vor Monaten. Sie waren nicht einmal mehr aus dem Wagen gestiegen. Saßen nebeneinander, wortlos, die Musik leise gedreht. Herr Lubitz war gar nicht erst zu ihnen gekommen. So ungefährlich und gelangweilt sahen sie wohl aus. Wahrscheinlich hatte es damals schon angefangen.

Tobias wartete auf einer Bank. Gegenüber der Fußballplatz des Hortes. Die lange Einfahrt, die sich mit dem Roller so gut fahren ließ. Hecken und Bäume trieben aus, erste kleine Blüten auf dem Beet vor dem Essensraum. Das Feuer strahlte alles an. Ramon kam auf dem Moped und stellte es vor dem Hort ab. Beobachtet von Mädchen, die an ihm vorbeiliefen. Robert war wieder im Riesengebirge. Seine Lehrerin ficken. Tobias konnte darüber nur lachen. »Wo ist Philipp?«, fragten Leute, die ihn flüchtig grüßten. Solange Tobias denken konnte, waren Menschen mit dieser Frage an ihn herangetreten. »Kommt nicht«, sagte er. Als Ramon kam, fragte der das nicht. Er sah Tobias nicht einmal an. Sein Blick starr auf das Feuer gerichtet und die Leute ringsum. Als könnte er ihre Gesichter tatsächlich sehen. »Menzel kommt später«, sagte er. »Hast du sonst schon jemanden getroffen?« Tobias drehte sich um. Wie jedes Jahr Tanzfläche und Bierzelt. »Nein«, sagte er. »Na dann los«, sagte Ramon.

Tobias folgte Ramon zum Bierwagen. Zwei Radeberger vom Fass. Er stank schon jetzt nach Rauch und hielt seine Nase an den Stoff seines Pullovers. Immer und immer wieder, als würde der Geruch sich sekündlich intensivieren. Er stieß an Leute, schob sie zur Seite, folgte Ramon zur Tanzfläche. Ein Junge nickte ihm zu, den Tobias nicht kannte. Zwei junge Frauen liefen an ihm vorbei. Weiße T-Shirts, die über ihren hochgepushten Brüsten spannten. Ihre engen Jeans an den schlanken Beinen. Wie gut das aussah. Nur ein einziges Mal eine solche Frau anfassen, dachte er.

»Hey, Tobi!« Er drehte sich um und sah zunächst nichts. Das Feuer in der Mitte des Platzes ließ ebenso leicht alles im Schatten verschwinden, wie es Dinge anstrahlte. Zuerst erkannte er die langen Haare, bevor Marco sich an zwei Männern vorbeidrängte. Die Schlüsselbänder, die aus seiner Hose hingen. Tobias suchte Ramons Blick, er wollte ihm nur sagen, dass er nachkommen würde. Aber dann war er verschwunden. »Ich hab dich ja ewig nicht gesehen«, sagte Marco. Fortwährend Schultern, die ihn stießen und von seinem Platz drängten. »Ja, stimmt«, sagte Tobias. »Bist du mit Philipp hier?« »Nein.« »Ich wollte dich sowieso noch mal treffen«, sagte Marco. Tobias wunderte sich über die Lachfalten an Marcos Augen. Natürlich konnten die sich umso tiefer eingraben, je fetter er wurde. »Warum?«, fragte er. »Ich ziehe nach Stuttgart zu meiner Mutti«, sagte Marco und trank einen Schluck aus seinem Plastikbecher. »Schön«, sagte Tobias. Kurz meinte er es wirklich so. Äste knackten, Funken stoben in die Luft. Die zwei Frauen kamen vom Bierstand zurück. »Und Nico?« Marco schien die Frage unangenehm zu sein. »Der kommt dann nach.« Tobias nickte. »Komm noch mal vorbei, dann stoßen wir an«, sagte Marco. »Ja, auf jeden Fall!« Er sah Marco an und lächelte. Gut, dass du gehst, dachte er. Gut, dass du den Scheiß hinter dir lässt. »Wie geht es deinem Vater?«, wollte er wissen. Marco verzog seinen Mund. Zuckte mit den Achseln. »Kannst du dir ja denken«, sagte er. Tobias nickte. Diese Situationen gab es viel zu oft, in denen er nicht mehr sagen konnte und wollte. »Na ja«, sagte Marco. »Ich muss dann wieder.« Und deutete mit dem Daumen hinter seinen Rücken. Wer auch immer da war und auf ihn wartete. Wahrscheinlich wieder nur ein Bluff. »Bis bald«, sagte Tobias und reichte ihm die Hand. Er hielt sie lange und fest. Um ihn herum grölten Jugendliche über in den Himmel greifende Flammen. Die Wärme, die sie auf einmal abstrahlten. Marcos Hand war schweißig und rau. Vielleicht schlief er immer noch in seinem alten Zimmer. Die Kisten gepackt, das Bett seines Bruders seit Jahren leer. Vielleicht würde er Marco nie wiedersehen. Marco lächelte noch einmal dieses Lächeln, das sich tief in den Speck um seine Augen grub. Dann drehte er sich um und stieß dabei an einen Mann, der ihn schubste. Marco verschüttete sein Bier und prostete Tobias mit dem leeren Becher zu. Er lachte dabei.

Tobias blieb stehen. Angerempelt und angemotzt, blickte er ihm nach. Er wollte an den Abend zurück, als Marco ihm das neue GTA gezeigt hatte. Bevor der Pavillon angezündet worden war. Vor Großvaters Tod, vor Vaters Auszug. Bevor er angefangen hatte, seine Abende im Bungalow zu verbringen. In letzter Zeit stets ohne Philipp, der es zu Beginn gar nicht zu mögen schien, dass Tobias dabei war. Dann winkte Menzel ihm zu, bahnte sich seinen Weg und stand bald vor ihm. »Grüß dich«, sagte er. »Krass voll hier.« Nach Philipp erkundigte er sich nicht, was Tobias kurz verwunderte. Dann freute. »Hast du Ramon schon gesehen?«, fragte er. Tobias nickte und sah noch kurz in die Richtung, in die Marco verschwunden war, dann folgte er Menzel durch die Massen. Das Feuer links von ihm. Darüber die Sterne vom Rauch verhüllt. Plastik, das in den Flammen schmolz. Unaufhörlich der Bass.

Dumme Menschen und Ausländer pflanzten sich schneller fort als normale und überhaupt Deutsche. Seit Sarrazin konnte es endlich jeder lesen. Wer ein bisschen nachdachte und die Augen offen hielt, hatte es längst bemerkt. An solchen Abenden sah man, wie sich die Assis und Kanaken in Scharen tummelten. Menzel zeigte auf sie und schien die Gruppen zu zählen. Jede seiner Beobachtungen teilte er Tobias gestikulierend mit. Es waren mehr Asylanten geworden. Von Jahr zu Jahr mehr, mittlerweile von Monat zu Monat. Wöchentlich landeten die Untermenschen am Strand von Sizilien. Tobias lief an einer Gruppe vorbei, auf die Menzel gezeigt hatte. Neue Turnschuhe, rot oder weiß, enge, an den Knien zerrissene Jeans. Ihre Handys zeichneten sich in den Hosentaschen ab. Jeder konnte sehen, dass das andere Menschen waren, so wie ihre Augenhöhlen geformt waren. Der Hinterkopf. Ihre Lippen. Tobias erschrak, als er ihre Stimmen aus der Masse der anderen heraushören konnte. Sie klangen so aggressiv, als würden sie sich jederzeit untereinander an den Hals springen. Ihre Wörter und Sätze wie Gurgeln von Wasser. Tobias drückte seinen Rücken durch und zog die Schultern nach hinten. Das war keine Sprache, dachte er, das waren die Laute von Tieren. In solchen Momenten wurde endlich deutlich, was er sonst nur gehört und gedacht hatte. »Und jetzt stell dir mal vor, diese sogenannten Menschen werden Lehrer oder Ärzte oder Politiker. Kannst du dir das vorstellen? Weißt du, wie Deutschland dann aussieht? Wie sie uns behandeln werden? Wir wurden alleingelassen. Seit Jahren schon.«

Ramon lehnte am Bauzaun neben der Tanzfläche. Sein Blick mal nach vorn, mal zur Seite gerichtet. Nicht zu lange der Augenkontakt mit den Frauen. Er wusste genau, wie er es machen musste. Tobias erkannte es und lächelte darüber. »Hier seid ihr«, sagte Ramon und schüttelte Menzel zur Begrüßung die Hand. »Ist voll hier«, sagte Menzel. Ramon grinste. »Ja, alles Ärzte und Ingenieure.« Tobias lehnte sich neben Ramon an den Bauzaun. Der begann zu kippen, aber beide wichen nicht zurück. Selbst hier am Rand war es warm. Laut sowieso. Immer wieder brachen dicke Äste im Inneren des Feuers und ließen den Haufen kurzzeitig zusammensacken wie einen aufgebrochenen Brustkorb. Tobias erinnerte sich an die Asche am nächsten Tag. Wie er mit anderen Kindern versucht hatte, die längsten der verkohlten Äste aus dem Schutt zu ziehen. Er hatte Steine auf die Glut geworfen, während ein anderer Junge darauf spuckte. Das waren sein Feuer und sein Festplatz. Marco durfte nicht gehen. Nicht kampflos. »Da vorn war eine gute Gruppe«, sagte er. Menzel sah ihn an. »Ja, die habe ich auch gesehen.« »Die stehen schön mittig«, sagte Tobias. Menzel schien zu schätzen, was er sagte, zumindest fühlte es sich so an. »Habt ihr noch Geld?«, fragte Menzel. Ramon legte einzelne Eurostücke aus seiner Hosentasche auf seine Handfläche. Tobias tat das Gleiche. Menzel beugte sich darüber und zählte. »Kriegen wir dafür zwei Bier?«, fragte er. »Ist doch egal, muss ja kein Bier sein. Hauptsache nass«, sagte Ramon.

Die Rollenverteilung war klar. Tobias als Jüngster würde anfangen. Er war am glaubwürdigsten, auch wenn er das bestritt. Ein paarmal hatte er darüber nachgedacht, wie er es anfangen würde. Menzels Pläne klangen so gut und reibungslos in der Theorie, aber zum Ende hin fransten sie aus.

Sie teilten sich auf, jeder in eine andere Richtung. Blickkontakt, bevor es beginnen würde. So war es abgemacht. Tobias ging zum Bierwagen und kaufte sich Apfelschorle.

Seine Hände zitterten, als er das Geld aus der Tasche auf den nassen Tresen legte. »Ist nur Schorle«, sagte die Frau aufmunternd. Tobias lächelte sie an. »Ich brauch bisschen Zucker«, sagte er. Im Westen hatte sich noch niemand gewehrt. Dort schien niemand zu begreifen, was passierte. Was auf dem Spiel stand. Wie sie aus Lastern und von Schiffen gekrochen kamen. Zu Hause zerstörten sie ihre Städte und misshandelten ihre Frauen. Das war nicht sein Land, das die Grenzen nicht verteidigte. Das war nicht sein Land, das diese Marionettenossis an der Spitze hatte. Die Schorle war kühl an seiner Hand. Blasen stiegen auf und platzten. Er schwitzte. Hörte nur noch sich selbst.

Mit dem Rücken drehte er sich der Männergruppe zu. Näherte sich ihr in Rückwärtsschritten. Ganz langsam, sagte er sich. Zwang sich, tief und ruhig zu atmen. Der Rauch stieg weiter zum Himmel. Das Feuer war jetzt auf der rechten Seite. Er spürte es auf seiner Wange. Menzel stand am Getränkewagen. Blickkontakt. Vor ihm Pärchen und einzelne Frauen. Männer, die um sie zu buhlen schienen. Deutsche. Perfekt, dachte er. Ramon tauchte vor ihm auf und mischte sich darunter. Zwei letzte Schritte rückwärts. Blickkontakt.

Tobias ließ sich nach vorn fallen, ruckartig, und schüttete die Schorle in die Luft. Sofort kreischten die Frauen. Das Fallen fühlte sich lange an. Er kniff die Augen zusammen und schrie. Der Boden war hart, es war wichtig, mit dem Gesicht aufzukommen. Umstehende Männer schubsten die Ausländer weg. »Was soll das?«, riefen sie. Einer half Tobias aufzustehen. Druck und Gegendruck. Ramon kam von hinten und schlug mit der Faust nach den dunklen Gesichtern. Die wehrten sich. Schlugen zurück. Lautes

Gekreische. Irgendwann nur noch Männer im Ring. Menzel, der dazustieß. Er war mehr der Treter. Tobias stand hinter ihm in der Deckung, zitterte, sogar seine Zähne. Sein Kinn zerkratzt. Mehr Männer kamen, lösten sich aus der Masse. Betrunken, beschützend. Bier spritzte auf Tobias' Gesicht. Der Bass. Die Faust geballt. Er schlug wahllos in die Menge. Traf harte, dünne Arme, Wirbelsäulen. Zwei Schläge in den Nacken des Bärtigen. Schön von hinten. Der ging zu Boden, Menzel trat nach. Tobias glaubte, seinen Herzschlag in der Lunge zu spüren. Rauch und Feuer. Sein Kopf, der wie von selbst die Opfer wählte. Dann die Arme, links und rechts. Er war sein eigener Zuschauer. Hoffte, dass der Mann unter ihnen war, der den Garten kaufen wollte. Noch mehr wahllose Schläge. Die Augen mitunter geschlossen. Nur noch die rechte Faust, Rücken und Schultern, die ihn hinderten, näher heranzukommen. Er drückte und schlug. Seine Faust jetzt wie ein Hammer auf und ab.

Die Syrer auf dem Boden, Afghanen, was auch immer. Einige, die sich schützend vor sie stellten. Eingekesselt. »Aufhören!«, rief eine Frau. Sie zerrte an Menzel, der nachtrat. Die Musik schien leiser geworden zu sein. Tobias sah sich um und hielt inne. Niemand mehr, den er schlagen konnte. Geschockte Gesichter. Aufgerissene, ungläubige Augen. Winseln auf dem Boden. So schnell ging das. Immer noch die Fäuste geballt. »Durchlassen! Durchlassen!« Die Security schob sich durch die Menge. Stumme Zuschauer ringsum. Ramon hatte sich zurückgezogen. Tobias begriff, dass er das Gleiche zu tun hatte. Er tippte Menzel auf den Oberarm, sofort drehte der sich um. Seine Augen waren so starr, so irre, als würde er jeden

Moment zuschlagen. »Durchlassen, los!« Menzel atmete schnell. Getrockneter Speichel auf seinen Lippen. Tobias wich zurück und hielt die Hände schützend vor sich. »Alles gut«, sagte er leise, wirklich ängstlich. »Komm mit«, und fasste ihn am Oberarm. Die Muskeln hart und immer noch angespannt. Sie zogen sich zum Getränkestand zurück. Die Frau dort war überhaupt nicht aufnahmefähig. »Eine Apfelschorle«, sagte Tobias. Sie blickte ihn an, als wüsste sie Bescheid. Sie sagte nichts, als sie ihm die Schorle hinstellte. »Danke«, sagte Tobias. Kurz hatte er überlegt, einen Witz zu machen. Noch mehr Zucker, der Kreislauf. Dabei hatte sie längst verstanden.

Die Security, zwei Schränke mit dem gelben Aufdruck auf ihren T-Shirts, zerrte die Syrer vom Boden auf. Wie echte Polizisten drückten sie deren Hände auf dem Rücken zusammen und führten sie ab. Eine Schneise bildete sich. Zwei der Ausländer hatten blutende Nasen, einer eine aufgeplatzte Lippe. Er hielt den Mund geöffnet. Tobias konnte seine gelben Zähne sehen. »Richtig so!«, rief ihnen ein Mann zu. »Abschieben!« Ein Sprechchor setzte ein: »Abschieben! Abschieben!« Tobias wollte klatschen, wegrennen, sich irgendwie bewegen. Immer noch dieser Drang in seinem Körper. Menzel trank die Apfelschorle in einem Schluck aus und klopfte Tobias auf die Schulter. Ramon winkte ihm zu. Er stand am Rand bei einer Birke. Die rechte Hand hatte er in seine Tasche gesteckt, vielleicht war sie gebrochen. Auf keinen Fall ins Krankenhaus, dachte Tobias. Nicht heute Nacht. Mutters Schicht.

Die Polizei fuhr auf den Vorplatz, da waren sie schon beim Gebrauchtwagenhändler. Eine der Lehren, die Menzel neuerdings predigte, lautete: nicht vom Tatort wegrennen. Seine neueste lautete: Haare wachsen lassen, nicht unnötig verdächtig machen. Seit Wochen redete er darüber. Tobias drehte sich um und sah das orange Glimmen am Horizont. Er hörte die Polizeisirene, bevor der Bass wieder erstarkte. »Willkommen in Deutschland!«, wollte er rufen. Noch so eine Sache, die er eigentlich zu vermeiden hatte nach Menzels neuen Lehren.

9. KAPITEL

Philipp lag auf dem Sofa, als es an der Haustür klingelte. »Jaja«, rief er. Jedes Mal, obwohl ihn niemand hören konnte. »Was willst du?«, fragte er durch die Gegensprechanlage. »Lass mich rein«, sagte Tobias. Philipp wartete im Hausflur und hörte die Schritte von Tobias stampfend auf den Betonstufen. Die Nachbarn hatten ihren Fernseher laut gestellt. Tobias drückte auf jeder Etage auf den Lichtschalter. Philipp konnte hören, wie hektisch und mit welcher Kraft er das tat. Ohne eine Begrüßung ging Tobias an ihm vorbei in die Wohnung. »Lüfte mal hier drin«, sagte er, ließ seine Schuhe angezogen und ging direkt ins Wohnzimmer. Philipp ahnte, worum es gehen könnte. Trotzdem hielt er Abstand, setzte sich weder auf das Sofa noch auf den Sessel und fragte, was Tobias wollte.

»Woher wusstest du das mit dem Garten?«, fragte Tobias.

»Oma hat mir das erzählt.«

»Wann?«

»Vor ein paar Tagen.«

Tobias lachte schnaufend. »Warum hast du mir das nicht gesagt?«

»Keine Ahnung.«

»Ist dir das egal?«

»Oma braucht das Geld«, sagte Philipp. Tobias konnte doch sehen, wie und wovon sie lebte.

»Glaubst du ernsthaft, der Kanake könnte das bezahlen, oder was?« Auf einmal erschrak Philipp vor dem Wort.

»Es ist nicht dein Garten, Tobi«, sagte er. Er konnte sehen, wie dieser Spitzname an Tobias nagte. Tobias antwortete nicht. Stattdessen stand er auf und ging zum Fenster, um es zu öffnen. Drehte sogar die Heizung vorher ab.

»Ich hab mich um den Garten gekümmert«, sagte Tobias. »Wir waren beide dort und sind dort auch aufgewachsen.«

»Übertreib mal nicht.«

»Nein«, sagte Tobias. Er klang jetzt ruhiger. Lehnte mit dem Rücken am Fensterbrett. »Ich lass mir das nicht wegnehmen.«

»Musst du doch auch nicht«, sagte Philipp. »Der Garten ist doch noch da. Der verschwindet nicht.«

Tobias seufzte und sah ihn an. Philipp glaubte, ihn zu erreichen, immer noch, irgendwie. Die Stehlampe flackerte. Die kalte Luft im Raum. Halte dich nicht an Menzel fest, wollte er sagen. Du brauchst den nicht. Vielleicht ging es darum aber gar nicht.

»Kommst du mit zur Demo?«, fragte Tobias.

»Weiß ich noch nicht«, sagte Philipp.

Tobias nickte. Blickte kurz auf, dann ließ er den Kopf wieder hängen. Das weit geöffnete Fenster hinter ihm.

Philipp fand, dass er Falten bekommen hatte. Auf seiner Stirn und um den Mund herum. Die Wangen ein wenig dick, wie geschwollen, wahrscheinlich vom Alkohol. »Erkälte dich nicht«, sagte er. Irgendein Wort des großen Bruders.

Tobias blieb stumm und verschränkte die Arme vor der

Brust. »Ich soll dich von Ramon grüßen«, sagte er schließlich. Es war eine Lüge.

»Danke.«

»Und Robert sagt, du sollst mal wieder mit in den Bungalow kommen.«

»Der will doch nur saufen«, sagte Philipp und schmunzelte.

Auch Tobias lächelte. Fast so verschmitzt und jungenhaft wie früher. Wahrscheinlich, dachte Philipp, würde er bald Menzel ansprechen und fragen, warum er beim Hexenfeuer nicht mit dabei gewesen war. Er hatte gehört, was Tobias dort getan hatte. Sag schon, dachte er. Tobias' herausfordernde Blicke provozierten ihn. Die Schuld, die er ihm einreden wollte. Er hatte keine Lust mehr auf Mutter und ihn. Auf diese Stimmung in der Wohnung, die ihn runterzog. Er verdiente sein eigenes Geld, wollte sein eigenes Leben führen. Weg von Vater und Kathrin, Jesko und Andreas, Mutter und Großmutter. Viel zu häufig weg von Tobias.

»Ich hab das Jobangebot abgelehnt«, sagte er.

»Was? Wieso?«

Philipp zuckte mit den Achseln. »Ich glaube, ich will erst mal keine andere Position.«

»Weiß Mutti das schon?« Da war sie wieder, diese Aggressivität.

»Nein«, sagte er. Eigentlich wollte er nicht, dass seine Gleichgültigkeit so deutlich wurde.

»Und das ist es jetzt, oder wie?« Tobias schloss das Fenster und kam aufs Sofa zurück, näher an Philipp heran. »Du wolltest doch mal vorankommen«, sagte er. Seine Augen starr. Enttäuschter, dachte Philipp, konnte Tobias gar nicht aussehen.

»Ich bin ja zufrieden so.«

»Bisschen an der Werkbank rumstehen, oder was? Sich rumkommandieren lassen?«

Philipp antwortete nicht. Wollte er gar nicht.

»Wenn du denkst, dass das richtig ist«, sagte Tobias.

»Keine Ahnung.«

Vorm Haus bellte ein Hund. Seltsame Geräusche vom Kühlschrank in der Küche, wahrscheinlich machte der es nicht mehr lange. Wenn Tobias es nicht ansprechen wollte, musste er es tun.

»Was sollte das beim Hexenfeuer?«, fragte er.

Tobias wirkte nicht überrascht. »Ich hab immer gedacht, du weißt das. Du hast mir doch Schneeberg gezeigt. Sarrazin, Hannover, die Krim.«

»Hat Menzel dich angestiftet?«

»Der hat damit nichts zu tun«, sagte Tobias. Natürlich stimmte das nicht. Er hielt kurz inne. Es schien, als wäre das Thema für ihn bereits beendet. Er zog an einem Stück Haut, das sich am Fingernagel gelöst hatte. Vater hatte immer Handcreme benutzt, so verweichlicht war der mit den Jahren geworden. »Die wollen in die alte Grundschule einziehen«, sagte er. »Ich versteh nicht, warum dich das nicht interessiert.«

»Tut es doch«, sagte Philipp.

»Dann komm mit zur Demo! Mach endlich mal was!«

»Du hast mir nichts vorzuschreiben, Tobi!« Gezielte Tiefschläge, wieder und wieder.

»Dass dir der Garten egal ist, ist schlimm genug. Aber die Grundschule betrifft alle. Der alte Direktor, dein übermalter Vulkan auf dem Garagentor. Du hast gesagt, du hast den mal für mich gemalt.«

»Und warum glaubst du, dass du was dagegen tun kannst?«

»Wir sind ausgeliefert. Es macht ja sonst keiner was. Du ja auch nicht. Du hast nie was gemacht. Ich wollte das erst nicht glauben, aber es stimmt.«

Was soll ich denn machen, dachte er. Was erwartest du denn? Was glaubst du denn, wie das funktioniert? Er beobachtete Tobias dabei, wie der an ihm vorbei in den Flur ging und die Poster und die Fahne im Flur betrachtete. Zum Glück sagte Tobias jetzt nichts dazu. Zum Glück machte er nicht auch noch dieses Fass auf. Er dachte daran, dass Menzel ihn gegen ihn aufzuhetzen versuchen könnte. Mitläufer. So ein ekelhaftes Wort. »Gehst du jetzt zum Bungalow?«, fragte Philipp. Tobias hielt die Türklinke in der Hand. »Denk schon«, sagte er. »Geh lieber nach Hause«, sagte Philipp. »Ist doch schon spät.« Tobias lächelte nur. »Ich geb dir Bescheid, wenn es losgeht«, sagte er. Schaltete das Licht im Hausflur an und ging die Betonstufen nach unten.

10. KAPITEL

Der Kasten Bier stand im Wasser auf einem Felsvor-sprung. Die Etiketten hatten sich gelöst und trieben an der Oberfläche. Fische, die um den Kasten schwammen. Tobias beobachtete sie. Ein Handtuch unter der Kiefer ausgebreitet, das Wasser klar und kalt, dunkel und fast schwarz ganz in der Mitte. Niemand wusste, wie tief diese Steinbrüche waren. Menzel saß oben auf dem selbst ge-bauten Sprungturm, diesem Brett, das mit übertrieben langen Nägeln an einem Stamm befestigt war. Bretter in der Borke als improvisierte Trittleiter. Er saß eine Wei-le ganz vorn, wippte hin und her und ließ den Baum schaukeln, bevor er ins Wasser sprang. Er erzeugte kaum Wellen und tauchte gerade ein, blieb lange unter Wasser und wischte nach dem Auftauchen die Tropfen von seiner hohen Stirn. Fast beiläufig griff er nach einem Bier und setzte sich zu Tobias.

»Alles gut?«, fragte Menzel.

Tobias ging zum Kasten und nahm sich sein eigenes Bier. »Keine Ahnung«, sagte er. Er dachte über Philipp nach. Es hatte ihn eigentlich nicht überrascht, dass der nicht aufsteigen wollte. »Und bei dir?«, fragte Tobias. Viel-leicht wollte sich Menzel ja aussprechen.

Menzel lehnte sich zurück. Die Ellbogen tief in den weichen, nadeligen Boden gedrückt. »Ist immer noch ko-misch, in einem Steinbruch zu baden«, sagte er.

»Ich hab mir 'ne Weile vorgestellt, ich würde auf das rote Autodach springen«, sagte Tobias.

»Ja, so was Ähnliches hab ich auch gedacht. Hat lange gedauert, bis das weg war.«

Tobias war in letzter Zeit oft mit ihm allein, manchmal häufiger, als er es wollte. Menzel, der von einem Moment auf den nächsten stumm und traurig und dann wieder hasserfüllt und ekstatisch sein konnte, war nicht immer leicht zu ertragen. Der Wind löste die Birkenblätter von den Ästen. Der Himmel blau bis auf die Kondensstreifen der Flugzeuge.

»Manchmal«, sagte Menzel, »hab ich Lust, die Leute anzuschreien und zu rütteln, weil mich das nervt, wenn niemand was sagt oder macht. Ich träume sogar davon. Ich träume manchmal einfach nur, dass ich Menschen anschreie. Das ist alles. Mehr passiert dann nicht im Traum.«

»Kenn ich«, sagte Tobias. »Mich nervt die ganze Scheiße hier. Immer das Gleiche, und alles geht vor die Hunde. Immer schon, als wär das nie anders gewesen.«

»Als würde dich die ganze Zeit jemand fest umklammern, aber du willst das gar nicht. Du willst raus, aber kannst nicht.«

»Ja«, sagte Tobias. Menzel war längst in einem Modus, in dem er Tobias wahrscheinlich gar nicht mehr hörte. Trotzdem war es richtig, was er sagte.

»Und dann will ich auf alles einschlagen, richtig rein mit der Faust, bis alles blutet. Der ganze Mist, den einfach keiner rafft.«

Ja, dachte Tobias, genau so.

»Ich weiß nicht, wie ich das sagen soll«, sagte Menzel. »Das klingt wahrscheinlich richtig schwul.«

»Nein, gar nicht«, sagte Tobias. Er hatte seine Beine angewinkelt und hielt sie mit den Armen umklammert. Menzel stand auf und lehnte sich gegen den Stamm, das Bier in der Hand. Wohin er sah, konnte Tobias nicht erkennen.

Menzel hustete und klopfte sich gegen die Brust. Das klang dumpf. »Verstehst du das?«, fragte er.

»Ja, bisschen«, sagte Tobias. Natürlich verstand er ihn. Er hätte es ihm überall sagen können, vielleicht nicht unbedingt am Steinbruch. Beide in Badehose mit der blassen Haut und den verbrannten Nacken vom Mopedfahren. Das musste seltsam aussehen für einen Dritten. So, als würden sie sich ihre Liebe gestehen.

»Dieses ganze System ist am Arsch«, sagte Menzel. »Diese Gesellschaft, wo niemand mehr sagen kann, was er will. Wo dir vorgeschrieben wird, was du essen, wie viel du trinken und wie schnell du fahren darfst. Du bist ein Rassist, du bist ein Sexist! Die sollen alle mal die Fresse halten!«

»Weißt du, was ich glaube?«, sagte Tobias.

»Hm?«, fragte Menzel.

»Es braucht mal wieder einen richtigen Krieg.«

11. KAPITEL

Die Demo fand auf dem alten Schulhof statt. An den Klettergerüsten hangelte Unkraut, am Basketballkorb hingen Fetzen des Netzes. Der Schulgarten verwildert. Die Fensterscheiben im Erdgeschoss mit Spanplatten verdeckt. Die Eingangstür mit Brettern vernagelt und verriegelt. Eine kleine Bühne aus Europaletten dort, wo die Container für das Altpapier gestanden hatten. Ein Mikrofon, ein Baustrahler. Tobias war spät nach Hause gegangen und hatte früh die Wohnung verlassen. Hauptsache, er musste weder Mutter noch Großmutter sehen. Seit Tagen hatte er nicht mit ihnen gesprochen. Jetzt war er hier und stand bei der Garage. Zunächst allein, dann stellten sich immer mehr Leute an die Ränder des Schulhofes, bis nur noch die Mitte übrig blieb und schließlich ein Halbkreis vor der Bühne. Der Bach im Hintergrund. Die Bäume und Sträucher am schmalen Ufer. Mimi. Der erste Schultag. Philipps Spatzen im Hausflur.

Ramon kam zu ihm, dann Menzel, Robert, Axel. Tobias redete nicht mit ihnen, sie alle sprachen kaum ein Wort untereinander. Ihre Köpfe zur Bühne gerichtet, aufgeregt und angespannt. Es war ein Hochgefühl, hierherzukommen. So vereint unter einem Ziel an diesem Ort. So viel Anspannung unter den Demonstranten, dass jeder Zwischenruf beklatscht wurde. Bissige Kommentare wurden belächelt, aber so, dass es jeder sehen konnte. Ja, ich habe die Anspielung verstanden. Das gleiche wortlose Grinsen, wenn Tobias mit den anderen im Zug nach Dresden fuhr. Wie oft da Leute saßen, die sich über ihn lustig machten. Die ihn Nazi oder Rassist nannten. Viel mehr als jeder Kommentar, das hatte er bald begriffen, kränkte er diese Leute mit seinem Grinsen. Lediglich Menzel konnte sich nicht immer beherrschen. »Scheiß-Gutmenschen«, murmelte er. »Wie bitte?« »Ihr werdet schon sehen.« Seit Monaten hatte Menzel seine Haare wachsen lassen. Er wollte jetzt seriös wirken, sagte er. Wofür, sagte er Tobias nicht. Wie die Haare von Marco standen Menzels zunächst alle in der gleichen Länge in jede Richtung ab. Menzels Haar war hellbraun, völlig unerwartet, und die Geheimratsecken stärker ausgeprägt als angenommen. »Willst du jetzt Business machen, oder was?«, hatte er Menzel gefragt und keine Antwort erhalten. Auch Ramon schwieg darüber. Tobias bemerkte, wie Frauen Menzel musterten und wie der das bemerkte. Ihm gefiel das offensichtlich, er schien sogar eitel zu werden. Er strich sich mit der Hand durchs kurze Haar, während er an Schaufensterscheiben vorbeiging. Im Zug betrachtete er im gegenüberliegenden Fenster sein Profil.

»Von den verehrten Herren Politikern ist heute niemand hier.« Ein älterer Mann auf der Bühne. Jeans und Regenjacke. Die Menge lachte, höhnische Rufe. Tobias dachte an die Interviews, die sie in Zeitungen, Radios und im Fernsehen gaben. Dialog hier, Kompromiss da. Auch nur Menschen. Schwachsinn. Wann immer er eines dieser Gesichter sah, wollte er ihnen entgegenrufen: Was habt ihr denn gemacht? Für Sachsen? Für Neschwitz? Für Mutter? Für mich? Der Mann auf der Bühne fragte das Gleiche. Die Grundschule war erst geschlossen und dann zusammengelegt worden mit einer anderen im Umkreis. Jetzt mussten die Kinder ewig mit dem Bus durch die Gegend fahren. Keine Sparkasse mehr, kein Bäcker, keine Apotheke, kein Arzt. »Volksverräter!«, rief er. Menzel stimmte mit ein, dann die Leute ringsum. Schließlich rief es die ganze Menge. »Das ist doch Spinne!«, sagte Axel. Tobias streckte seinen Kopf. Tatsächlich stand Spinne vor der Bühne, mit dem Kopf zur Menge, breitbeinig, die Arme verschränkt. Als Ordner sah er lächerlich aus. »Wuhu! Spinne!« Axel jubelte, und Spinne schien das zu hören. Lächelte schwach und blickte zu Boden, als wäre ihm das peinlich. Sein Gesicht war kaum gealtert. Wenn er noch Dynamofan war, hatte er schwere Zeiten durchgemacht. Aber einmal Dynamo, immer Dynamo. Menzel sagte das oft genug.

»Wir geben das nicht her«, rief der Redner. Klatschen der Menge. Tobias dachte an die Bilder aus Hamburg, wo sich Ausländer auf der Straße geprügelt hatten. Im Westen war es fast zu spät. Kampflose Übergabe der Städte an die Türken und Araber. Jetzt standen die Afrikaner an den Grenzen. »Das ist unser Land!« »Jawoll!«, antworteten die Leute. Menzel hatte die Faust geballt. Tobias streckte sie in die Luft. »Widerstand!«, rief er. Er hatte die Unterkunft in Kamenz gesehen, die es dort schon seit Jahren gab. Abendliche Polizeieinsätze. Die Feuerwehr, die ausrücken musste, weil die Asylanten nicht kochen konnten. Mutter und Philipp interessierte das nicht. Schade um die Grundschule. Kann man die nicht besser nutzen? Warum ist auf einmal Platz für die Ausländer? Heuchler. Er klatschte und pfiff. Marco in Stuttgart, endlich angekommen. Trug nur noch Schwarz und ließ sich seine Haare wachsen. Marcos Vater hatte Tobias zuletzt auf dem Forstfest gesehen. Allein am Fischwagen, das rote, versoffene Gesicht in ein Bismarckbrötchen gedrückt. Elisabeth, wo auch immer sie war. Felix, die arme Sau. Am meisten taten ihm die Eltern leid. Verlassen und verraten. Der Redner hörte nicht auf: »Diese Schule kriegen sie nicht!« »Niemals!« »Das ist unser Land, unsere Heimat!« Er wollte direkt loslegen, auf die Straße, sie alle mitnehmen. Menzel klopfte Tobias auf die Schulter, immer diese annähernden Gesten, und streckte den rechten Arm zum Gruß. So viel zu dessen neuen Vorsätzen. »Hör auf!«, sagte Tobias. Ramon schien es mitbekommen zu haben und schlug Menzel auf den Oberarm. Sanft, wie Freunde es untereinander taten. »Jahrelang war für uns kein Geld da, nichts von den ganzen Steuern ist zurückgekommen.« Wieder Klatschen und Zurufe, der Mann auf der Bühne schien sich jetzt hineinzusteigern. »Wenn ich daran denke, was die im Westen verdienen.« Höhnische Rufe. »Und wir kriegen eine Rente, von der meine Mutter jetzt schon nicht leben kann. Dabei hat die ihr ganzes Leben lang gearbeitet.« Pause. »Soll die nebenbei noch Flaschen sammeln, oder wie stellen die sich das vor?« Großmutter hatte das Glück, in einer Eigentumswohnung zu wohnen. Sie bekam Witwenrente, hatte bei der Sparkasse gearbeitet. Von Mutters Einkommen hatte Tobias keine Ahnung. Wenn Philipp weiterhin alles ablehnen sollte, konnte er die Rente vergessen.

Er wünschte sich, dass er Leute sehen würde, die er kannte. Mutter und Großmutter. Er stellte sich vor, dass er Vater hier wiedersehen würde, nicht in einer langweiligen Wohnung, wo sie über dessen und Kathrins Arbeit redeten. Über ihren nächsten Urlaub und Überstunden. Schön, dass du hier bist. Gut, dass du das machst.

»Bis nächsten Montag. Bleibt friedlich und ruhig«, sagte der Mann auf der Bühne. Murmelnd gingen die Leute auseinander. Einige blickten zu Menzel. Breitbeinig stand der da, wie immer schwarz angezogen. Die Schuhe mittlerweile von Deichmann, Eigenmarke. Robert lehnte gegen das Garagentor. »Guck mal, das hässliche Bild«, sagte er und zeigte auf die verlaufene Farbe. Tobias lächelte mitleidig darüber. Der Baustrahler an der Bühne wurde ausgeschaltet, die Boxen abgebaut und die Kabel eingerollt. Axel zündete sich eine Zigarette an und stieß den Rauch in Richtung Schule aus. »Jetzt gehen alle wieder schön ins warme Bett«, sagte er. Tobias sah sie an, wie sie da standen. Sein Hochgefühl war gewichen, erstaunlich schnell, sein Antrieb, seine Begeisterung. Gleich würde wieder jemand vorschlagen, in den Bungalow zu gehen, und er würde Ja sagen. Würden sie alle. Und dann wortlos auf dem Sofa und den Klappstühlen sitzen. Die Bierflaschen wie sakrale Gegenstände in die gefalteten Hände geklemmt, während der Wind durch die undichte Tür pfiff. Draußen Hundebellen und abknickende Äste der Fichten. Übrig gebliebene, aufgeplatzte Tomaten, braun und matschig, halb zur Erde geworden, auf dem tauüberzogenen Boden. Wie traurig das alles war. »Noch ein Bierchen?«, fragte Robert. Es gab Momente, da lächelte er wie selbstvergessen. Tobias sah sich nach den anderen um, die nickten oder »Ja« sagten. »Klar«, sagte er.

12. KAPITEL

»Woher soll ich das wissen?«, fragte Mutter. Philipp stand im Flur und hatte mit der Frage nicht warten können. Vorstoßen, sich absichern. Er war sich sicher, dass sie vom Hexenfeuer nichts wusste. Nur, dass die Asylanten behandelt werden mussten. Und einer von seinen und Tobias' Freunden, der nach Tagen in die Rettungsstelle gekommen war, um sich die Hand röntgen zu lassen. »Die Mutter arbeitet doch bei Mäc-Geiz«, hatte Mutter gesagt. »Ja, genau«, war Philipps Antwort gewesen. Die Küche war schmal, eine Basilikumpflanze auf dem Tisch. Keine Tischdecke, sondern Platzdeckchen. »Habt ihr das mit dem Garten klären können?«, fragte er. »Nächste Woche gibt sie ihn ab«, sagte Mutter. Scheinbar immer noch aufgebracht über Philipps erste Frage.

»Hast du Tobi das gesagt?«

»Wie denn, wenn ich den nicht sehe?«

»Ihr wohnt doch hier zusammen!«

»Der geht früh zur Arbeit und kommt nach Hause, wenn ich schon schlafe. Du musst mir mal verraten, wie ich das hinkriegen soll«, sagte sie.

Jetzt nicht antworten, sondern abwarten, dachte er. Tobias' Besuch hatte ihm Angst gemacht. Unruhige Nächte. Menzel vor Uwes Grab, dann vor der spiegelnden Schaufensterscheibe. »Mir ist egal, was du machst.« Dieses traurige Rumstehen am Schulhof, der Findling, den weder

Menzel noch Ramon berührt haben wollten. Natürlich wollte er raus und weg. Nichts machen, sich nicht zeigen. Abstand von Tobias und Mutter. Vater tat das von ganz allein. Er hatte ja ein eigenes Leben, eigene Wünsche und Interessen. Er hatte überlegt, Christoph mal wieder zu besuchen. In Dresden, in der Neustadt. Vielleicht war der gar nicht schwul. Vielleicht war das wieder nur Menzels Gelaber gewesen.

Mutter sah ihn an, blass durch das weiße Licht in der Küche. »Kannst du nicht bisschen aufpassen, was er macht«, sagte sie.

»Mach ich doch«, sagte Philipp. Er erkannte an ihrer Reaktion, dass sie ihm das nicht glaubte. Jetzt blieb sie ruhig. »Ich hab auch ein eigenes Leben«, sagte er zur Rechtfertigung und erwartete, dass sie verärgert reagieren würde.

»Ich mach mir einfach nur Sorgen, weißt du.«

Die machte er sich ja auch. Deswegen war er hergekommen. Sie sah ihn an und schien ihn zu mustern, seine Klamotten und Socken. Die waren dünn am großen Zeh und löchrig an der Ferse.

»Du hättest nicht gehen dürfen«, sagte sie leise. »Ich glaube, er denkt, du hast ihn im Stich gelassen.« Er wollte antworten, aber sie redete weiter. »Du bist doch sein Bruder.«

—

Tobias bog auf die Hauptstraße. Er hatte nichts am Wagen verändert, bis auf ein paar neue CDs, die er ins Handschuhfach legte. Jahrelang hatte Großvaters Opel in der Garage gestanden. Großmutters verzweifelte Versuche, den Führerschein zu erlangen und damit das Auto nicht verkommen zu lassen. Sie scheiterte jedes Mal an der Praxis. Immer am gleichen Fahrprüfer. Der alte Offizier.

Die Reifen wurden gewechselt, sonst gab es keine Probleme mit dem Wagen. Solange Großmutter mit Tobias fuhr, stellte er das Radio ein. MDR1, ruhig ein wenig lauter, so wie Großvater es gemacht hatte, damit sie die Nachrichten verstehen konnte. Menzel war in Freital gewesen, Bürgerwehr, Patrouillen in den Bussen, Proteste gegen das Hotelheim. Unangekündigt und spontan, er hatte niemanden davon wissen lassen. Tobias hingegen fuhr Großmutter zum Einkaufen in die Sorbenkäffer. Wie oft und überschwänglich sie sich bedankte, er konnte es nicht mehr hören. »Ist doch gut, Oma«, sagte er und wartete im Wagen, während sie ihre Einkäufe erledigte. Kein Duftbaum, kein Essen im Innenraum, das waren seine Regeln. Der Geruch sollte bleiben, diese Mischung aus Neuwagen und Großvaters Traubenzucker im Handschuhfach. Wahrscheinlich schimmelte dieser längst, so feucht, wie es in der Garage war.

Er bekam die Nachrichten auf sein Handy, die Einladungen in Gruppen, alle von Ramon und Menzel. Heimatschutz, Bürgerwehr, Proteste. Bilder, die sie teilten, Musik und Texte von anderen Websites. Gruppenzugehörigkeit nur auf Einladung. Die Übergriffe von Ausländern in Freital und Dresden, sie kamen immer näher. Montags auf die Straße zu gehen brachte sie nicht voran. Die Politik blockte ab. Viel schlimmer waren die Deutschen, die den ganzen Mist guthießen, Gutmenschen und Ausländerfreunde. Es würde zu spät sein, bis sie das Ausmaß begriffen. Und es ging um so viel mehr. Großmutter lud ihre

Einkäufe in den Kofferraum. Tobias erschrak, als sie sich neben ihn setzte. Er hatte von ihr nichts mitbekommen, sie nicht gehört oder gesehen. »Ich habe dieses Mischgemüse gekauft«, sagte sie. »Ich hoffe, das taut jetzt nicht so schnell auf.« »Ich beeile mich«, sagte Tobias und fuhr vom Parkplatz. An den Ampeln betrachtete er sie von der Seite. Während er fuhr, konnte er im Augenwinkel sehen, dass sie ihn beobachtete. Ich fahre dich durch die Gegend, sag jetzt nichts, dachte er. »Wart ihr mal wieder bei eurem Vati?«, fragte sie. »Nein«, sagte er. Natürlich nicht. »Mit dem Auto seid ihr doch schnell dort«, schob sie nach. Dieses »Ihr«, das sie verwendete, störte ihn.

Er parkte direkt vor der Haustür und ließ den Motor laufen. Die Lärche, die auf dem Wäscheplatz stand, war vor vier Tagen gefällt worden. Noch immer lagen die braunen Nadeln und Zapfen auf der Straße und in den Parklücken. Er stellte Großmutters Tüten und Beutel auf den Treppenabsatz, parkte den Opel und trug sie schließlich nach oben, wo Großmutter auf ihn wartete. Ein Blick zur eigenen Wohnungstür. Philipps Schuhe, die auf der Fußmatte standen. »Philipp scheint da zu sein«, sagte Großmutter, während sie den Schlüssel am Bund suchte. »Ja«, sagte Tobias. Er wurde nervös und überlegte, wie er ihm und Mutter aus dem Weg gehen konnte. Vielleicht redeten sie über ihn, über das Hexenfeuer, die Demo. Zuerst das Mischgemüse ins Tiefkühlfach, das war für Großmutter das Wichtigste. Er sah, dass Großmutters Wohnungstür noch offen stand. Drüben mussten sie alles gehört haben. Wahrscheinlich warteten sie auf ihn. Selbstverständlich hörten sie seine Stimme, seine Schritte, Großmutters Schlüssel. Nicht rübergehen, wegfahren. Keine sinnlosen

Diskussionen. Er blickte zur Tür, während er den Kühlschrank einräumte. Unkonzentriert ordnete er den Einkauf in die falschen Fächer. Er hatte nach Wohnungen gesucht, ein Raum, Einbauküche, gern außerhalb von Neschwitz. Philipp hatte nicht das Recht, über ihn zu reden. Nicht, nachdem er verschwunden war, völlig grundlos und ohne jede Erklärung. »Ist doch ganz schön hier.« Jaja, halt den Mund. Jetzt angekrochen kommen und Urteile fällen zusammen mit Mutter, die von nichts Ahnung hatte. Großmutter, die alles hin- und abgab, solange sie damit unangenehme Erinnerungen an Großvater verdrängen konnte. Wozu benötigte die so viel Milch? Er legte zwei Packungen nebeneinander ins entsprechende Fach. Die H-Milch brauchte sie gar nicht zu kühlen. Neuer, kleiner Kühlschrank, neue, kleine Kaffeemaschine. Ja, dachte er, du bist allein und leidest. Zeig es doch, sag es mir noch einmal. Das bisschen Bedauern, das sie und Mutter um die Schule hatten, konnten sie sich sparen. Er richtete sich auf und faltete die Plastiktüten zusammen. Legte sie auf die Arbeitsfläche und trank Wasser aus der Flasche, die dort stand. Aus dem Wohnzimmer das Geräusch des Fernsehers, die Wohnungstür angelehnt. »Danke!«, rief Großmutter ihm zu, als er ihr vom Türrahmen aus kurz zuwinkte.

Er stand im Hausflur und wartete. Längst hätte er gehen und im Auto sein können. Komm raus, dachte er. Du wartest doch die ganze Zeit. Ihr habt mich gehört, ich weiß, dass ihr da seid. Er starrte auf den Türspion und glaubte, dass sich Schatten hinter der Linse bewegten. Schwarze Umrisse im Gegenlicht. Er hörte sie im Flur, erst Stimmen, dann Schuhe auf dem Boden.

»Oh, Tobi«, Philipp öffnete die Tür und stand ihm gegenüber. Gespielte Überraschung. »Warst du bei Oma?«,
fragte er. Mutter stand hinter ihm im Flur, ihr Gesicht und
ihr Körper im eigenen Schatten. »Hallo«, sagte sie leise
und schien kurz versucht, die Hand wie zum Gruß zu
heben. Ein halbherziges Winken. »Ich muss wieder los«,
sagte Tobias und versuchte zu deuten, was Mutter dabei
fühlte. Das war von seiner Konfrontation übrig geblieben.
»Kommst du zum Abendbrot?«, fragte sie. Wahrscheinlich
war das das Einzige, das sie umtrieb, dachte er. »Glaube
nicht.« »Warte, ich komm noch mit runter«, sagte Philipp.
Natürlich fiel Tobias auf, dass Philipp sich bei Mutter rück-
versichert hatte. Ja, geh mit, sprich mit ihm. »Bis später«,
sagte Tobias und sah Mutter an. Die war weder näher gekommen, noch hatte sie sich weiter entfernt. Aus der Wohnung der Geruch abgestandener, trockener Luft. Kaffee,
der kalt in den Ausguss geschüttet wurde. Krümel, die am
Schwamm hängen geblieben waren. Philipp folgte ihm im
Treppenhaus. Auf der Straße knirschten Steinchen unter
dessen Schuhen. Überall braune Nadeln. Die Lärche hatte im Sommer Schatten gespendet und verhindert, dass
man vom Fenster aus die Straße sehen konnte. Tobias
hatte die Äste mit den Zapfen als Mikrofon benutzt, um
das Federballspiel zwischen Philipp und Großmutter zu
kommentieren. Großvater, der oben bei offenem Fenster
Nudeln kochte.

»Wo fährst du hin?«, fragte Philipp.

Tobias stand schon beim Auto. Ein Griff in die Hosentasche, und die Türen waren entriegelt. »Ich muss noch
tanken«, sagte er.

Philipp nickte und sah zur Straße.

Kein Auto weit und breit. Sag was, dachte Tobias.

»Wenn du willst, kannst du ja mal wieder vorbeikommen«, sagte Philipp. Er schien wie ein Freund klingen zu wollen, den man nach langer Zeit wiedertraf. »Auf ein Bier, oder so«, schob er nach.

»Ja«, sagte Tobias enttäuscht. Wenn das alles war, das Philipp aufbringen konnte, wenn das alles war, das der mit Mutter besprochen hatte, war das erbärmlich. Er hatte erwartet, dass sie sich einmischen wollten, ihn abbringen und aufhalten. Es zumindest versuchen.

»Wann hast du Zeit?«, fragte er.

»Keine Ahnung«, sagte Philipp.

Tobias setzte sich und steckte den Schlüssel ins Schloss. Philipp lehnte am Wagen und schien selbst auf etwas zu warten. »Kannst ja sagen, wann du Zeit hast«, sagte er. Tobias blickte durch die Windschutzscheibe, als würde er bereits fahren. Kein Augenkontakt, nicht jetzt. »Okay«, sagte er und spitzte seine Lippen. Zog den Rotz in der Nase hoch. »Fahr vorsichtig«, sagte Philipp und schlug sanft die Autotür zu. Als ob, dachte Tobias und bog auf die Hauptstraße. Bald würden die Straßenlaternen eingeschaltet, jede zweite, keine Veränderung. Im Rückspiegel das Licht der Hauseingänge und Philipps Rücken.

13. KAPITEL

Die Stühle standen draußen, der Grill daneben, befestigt, damit er auf den losen Steinplatten nicht umkippen konnte. Menzel drehte die Würstchen und starrte auf den Acker. Der Weizen golden und gelb, wie im Sommer eben, nach tagelanger Hitze. So schweigsam hatte Tobias ihn lange nicht erlebt. Derart in sich versunken, nur hin und wieder ein Kopfschütteln, aber ohne, dass es einen konkreten Adressaten dafür zu geben schien. Das erste Mal beim Friseur seit Jahren, die Seiten so kurz, dass der weiße Rand der Kopfhaut sich vom gebräunten Nacken abgrenzte. Robert hielt sein drittes Bier umklammert und versuchte sich an Witzen. Tobias hörte längst nicht mehr hin. Ramon lehnte am Geländer mit dem Handy in der Hand. Im Bungalow gab es Fernsehverbot. Menzel konnte sich das nicht mehr ansehen.

»Mit Feuer kommst du vielleicht in die Zeitung, aber mit Wasser zum Ziel.«

Pfefferminzschnaps auf den kalten Steinplatten, Tobias öffnete die Flasche und trank einen Schluck. »Gib her«, sagte Menzel und setzte die Flasche an. Danach reichte er sie Robert. Immer noch keine Reaktion von Philipp. Tobias knaupelte an seinem linken Zeigefingernagel. Die Haut ringsum war eingerissen und blutig, er biss in einen Faden Haut und zog ihn mit den Zähnen fast bis zum ersten Gelenk. Das Blut, das langsam wie durch ein Taschentuch an die Oberfläche drang, leckte er mit der Zunge ab. Vögel in den Bäumen. Rasenmähergeräusche. Der Himmel schon orange über den Hügelketten am Horizont. Menzel löschte mit Bier die Glut im Grill.

»Wenn du willst, kannst du ja mal wieder vorbeikommen.«

Die Würste auf einem Pappteller in der Mitte des Tisches. Es waren nur Würste, das Grillen ging viel zu schnell, denn eigentlich mussten sie Zeit bis zur Dunkelheit totschlagen. Tobias drehte sich nach dem Grill um, wo die Kohle kaum weiß geworden war. Das runtergefallene Feuerzeug hob er auf. Die Würste schmeckten nach Grillanzünder. Menzel war viel zu nervös, tippte auch jetzt mit dem Finger gegen die Pfeffiflasche. Löste das Etikett vom Bier. Menzel würde es vermasseln, wenn er das nicht in den Griff bekam. Tobias nahm die Flasche Schnaps und stellte sie Robert neben das Toastbrot, auf dem die Bratwurst lag wie auf einem Teller. Ketchup auf dem Tisch. Um den Deckel vom Senf kreisten Fliegen. »Wir sind Pack, denkt daran«, sagte Robert, schmunzelte und trank aus der Flasche. Tobias sah, dass Menzel damit nicht umgehen konnte. Ihn ärgerte immer noch, dass er in Heidenau nicht dabei gewesen war. Keiner von ihnen, weil sie ja arbeiten mussten. Der Weg dort runter war viel zu lang.

In München klatschten sie den Ausländern Beifall. Zum Glück war abgelehnt worden, dass die Asylanten auch in Leipzig am Bahnhof ankommen durften. Bei diesen Bildern kam Tobias das Kotzen. Auch er verbot sich, am Abend den Fernseher einzuschalten, während Mutter und Großmutter von der Scheiße noch nicht genug zu haben schienen. Für Griechenland war Geld da gewesen. Jetzt für die Asylanten. Junge Männer, Terroristen, die man mit Kussmund begrüßte. Bekamen Hotels und Schulen. »Wir hätten uns längst den Garten vornehmen sollen«, hatte Menzel gesagt. Nein, auf gar keinen Fall. Tobias stand dazu, aber erklärte es nicht. Die halb verrottete Holzeisenbahn, in der die Stiefmütterchen gewachsen waren, stand jetzt hier, versteckt, zumindest auf den ersten Blick. Tobias stellte sie unter den Rhododendron. Großvater, der Eisenbahner. Tobias kannte das nur aus dessen Erzählungen.

Die Wärme vom Grill, die Wärme vom Feld. Tobias schwitzte am Rücken und lehnte sich nach vorn. »Ich weiß nicht, ob ich mitkomme«, sagte Ramon. Menzel reagierte dementsprechend. »Wie? Was soll denn das jetzt?« »Dann fahr wenigstens das Auto«, sagte Robert. »Kannst ja drin warten«, sagte Tobias. Ramon überschlug die Beine und legte seinen Kopf in den Nacken. Starrte zum Himmel und seufzte. »Das Schweineding damals war schon zu viel«, sagte er. »Meine Mutter würde zusammenbrechen. Die könnte sich nirgends mehr blicken lassen.« Tobias hoffte, dass Menzel nichts sagen würde. Beleidige nicht seine Mutter, halt dich raus. Menzel sah Ramon an und nickte stumm. Es sah so aus, als hätte er Verständnis dafür. »Kannst du uns wenigstens fahren?«, fragte er. »Kann ich machen, ja«, sagte Ramon und schien gelöst. Er trank aus dem Bier, das auf dem Geländer stand.

»Meldet euch mal wieder bei eurem Vati.«

Die Sonne ging zu langsam unter, quälend langsam für einen Sonnenuntergang, den Tobias erwartete. Menzel und Ramon saßen im Bungalow, die Tür offen, während Robert die Füße angewinkelt gegen das Geländer gestemmt hatte. Aus dem Grill stiegen weiße Flocken kalter

Asche. »War das 'ne schöne Schule früher?«, fragte Robert. »Ja, ging«, sagte Tobias. »Ich fand Schule immer scheiße«, sagte Robert. Tobias nickte. »Die Lehrer waren ganz nett. Manche zumindest«, sagte er. Erst jetzt fiel Tobias ein, dass er das Lehrerthema eigentlich vermeiden wollte. Robert lächelte und starrte weiter ins Nichts.

Dieser Sommer war der schlimmste. Keine Nachrichten mehr ohne Flüchtlinge, die Zeitungen voll mit Ankündigungen über neue Heime. Die Proteste in Dresden brachten nichts, der Aufstand gegen die Gutmenschen blieb ohne Unterstützung. Neuerdings waren sie Pack, ausgeschlossen von jeder Diskussion. Tobias hatte zugesehen, wie Menzel sich immer mehr zurückzog. Er ging alleine baden in der Tongrube und fuhr ohne Helm mit dem Moped nach Hause. Natürlich wurde er geblitzt, jedes Mal am Ortseingang von Panschwitz, aber auf dem Moped war das egal. Eine Niederlage zeichnete sich ab, schon wieder, nur größer und weitreichender. Ramon versuchte ihm das zu erklären. »Menzel hat sonst nichts«, sagte der. »Ich mach das nicht nur für Menzel«, antwortete Tobias. Niemand hatte ihn mehr zu überzeugen brauchen.

»Grüße aus Stuttgart! Komm her, hier verdient man besser!«

Tobias öffnete die zweite Pfeffiflasche und warf den Verschluss in den Garten. Er konnte Robert im Augenwinkel sehen. »Hier müsste mal wieder gemäht werden«, sagte er. Im Bungalow Menzel und Ramon, die etwas zu besprechen schienen. Sie flüsterten und hoben gelegentlich ihre Köpfe, unterbrachen ihr Gespräch und setzten es fort, nachdem sie sich versichert hatten. Wogegen, konnte Tobias nicht sagen. Er hätte gern bei ihnen gesessen. Was auch immer sie untereinander und miteinander hatten, er wollte es auch. Nach allem, was passiert war, hatte er das längst erwartet. Er griff nach einer Scheibe Toastbrot und riss sie auseinander. Rollte die Fetzen zu Kugeln und steckte sie sich in den Mund. Sie fühlten sich an wie Käse, als er sie mit der Zunge gegen den Gaumen drückte. Robert tat es ihm gleich, nahm die ganze Packung und legte sie zwischen sich und Tobias. »So hab ich mir das nicht vorgestellt«, sagte Robert. Tobias reagierte nicht darauf. Der Alkohol ließ ihn langsam träge werden. Normalerweise bewirkte er das Gegenteil.

»Uwe, das ist mein Jüngster, Tobi.«

Menzel stellte sich hinter Tobias' Stuhl und packte ihn an den Schultern. Seine Hände waren warm und seltsam steif, sodass Tobias jeden einzelnen Finger spüren konnte. »Wie sieht's aus?«, fragte Menzel. Tobias verdrehte seinen Kopf, um ihn richtig sehen zu können. »Ist noch zu hell, oder?« »Bis wir dort sind, ist es dunkel«, sagte Menzel. Ramon schloss die Tür des Bungalows ab und blieb am Ende der Terrasse stehen, wartend und stumm, einen Baumwollbeutel in der einen Hand und eine Flasche Schnaps in der anderen. Mit einem Ruck ließ Robert sich nach vorn aus seiner Kippelstellung fallen und richtete sich auf. »Okay«, sagte er und schwankte. Tobias blickte ihm und Menzel nach. Er nahm sein Handy aus der Hosentasche und betrachtete das Display. Wünschte sich, dass Philipp sich melden würde. Einfach nur reagierte auf eine der Nachrichten oder Anrufe. Ich melde mich, wenn es losgeht.

»Hast du alles?«, fragte Ramon, als Tobias sich neben ihn auf den Beifahrersitz setzte. Tobias nickte und schnallte sich an, ließ das Fenster runtergekurbelt und lehnte seinen Arm heraus. Das Radio war stumm geschaltet, der Motor laut, die Straße zunächst holprig. Sie passierten die Garagen. Selbst der Bonze hatte sich nicht kleinkriegen lassen. Dann die Eisenbahnbrücke. Der Himmel mittlerweile dunkelblau, schwarz am Horizont, einige Wolken noch blassrosa angestrahlt. Links die Wohnblöcke. Licht in den Wohnungen, die er kannte. Blick aufs Handy, dann steckte er es wieder enttäuscht in die Tasche.

»Dir geht doch auch sonst alles am Arsch vorbei.«

Gegenüber das Schamottewerk, alles, was davon übrig geblieben war nach den Jahren. Das Pförtnerhaus, das Eisentor. Die Kantine hatte vor Monaten gebrannt. Das Feuer war über die Gardinen entfacht worden. Ramon fuhr langsam und unaufgeregt, lenkte den Wagen am Autohaus vorbei auf die Hauptstraße. Niemand unterwegs. Die Häuser im Schatten ihrer Hecken. Autos aufgereiht in den Einfahrten. Vergessene Wäsche auf den Terrassen. Tobias drehte sich nach dem Werk und den Wohnblöcken um, dann nach der Einfahrt in ihre ehemalige Straße. In Kathrins altem Haus brannte Licht. Mutter hatte ihm einmal die neuen Bewohner gezeigt. Mit Verachtung und ausgestrecktem Zeigefinger.

»Natürlich war das Andreas. Das mit Jesko. Wundert mich, dass der eurem Vater noch nichts angetan hat.«

Ramon parkte den VW am Straßenrand. »Ich warte hier«, sagte er, als wäre das nicht längst klar gewesen. Menzel und Robert standen schon auf der Straße, den Beutel geschultert, als Tobias ausstieg. Ramon hätte ihm nur wieder zugenickt, darum sah er ihn nicht an. Robert öffnete die Flasche, trank schnell ein gutes Drittel davon und reichte sie Menzel. Der tat das Gleiche, bevor er sie Tobias gab. »Schön Uwe«, sagte Tobias. Menzel lächelte. Die Schule samt Hof war vollkommen dunkel. Vereinzelte Lichtstrahlen der Straßenlaterne, die sich in den Büschen verfing. Es gab gar keine andere Lösung. Seine Augenringe waren so groß wie die von Felix, als er ihn zum letzten Mal gesehen hatte.

»Das wusstest du nicht? Felix sitzt im Gefängnis, der hat seine schwangere Freundin verprügelt.«

Nur irgendeine Nachricht von Philipp, eine Bestätigung, Beleidigung, irgendwas. Tobias blickte auf sein Handy, dann schaltete er es stumm. Es dauerte eine Weile, bis seine Augen sich wieder an die Dunkelheit gewöhnten. Kurz dachte er daran, umzudrehen und sich zu Ramon zu setzen oder ganz abzuhauen. Vielleicht eine andere Ausbildung suchen. Sie hatten ihm die Urlaubstage gestrichen, also hatte er eine Woche krankgemacht. Eine eigene Wohnung. Vater anrufen und sagen, dass er mal zum Kaffeetrinken vorbeikommt. Menzel ging voran, Robert folgte ihm. Sie drehten sich nach ihm um, als sie merkten, dass er zögerte. Menzel winkte ihn zu sich, ab jetzt kein Wort mehr reden, das war so abgemacht.

Der Schotter unter seinen Füßen. Zigarettenstummel von der letzten Demo. Der Schulgarten verwildert, wucherte bis auf die Betonplatten vor der Eingangstür. Er dachte an Elisabeth und wie sie sich damals für ihn eingesetzt hatte. »Die Weiber hauen alle ab«, hatte Menzel dazu gesagt. »Nichts mehr zu ficken.« Auf den Beeten immer noch die Saattüten, die in der Erde steckten. Er ging auf den Pflanzen, was auch immer sie waren, blieb an Dornen hängen und trat gegen eine Stange, an der mal die

Tomaten befestigt gewesen waren. Menzel vor ihm, der über eine Ranke stolperte. Der kleine Schuppen war eingedellt, als wäre jemand mit dem Auto dagegengefahren. Jetzt glänzte das in Falten geworfene Metall im Mondlicht. Keine Apfelbäume mehr zu sehen, von denen Marco, Felix und er die Äpfel geharkt hatten. Zur Rechten der Bach, kaum sichtbar durch das dicht bewachsene Ufer. »Alles gut?«, fragte Robert. Tobias zeigte ihm den ausgestreckten Daumen.

»Bist du sicher, dass wir das machen sollen?« »Was bleibt uns denn anderes übrig?« Wahrscheinlich war das die richtige Antwort gewesen, die richtige Frage, Tobias hatte noch lange darüber nachgedacht. Menzel blieb stehen und zeigte auf den Dachvorsprung. Räuberleiter, dann zog er die anderen beiden hoch. Von hier aus waren die Fenster zu erreichen, die nicht mit Spanplatten verschlossen waren. In einiger Entfernung der Sportplatz, die Weitsprunggrube, der löchrige Zaun, damit die Bälle nicht auf die Straße rollten. Vulkane und Baumstümpfe.

»Unser Land. Unsere Heimat.«

Menzel drückte gegen den Fensterrahmen, den er streckend erreichen konnte. Keine Bewegung. Tobias drehte sich nach dem Schulgarten um, glaubte, dort Schritte gehört zu haben. Vielleicht ein Schatten, vielleicht nur ein Marder. Wenn sie jemand sah, oder sogar filmte, war es das. Aber Ramon hätte das bemerken müssen und anschließend gehupt, wie es abgemacht war. Menzel schnaufte und stemmte sich gegen das Fenster. Robert half ihm dabei. Tobias blickte weiterhin zum Schulgarten, ein kurzer Blick aufs Handy, keine Nachricht von Philipp. Von niemandem. Mit Mutter redete er kaum ein Wort,

Großmutter fuhr er stumm zum Einkaufen. Ihr versteht das nicht. Wie einfach sich das sagte.

»Das nimmt uns niemand weg!«

»Schlag die Scheiß-Scheibe ein«, sagte Tobias, griff in den abgelegten Beutel und gab Menzel den Pflasterstein. Es würde egal sein, wenn sie nur schnell genug waren. »Mach du«, sagte Menzel und sah ihn herausfordernd an. Tobias hielt den Stein in der Hand und den Arm noch ausgestreckt. »Na los«, sagte Menzel. Es würde egal sein, es war längst egal. In dieser Schule waren sie alle versammelt gewesen. Seine Schule, sein Ort, sein beschissenes Leben. Er schlug mit dem Stein wie mit einem Hammer gegen die Scheibe. Zwei Mal genügten. Erst ein dumpfer Schlag, dann das helle Klirren. Ein viel zu lautes Echo. Niemand war hier, jetzt sollte auch niemand die Räume bekommen. Sein Zögern erschien ihm jetzt unnötig. Die Scherben auf der Dachpappe, der Efeu auf dem trüben Wasser des Steinbruchs. Der Fensterhebel war zu erreichen, klemmte zunächst, dann stand das Fenster offen. Menzel klopfte ihm auf die Schulter. Lass das, dachte Tobias. Das brauche ich nicht. Er ging voran, stieg durch das Fenster ein und half den beiden. Der Linoleumboden knirschte, der Raum roch wie jeder Klassenraum vor der ersten Stunde, selbst jetzt. Er hielt kurz inne, als er den Raum im schwachen Licht erkannte. Mit der Buchstabenkette an der Wand, den Neonröhren an der Decke. Die Tafel zur einen Seite aufgeklappt. Dort hinten an der Wand hatte er gesessen.

»Hier«, sagte Menzel und streckte ihm ein Paket Taschentücher entgegen. »Du machst den Raum und die daneben. Ich mach die Toiletten.« Und an Robert gewandt: »Du die anderen Räume.« Sie verließen das Zimmer. Tobias blieb zurück. Er hörte ihre Schritte im Flur und auf den Treppenstufen. Wie die Bilder im Gang durch ihr Vorbeigehen hin und her schaukelten und dabei an der Wand kratzten. Er ging zum Tisch der Lehrerin und öffnete die Schublade. Natürlich war sie leer, er wusste nicht, was er anderes hätte erwarten sollen. Durch die Fenster blasser Mondschein. Die Gardinen in ihren vergilbten Schienen herausgerissen. Irgendwo im Gebäude jubelte Menzel. Schwach und leise kam es bei Tobias an. Dieses Jubeln hatte er damals auch im Wald gehört. Er fragte sich, warum sie Marcos Bruder geschnappt hatten und Menzel nicht. Warum Robert die Schweinesache hatte ausbaden müssen. Ramon eine gebrochene Hand vom Hexenfeuer hatte. Vielleicht hatte Philipp das erkannt. Er ging zum Fenster, schnell, rannte beinahe und drückte sein Gesicht gegen die Scheibe. Fixierte den Sportplatz und den Garten, die verwilderten Beete und Bäume. Komm schon, dachte er, zeig dich! Bitte! Die Scheibe beschlug von seinem Atem, er kniff die Augen zusammen. Wenn Philipp es gewusst hatte, hätte er es ihm doch sagen müssen, dann erst recht. Du Bastard, dachte er und ging zum ersten Waschbecken. Öffnete zwei der Packungen und stopfte die Taschentücher in den Abfluss. Dann drehte er den Wasserhahn auf. Deutschland war am Ende. Mit einem Feuer würden sie in die Zeitung kommen, stimmte schon. Aber wer wollte schon in diese Zeitungen. Das Wasser würde langsam steigen, täglich, mit jeder Woche. In jede Ritze sickern. Den Boden und die Wände durchweichen lassen. Schimmel würde sich ausbreiten und das Haus unbewohnbar machen, bis es abgerissen werden müsste. Es war sein Plan gewesen. Seine Schule, sein Ort, sein beschissenes Leben. Aber scheiß drauf! Er ging in den Flur und suchte die Treppe, die zum Dachboden führte. Er hörte schon, wie Wasser auf den Linoleumboden tropfte. Er stopfte die restlichen Taschentücher in die Rillen und Winkel der Dachbalken und zündete sie an. Dann würden es alle sehen. Es war ohnehin schon zu spät. Er rannte zum Fenster und sprang vom Vordach. Ein Blick auf das Handy im dunklen Schulgarten. Zwei entgangene Anrufe.

DANKSAGUNG

Emily,

dieser Roman war der Beginn. Graz. Die österreichische Sonne. Ohne Deine Hilfe, Deinen Zuspruch, Deine Geduld, Deine Aufopferung und Deine Liebe wäre aus diesem Text nie das geworden, was er wurde. Ich wäre es auch nicht. Es kann nicht gelingen, von Ewigkeit zu sprechen, aber dieser Roman ist immer mit dir verbunden.

Ich danke meiner Familie für Alles. Seit jeher ringe ich darum, meine Dankbarkeit und Zuneigung zu zeigen und scheitere an meinen eigenen Hürden. Durch die Liebe meiner Eltern bin ich da, wo ich bin, umsorgt und behütet, abgesichert und aufgestiegen. Gefördert und unterstützt, wie es nur die eigene Familie kann. Ohne meinen Bruder wäre der Text nicht entstanden.

Ich danke Rainer Michel, dass er mich in Görlitz liebevoll aufgenommen und mir damit ein Zuhause gegeben hat, Nursan Celik für ihre Kritik an meinen ersten Schreibversuchen, Adam Heise, bester Mann, dass er sich auf mich eingelassen hat und mir von Anfang an zur Seite stand, jederzeit erreichbar und voller Einsatz, Linda Vogt für ihre unermüdliche Arbeit und Gunnar Cynybulk für sein Vertrauen.

6. Auflage 2018

ISBN: 978-3-550-05066-4